시어니 트윌과 마법 시리즈 ❶

시어니 트윌과 종이 심장

시어니 트윌과 마법 시리즈 ①

The Paper Magician

시어니 트윌과
종이 심장

찰리 N. 홈버그 지음 | 공보경 옮김

이덴슬리벨

····★ 차례 ★····

내 인생의 모든 마법의 근원인
남편 조던에게

1

시어니는 금속 마법사가 되겠다는 일념으로 지난 5년을 살았다.

태기스 프래프 마법학교 졸업생은 대부분 졸업을 앞두고 평생 어떤 마법 재료를 다루며 살지 선택하게 된다. 하지만 시어니는 선택의 여지없이 배정을 받았다. 사무실에서 에이비오스키 마법사는 그 이유를 이렇게 설명했다.

"종이 마법사의 수가 너무 적어서 그래."

종이 마법에 배정받은 지 아직 일주일도 안 됐지만 시어니는 그 생각만 하면 눈 뒤쪽이 시큰해지면서 눈물이 날 것 같았다. 에이비오스키 마법사는 또 이렇게 덧붙였다.

"종이가 요즘 인기가 떨어져서 그렇지 원래 훌륭한 마법 재료야. 이 나라에서 활동 중인 종이 마법사가 열두 명밖에 되지 않아서 어쩔 수 없이 원래 우리가 맡기로 한 견습생 중 일부를 종이 쪽으로 보내기로 했어. 미안하구나."

시어니는 가슴이 무너졌지만 어쩔 수 없었다. 그리고 지금 시어니는 심장이 아예 멈춰버리면 좋겠다는 생각을 하며, 종이 마법사 에머리 세인의 집 대문을 저만치 앞에 두고 서 있었다.

깜박 잠이 들었을 때 꿈에서 본 것보다 훨씬 흉물스런 건물이었다. 시어니는 여행 가방의 나무 손잡이를 꽉 움켜잡았다. 템스강 이편에 사는 유일한 종이 마법사인 에머리 세인의 집이 이런 런던 변두리의 황량한 지역에 위치한 것만으로도 속이 터질 지경인데, 막상 와서 보니 무서운 이야기에나 나올 법한 우중충한 6층 건물이었다. 큰길을 벗어나 비포장 진입로로 들어서는데, 어디선가 불어온 불길한 바람에 건물 벽의 낡은 페인트 더께가 부스러졌다. 지붕 위로 들쑥날쑥하게 솟은 세 개의 탑은 마치 악마의 왕관 같았고, 그중 동쪽을 향해 서 있는 탑에는 커다란 구멍이 나 있었다. 까마귀인지 까치인지 모를 새 한 마리가 부서진 굴뚝 뒤쪽에서 날카롭게 울어댔다. 일곱 개밖에 되지 않는 창문은 전부 시커먼 덧문이 내려져 있고 사슬로 단단히 잠겨 있어 희미하게 일렁이는 촛불조차 새어나오지 않았다. 시커먼 낙엽들이 여러 차례 겨울을 거치며 처마에 켜켜이 쌓여 있었고 이리저리 휜 검은 지붕널 밑에도 잔뜩 박혀 있었다. 근처에서 무언가 똑똑 떨어지는 소리와 함께 식초인지 땀인지 모를 시큼한 냄새가 풍겼다.

대문 안에는 꽃밭이나 잔디밭은커녕 장식용 돌조차 없었다. 작은 마당에는 바짝 마른 돌과 흙이 아무렇게나 흩어져 있었는데, 어찌나 건조한지 잡초조차 뿌리를 내리지 못했다. 현관까지 이어지는 길에 깔린 바닥 타일들은 몹시 낡아서 잔뜩 금이 가고 일부는 뒤집혀 있었으며, 현관문은 위쪽 경첩만 겨우 붙어 있었다. 시어니는 현관 앞에 깔린 낡아빠진 회색 널빤지들이 과연 그녀가 초인종을 누를 때까지 무너지지 않고 버텨줄지 미심쩍었다.

"망했다."

시어니는 조그맣게 중얼거렸다. 에이비오스키가 옆에서 미간을 찌푸렸다.

"마법사의 집에서는 눈에 보이는 걸 곧이곧대로 믿으면 안 돼, 트윌 양. 알잖아."

시어니는 마른침을 삼키며 고개를 끄덕였다. 알지만 도저히 긍정적인 쪽으로 생각이 돌아가지 않았다. 이 시커멓고 기분 나쁜 건물은 며칠 만에 엉망이 된 자신의 입장과 처지를 보여주는 듯했다. 어젯밤 에이비오스키가 호텔 프런트에서 직원에게 이곳 지리를 물어보는 동안 시어니는 호텔에서 눈에 띄는 종이를 모아 벽난로에 한 장씩 넣으며 태웠다. 그래서 이런 불운이 닥쳐온 걸까? 어쩌면 이 건물의 외양은 아무것도 아니고, 마법사 에머리 세인이 시어니의 상상을 뛰어넘을 만큼 무시무시한 인물일 수도 있었다.

시어니는 한숨이 나오려는 걸 꾹 눌러 참았다. 19년을 노력해 겨우 여기까지 왔는데 그동안 성취한 모든 것이 날아간 듯했다. 마음이 춥고 헛헛했다. 그동안 품어온 크나큰 열망은 겨우 종이 마법이라는 결말을 맺었다. 앞으로 시어니는 기록부나 쓰고 고루한 책이나 읽으면서 평생을 보내게 될 것이다. 인생의 기쁨이 도착 즉시 열리는 편지 따위나 만들어 집으로 보내는 게 고작인 삶 말이다. 에이비오스키는 유리, 금속, 플라스틱, 심지어 고무를 택할 수도 있었을 텐데 굳이 종이 마법에 시어니를 배정했다. 종이 마법이 사양 길을 걷게 된 이유가 아무짝에도 쓸모없기 때문임을 에이비오스키는 아직 깨닫지 못한 모양이었다.

잘못을 저지른 학생처럼 질질 끌려갈 수는 없다는 생각에 시어니는 등을 곧게 펴고 대문을 향해 천천히 걸어갔다. 긴 창을 줄지어 땅에 쑤셔 박고 가시철사로 대충 묶어 만든 듯한 허름한 울타리가 대문 양옆으로 뻗어 있었다. 시어니가 대문 빗장을 잡자 한층 강해진 바람이 시어니의 머리에서 모자를 낚아채 아예 날려버릴 듯했다.

그 순간 주변 풍경이 확연히 바뀌었다. 시어니는 놀라서 여행 가방을 떨어뜨릴 뻔했다. 시어니가 한쪽 손을 얹은 울타리는 다 쓰러져가는 감옥이나 폐허에서 볼 수 있는 가시철사 울타리에서 단순한 철제 울타리로 변했다. 머리 위의 구름이 갈라지면서 태양이 빛을 쏟아내자 바람도 한결 약해져 간간이 부는 미풍으로 바뀌었다. 시커먼 6층짜리 건물도 말끔한 노란 벽돌로 된 3층짜리 건물로 바뀌었다. 창문의 시커먼 덧문들은 어느새 하얗게 변했고 활짝 열려 있었다. 현관 앞 널빤지도 말 여섯 마리가 위에 올라가 들뛰어도 될 만큼 튼튼해 보였다.

시어니는 고개를 들고 휘둥그레진 눈으로 달라진 풍경을 바라보았다. 대문에서 손을 떼고 뒤로 물러서면 음울한 모습으로 다시 바뀔 거라고 생각했지만 대문의 빗장을 손에서 놓아도 집은 그대로였다. 현관문으로 향하는 길은 포장돼 있지는 않았지만 아무렇게나 놓인 돌멩이 대신에 빨간색, 보라색, 노란색 튤립이 줄지어 피어 있었다.

시어니는 눈을 깜박이며 빗장을 열고 안으로 한 걸음 들어섰다. 자세히 보니 안에 있는 꽃들은 튤립이 아니었다. 아니, 진짜 꽃이 아니었다. 마당에 핀 꽃은 전부 종이를 접어 만든 것이었는데, 꽃마다 주름이 완벽하게 잡혀 있었다. 꽃봉오리도 어찌나 진짜 같은지, 구름이 오후의 태양 앞을 가로지르는 순간 꽃은 모두 꽃잎을 살짝 오므리기까지 했다. 살기 위해 안간힘을 쓰는 진짜 꽃 같았다.

주변을 빠르게 둘러보던 시어니는 철제 울타리에 걸려 있는 길쭉한 종잇조각들과 그 너머에 있는 널찍한 종이에 주목했다. 그 종이의 높이는 사람 키만 하고 폭은 여기로 올 때 타고 온 택시만큼 넓었다.

'환영이구나.'

시어니는 지난겨울 학교에서 들은 염탐 관련 강의를 떠

올렸다. 강사는 종이 인형을 사용해 본모습을 가리는 마법에 관해 설명했다. 하지만 시어니는 이렇게 집 *전체*를 가리는 데에도 그 마법을 사용할 수 있을 줄은 상상도 못했다.

옆으로 다가온 에이비오스키는 비단 장갑에서 천천히 손가락을 하나씩 뺐다. 이런 풍경의 변화에 놀라거나 재미있어하는 표정이 아니었다.

시어니는 세인 마법사가 현관문을 열고 나올 것이라고 생각했지만, 오렌지색에 가까운 담갈색 페인트칠을 한 단단한 나무 현관문은 계속 조용히 닫혀 있었다.

'어쩌면 세인이라는 분은 사악하지 않을 수도 있어. 그냥 미친 거야.'

시어니는 이런 생각을 하며 미간을 찌푸렸다.

종이꽃 앞을 지나 현관문을 향해 계단을 올라간 시어니는 손가락 관절로 힘차게 문을 두드렸다. 에이비오스키는 바로 뒤에서 따라 올라왔다. 시어니는 키가 160센티미터였지만 최대한 크게 보이도록 똑바로 섰다. 익히지 않은 참마 색깔의 머리카락을 손으로 무심코 쓰다듬었다. 느슨하게 하나로 땋은 머리카락이 왼쪽 어깨에 닿아 있었다. 그날 아침 시어니는 제일 좋은 원피스나 교복을 입지 않았고 머리도 딱히 손질하지 않았다. 신나는 일도 없는데 굳이 옷을 차려입을 이유가 있을까 싶어서였다. 세인 마법사도 시어니를 그렇게 특별하게 맞아줄 것 같지 않았다.

현관문 너머에서 희미하게 발소리가 나더니 문손잡이가 돌아가고 문이 열렸다. 시어니는 놀라 소리를 지르며 뒷걸음쳤다. 현관문을 열고 시어니를 맞은 것은 해골이었기 때문이다. 이번에는 에이비오스키도 놀란 듯했다. 입술을 오므리고 코 위로 둥근 테 안경을 살짝 매만지면서 "어휴" 하고 한마디 했을 뿐이었지만 말이다.

눈 없는 해골의 머리가 기계적으로 그들을 위아래로 훑어보았다. 시어니는 놀라 가슴에 한 손을 얹은 채 해골을 보았다. 해골은 키가 180센티미터 정도였고 몸이, 즉 머리와 척추, 갈비뼈, 다리 등이 전부 종이로 되어 있었다. 하얀 종이 수백 장, 아니 수천 장을 말고 접고 이리저리 끼워서 관절을 만들어 연결한 모양새였다.

"이분 정말 미쳤나 봐요."

시어니가 이번에는 소리 내어 말했다. 에이비오스키는 말조심하라는 뜻으로 미묘하게 콧방귀를 뀌었다.

해골이 옆으로 물러섰다.

"더 놀랄 일이 있을까요?"

시어니는 혼잣말처럼 물으며, 좁은 문틀이 허락하는 최대한으로 해골한테서 멀리 떨어진 채 집 안으로 들어갔다. 현관문 안쪽은 오래된 나무 냄새가 나는 기다란 복도이고 복도 끝은 세 갈래로 난 통로였다. 통로 두 개는 오른쪽으로, 한 개는 왼쪽으로 나 있었다. 첫 번째 오른쪽 통로는 작은 거실로 이어졌는데, 방 안이 잡다한 물건들로 가득하긴 했지만 솜씨 좋게 정리되어 있었다. 촛대부터 책에 이르기까지 모든 물건이 아주 깔끔하게 선반에 놓여 있었고, 오카리나와 구슬 세트, 그리고 또 다른 책들이 벽난로 위 선반에 가지런하고도 빼곡하게 배치된 모습이었다. 시어니는 평소 버릇처럼 방 안의 세세한 부분을 자세히 살펴보았다. 소파 위의 낡은 쿠션을 보니 세인 마법사는 소파 맨 왼쪽 끄트머리에 뒤로 기대어 앉기를 좋아하는 듯했다. 방 안 한쪽 구석에 작은 풍경(風磬)이 걸려 있었다. 창문을 열지 않는 한 거실로 바람이 불어 들어올 리 없고, 바람이 들어온다고 해도 아주 조금일 텐데 풍경이라니 묘했다. 시어니는 세인이 아마 풍경을 보는 건 좋아하는데, 그 소리는 별로 안 좋아하나 보다 하고 추측했다.

역시 미친 것 같았다.

읽지 않은 우편물들이 거실 구석의 사이드 테이블에 가지런히 놓여 있었고, 그 옆에는 뮤직박스와 와이어퍼즐이 보였다. 와이어퍼즐은 우편물 더미, 뮤직박스와 완벽하게 나란하게 놓여 있었다. 시어니는 이렇게 물건을 깔끔하게 정리해놓는 잡동사니 수집광은 처음이라 세인이 도대체 어떤 사람인지 갈피를 잡을 수 없었다.

왼쪽 통로 끝에는 닫힌 문이 있어 그 너머에 무엇이 있는지 알 수 없었다. 거기서 집 안으로 좀 더 깊이 들어가면 오른쪽 두 번째 통로 끝에 무엇이 있는지 구경할 수 있겠지만 시어니는 더 들어가지 않고 소리쳤다.

"세인 마법사님! 손님들이 왔는데 진짜 사람이 나와서 맞이해줬으면 합니다!"

"트윌 양, 예의를 지켜야지!"

에이비오스키가 나지막하게 나무랐다. 종이 해골이 그들 뒤에서 현관문을 닫았다.

"손님이 왔는데 나와보지도 않는 행동이 무례한 거 아닌가요?"

시어니는 막상 입 밖으로 내뱉고 나니 그 말이 유치하게 들려서 기분이 좋지 않았다. 그래서 목청을 가다듬으며 심호흡을 했다.

"죄송해요. 신경이 좀 곤두섰나 봐요."

"굳이 상기시킬 것 없어."

에이비오스키가 이렇게 말하는데 갑자기 오른쪽 두 번째 통로에서 손에 기록부 같은 것을 든 진짜 사람이 나타났다.

"손님이 오신 줄은 알고 있었습니다."

남자는 들고 있던 기록부를 덮으며 말했다. 뒤따라온 바람이 그의 곱슬거리는 검은 머리카락을 스치고 지나갔다. 그는 부드러운 바리톤의 목소리로 말을 이었다.

"노크를 하셔서 열어드렸습니다만."

시어니는 여행 가방을 쥔 손에 힘을 꽉 주며 놀란 가슴을 진정시켰다. 놀리는 말인지 여부는 알 수 없었으나 남자가 한 말을 깊게 생각하고 싶지 않았다.

세인 마법사는 시어니가 예상한 것보다 훨씬 젊어 보였다. 서른 살쯤으로 보였는데 그다지 신경 써서 옷을 차려입은 것 같지는 않았다. 마법사 전용 예복도 고급스러운 장식도 하지 않았다. 아무 장식 없는 하이넥 셔츠에 평범한 바지를 입었고, 그 위에 발목까지 오는 가볍고 큼직한 남색 외투를 걸쳤다. 외투의 헐렁한 소매 끝이 거의 손바닥까지 내려왔다. 외모도 평범해 보였다. 피부색은 밝지도 어둡지도 않았고, 키는 작지도 크지도 않았으며, 몸집은 마르지도 뚱뚱하지도 않았다. 귀 바로 밑까지 내려오는 검은 머리카락은 빗질을 한 듯도 하고 안 한 듯도 했다. 검은 구레나룻은 턱까지 내려오고 콧등 중간이 살짝 도드라졌다. 유일하게 비범해 보이는 부분은 형형한 눈빛이었다. 여름의 잎사귀 같은 초록색 눈동자가 마치 이마 뒤에 조명을 켜놓은 듯 반짝거렸다.

세인은 미소를 짓지도 않고 몸을 움직이거나 이마를 찌푸리지도 않은 채 그저 반짝이는 눈으로 시어니를 흘끗 쳐다보았다. 그 눈빛을 보면서 시어니는 그가 이 상황을 재미있어하는 듯한 느낌을 받았다. 그게 시어니 때문인지 아니면 그냥 혼자 즐거워서 그러는 것인지는 알 수 없었다. 시어니는 괜히 분한 마음이 들어 어금니를 꽉 물었다.

"세인 마법사님."

에이비오스키가 고개를 살짝 끄덕여 인사했다. 시어니는 이 두 사람이 얼마나 잘 아는 사이인지 궁금했다.

"이쪽은 내가 전신(電信)으로 얘기했던 시어니 트월 양이에요."

"예."

세인은 소파 옆에 놓인 읽지 않은 우편물 더미 위에 기록부를 내려놓고 기록부의 모서리를 각도에 꼭 맞게 조정했다. 그는 고개를 돌려 시어니의 눈을 마주보았다.

"사남매 중 장녀이며 졸업반 최우등생인 시어니 트윌 양. 올해 그 감옥 같은 학교에서 몇 명이나 졸업을 했지?"

시어니는 가방을 들지 않은 손이 멋쩍어서 괜히 모자를 매만지며 대답했다.

"스물두 명입니다."

"잘하긴 했네." 그는 다소 퉁명스럽게 말했다.

"학교에서 익힌 공부 습관을 여기서 잘 써먹어보도록 해."

시어니는 고개만 끄덕였다. 시어니는 바른 공부 습관을 갖고 있는 것이 자랑스럽긴 했지만 그녀에게 학교 공부는 늘 쉬웠다. 기억력이 뛰어난 편이라 어떤 책이든 한두 번 읽으면 전부 기억했다. 그 덕분에 학교에서 여러 가지 어렵고 지루한 강의를 들으며 버텨낼 수 있었다. 여기서 견습생으로 일하는 동안에도 좋은 기억력은 도움이 될 것이다.

에이비오스키는 헛기침으로 정적을 깼다.

"내가 새 예복을 가방에 넣어 오라고 했어요. 결합 예식은 준비하셨겠죠?"

"물론입니다."

세인은 한 손을 살짝 흔들며 간단히 대답하고는 시어니를 쳐다보았다.

"집 안을 둘러보고 싶겠군."

시어니는 기가 죽는 기분이었다. 이 남자는 손짓 한 번으로 시어니의 미래를 쉽게 짓밟을 수 있을 만한 위치에 있다! 이대로 특정한 물질과 마법 결합을 맺게 되면 다시는 되돌릴 수 없다. 물질과의 마법 결합은 평생 지속되는 약속이었다. 시어니는 혹시 필요할지도 모른다는 생각에 집 안을 둘러보며 도망칠 곳을 찾았다. 그런데 어느새 바로 뒤로 다가온 종이 해골 때문에 깜짝 놀라 또다시 비명을 지르고 말았다. 하지만 종이로 직접 악마를 접어 만들어놓는 집이니 따로 귀신이 있지는 않을 듯했다.

"존토, 멈춰."

세인의 명령에 해골은 그 자리에서 종이 뼈 더미로 무너져 내렸다. 섬세하게 종이접기를 한 머리 부분이 뼈 무더기의 맨 위에 얌전히 놓였다.

시어니는 뒤로 살짝 물러섰다. 이 소름 끼치는 남자는 대체 어떤 사람이기에 종이로 해골 집사를 만들어 부리는 걸까? 이런 종이 해골이 아니면 손님이 왔을 때 현관문을 열어줄 사람도 없나?

"혼자 사세요?" 시어니가 물었다.

"그게 편해서." 세인은 앞장서서 복도를 걸어가며 집 안을 안내해주었다. 그는 왼쪽 통로의 닫힌 문을 가리켰다.

"여기는 작업실이야." 그리고 오른쪽 두 번째 통로를 가리키며 덧붙였다. "여길 지나면 식당이 나와."

천천히 발걸음을 옮긴 시어니는 혹시 종이로 만들어진 무시무시한 무언가가 또 튀어나올까 봐 모퉁이 너머를 조심스레 내다보았다.

짧은 통로의 양쪽 벽에는 거울 두 개가 서로 마주한 채 붙어 있고, 긴 의자 하나, 빈 꽃병이 놓인 간소한 모양의 낮은 서랍장 하나가 덩그러니 놓여 있었다. 종이를 단단히 접어 만든 청록색과 노란색의 삼각형 모양 장식들이 벽을 따라 천장 가까이에 매달려 있었고, 복도 너머에는 작지만 갖출 것은 다 갖춘 주방이 있었다. 싱크대를 중심으로 대리석 조리대가 설치돼 있고, 양옆에 진한 색깔의 목재 찬장까지 있기는 했지만 안에 들어가서 음식 준비를 할 공간은 충분했다. 싱크대 위에 설치된 금속 선반 위에는 냄비와 팬 몇 개를 엎어놓았는데, 바닥이 시커먼 것을 보니 자주 사용하는 듯했다. 선반 가장자리에는 존토라는 해골 집사의 뼈와 비슷해 보이는 종이 덩굴이 감겨 있었다. 저 덩굴도 어떤 용도가 있는 걸까, 아니면 이 종이 마법사가 진짜 사람들을 피해 여기 칩거해 살다 보니 지루해져서 괜히 만들어놓은 걸까? 이 집의 종이 장식 중 마법을 위한 용도인 것은 얼마만큼이고 의미 없는 것은 또 얼마만큼일까?

시어니도 명색이 마법사인데 이 남자처럼 종이로 실내나 장식하는 일을 하며 평생을 보내게 될까?

이런 생각을 떨쳐내며 시어니는 주방의 나머지 부분을 둘러보았다. 세인의 주방에 있는 난로는 시어니가 익숙하게 사용하던 것보다 좁은 편이었는데, 구식이기는 해도 초라하지는 않았다. 종이 마법 수업을 받는 동안 종종 이 주방으로 들어와 쉬면서 요리로 마음을 달래게 될 것 같다는 예감이 들었다. 만약 태기스 프래프에서 장학금을 주지 않았다면 시어니는 아마 요리학교에 들어갔을 것이다. 요리학교는 태기스 프래프에 비해 수업료가 10분의 1 수준이고 시어니는 요리에 소질이 있으니 아마 충분히 입학할 수 있었을 것이다.

시어니는 주방을 지나 식당으로 들어갔다. 천장에 가느다란 실로 매달아놓은 수백 마리의 종이 새가 마치 살아 있는 듯했다. 그 새들은 사람이 지나다닐 때 방해가 되지 않는 높이에 하늘하늘 매달려 있었고, 그 아래에는 갈색 실로 짠 깔개 위에 간소한 사각형 식탁이 놓여 있었다. 식탁 옆에 놓인 진한 색깔의 키 큰 목재 장식장에는 접시, 책, 냅킨, 항아리, 주전자 등이 깔끔하게 정돈돼 있었는데, 어찌나 바짝 붙여 놓았는지 그중 하나만 빼도 나머지가 무너져 내릴 듯했다. 장식장 맨 위에는 점점 작아지는 종이 공들과 원뿔들로 만들어진 묘한 장식품이 놓여 있었다. 보고 있자니 눈이 아팠다. 이런 물건들로 꽉꽉 차 있지만 않아도 이 집은 살기가 꽤 쾌적할 듯했다.

시어니의 시선이 탁자 가장자리에 쌓여 있는 두툼한 담황색 종이로 향했다. 시어니는 이 집 울타리의 종이 환영을 떠올리며 그 더미에 손을 슬쩍 얹어보았다.

"집 앞에 만들어놓으신 위장은 소름이 끼쳤어요."

시어니가 이렇게 말하자 식당으로 들어서던 에이비오스키는 입조심하라는 눈빛을 보냈다. 하지만 세인은 아무렇지 않게 대답했다.

"그래, 재미있지 않아?"

세인은 시어니 옆을 지나서 긴 손잡이가 달린 문을 열었다. 그 문 너머에는 위층으로 향하는 가파른 계단이 있었다.

"따라와."

시어니는 여행 가방을 들고 그의 뒤를 따라갔다. 아홉 번째 계단은 발이 닿을 때마다 삐걱거렸다. 2층에 다다랐을 무렵 시어니는 무릎이 시큰했다. 세인이 방문을 열며 말했다.

"여기가 자네 방이야. 짐을 내려놓도록 해."

시어니는 방으로 들어갔다. 아래층과는 다르게 선반이 휑하니 비어 있었다. 종이 무더기나 이런저런 물건들, 잡다한 장식도 없었다. 카펫에 눌린 자국이 남아 있는 것을 보니 가구를 다른 곳으로 옮기거나 치운 지 얼마 안 된 듯했다. 일주일 전에 견습생 배치에 대한 통지를 받았을 텐데 시어니가 도착하기 직전에야 부랴부랴 방을 준비해놓은 모양이었다.

이상하게도 벽이나 천장 어디에도 종이로 된 장식이 전혀 없어 황량하기까지 했다. 소박한 트윈 사이즈 침대가 하나뿐인 창문 가까이 놓여 있었다. 침대 옆에 있는 벽감에는 선반 세 개가 설치돼 있었고, 서랍이 달려 있는 간소한 책상이 침대 발치에서 두어 걸음쯤 떨어진 곳에 있었다. 작은 벽장도 있었는데 시어니가 가져온 여벌의 옷을 넣어둘 공간은 충분해 보였다. 그리고 작은 탁자 위에는 새 촛대와 받침이 놓여 있었다.

태기스 프래프 시절에 썼던 기숙사 방에 비하면 선반 개수는 더 적어도 공간은 약간 더 넓었다. 하지만 시어니에게는 기숙사 방이 더 쾌적하고 편안하게 생각되었다. 그 방은 그녀가 자기 노력으로 얻어낸 곳이라 더 그렇게 느껴지는 것일 수도 있었다. 무엇보다 기숙사 방은 시어니가 *있고 싶어 했던* 공간이었다.

"고맙습니다."

시어니는 내키지 않았지만 감사를 표하고 여행 가방을 내려놓았다. 가방에 몰래 넣어 가지고 온 1845 테이섬 격발 장치 권총을 잠시 떠올렸다. 시어니가 금속 마법사가 될 계획이라고 하자 아버지가 졸업 선물로 주신 것이었다. 시어니는 아무도 없을 때 그 권총을 꺼내놓아야겠다고 마음먹었다. 세인은 시어니의 반응을 예상한 듯 덤덤하게 집 안 안내를 계속했다.

시어니가 침실 문을 닫고 따라 나오자 세인이 말했다.

"복도를 따라가면 욕실이랑 내 방, 서재가 있어."

그는 복도 끝에 있는 또 다른 계단 앞에서 걸음을 멈추고 에이비오스키에게 "여기에 결합 의식을 준비해뒀습니다"라고 말하며 서재를 가리켰다.

시어니는 움직임을 늦추었다. 집 소개가 끝나면 곧 결합 의식이었다. 시어니는 복도 끝의 3층으로 가는 계단 문이 주방에 있는 2층으로 가는 계단 문과 똑같다는 것을 알아챘다.

"3층에는 뭐가 있어요?"

어쩌면 3층에 뭔가 기대할 만한 것이 있을지도 몰랐다. 여차하면 창문을 통해 뛰어내릴 수도 있을 것이다. 1층과 2층의 천장 높이를 감안하면 3층의 천장 높이가 제일 높을 것 같았다. 이런 곳에 위치한 집치고는 특이한 구조였다.

"대단한 마법이 있지."

세인은 숨김없는 표정이었고 빛나는 두 눈은 웃고 있었

다. 그는 자신의 두 눈이 얼마나 속생각을 드러내는지 알고 있을까?

시어니는 그에게 그 말을 해주지 않으리라 마음먹었다. 여기서 살아남으려면 최대한 유리한 고지를 점할 필요가 있었다.

세인이 3층으로 올라가는 계단 앞을 어깨로 막고 서 있어서 시어니는 내키지 않는 발걸음으로 에이비오스키를 따라 서재로 들어갔다. 서재는 시어니의 침실보다 약간 더 컸고 측벽에 천장까지 이어지는 책장이 설치돼 있었다. 시어니의 예상대로 서재에는 책이 빈틈없이 빽빽하게 꽂혀 있었고, 어떤 곳은 두 겹으로 꽂혀 있어서 그 안쪽의 책 제목은 보이지도 않았다. 책장의 먼지를 얼마 전에 털어낸 모양이었다. 먼지 생각을 하니 곧장 재채기가 났다. 저 끝에 있는 커다란 창문에 먼지를 쓸어 치운 자국이 있는 것이 눈에 띄었다. 그리고 창문에 걸쳐놓은 종이 사슬과 그 아래 소나무 탁자가 보였다. 탁자 위에는 옅은 색부터 짙은 색, 거친 질감부터 부드러운 질감의 순서대로 깔끔하게 정리된 다양한 크기와 색깔의 종이 더미가 놓여 있었다. 그리고 그 뒤의 오른쪽 구석에는 작은 전신(電信)용 종이가 있었다.

탁자 앞에 놓여 있는 하나뿐인 의자는 돌려져 있고, 그 위에는 달걀 껍데기 같은 색깔의 두툼한 캔버스 종이가 작은 이젤에 놓여 있었다. 장식도 아니고 대단한 물건도 아닌 그저 평범한 종이였다.

종이를 바라보던 시어니는 그것이 무엇인지 깨달았다. 바로 자신의 무덤이었다.

시어니는 마법 재료와의 결합에 대해 잘 알고 있었다. 마법학교에서 작년 한 해 동안 혹독한 수업을 받으면서 공부한 수십 가지 주제 중 하나가 바로 결합이었다. 결합은 마법이라기보다는 마법사의 영혼을 재료와 연결시키는 일종의 서약이었다. 결합 의식을 *거쳐야만* 마법을 행할 수 있었다. 이를테면, 마법사는 유리와 불을 모두 쓰는 마법을 할 수가 없고 한 가지만 가능했다. 시어니도 종이와 결합을 하고 나면 금속 마법사가 되는 꿈은 접어야 했다. 학교 수업 시간에 종종 상상했던 장신구에 마법을 걸고 총알에 주문을 거는 일은 이제 불가능해지는 것이다.

불공평했지만 불평을 해봤자 소용없었다. 다들 알고 있었다. 에이비오스키 마법사도 세인 마법사도. 시어니는 마법 재료를 선택할 권리가 있었지만, 선배들이 마법 분야 중 제일 약한 종이 마법을 외면해온 덕분에 그녀가 억지로 종이 마법을 떠맡게 됐다는 걸 말이다.

세인은 가로 8인치 세로 11인치 크기의 자그마한 표준형 백지를 건넸다. 시어니는 종이를 뒤집어보았지만 지시 사항은 적혀 있지 않았다. 표면에는 아무 글자도 없었고 종이 마법을 비롯한 어떤 주술도 걸려 있지 않았다.

"이 종이는 뭐죠?"

"감촉을 느껴봐."

세인은 이렇게 말하며 뒷짐을 지고 섰다.

시어니는 종이를 손으로 잡고서 자세한 설명을 기다렸지만 세인은 가만히 서 있을 뿐이었다. 몇 초 후 시어니는 두 손바닥 사이에 종이를 놓고 손을 앞뒤로 문질러가며 열심히 뭔가를 느끼려고 했다.

세인은 웃는 눈으로 약간 구겨진 그 종이를 다시 받아 들고 좀 더 나지막하게 물었다.

"무슨 말을 해야 하는지 알고 있지?"

시어니의 눈도 세인의 눈만큼이나 속생각을 쉽게 드러내는 모양이었다.

시어니는 멍하니 고개를 끄덕였다. 택시를 타고 여기로

오는 동안 에이비오스키와 나눈 긴 대화가 떠올랐다.

"다른 방법이 없어. 균형을 위해 어쩔 수가 없는 거야. 소문과 헛소리에 휘둘리지 마, 트윌 양. 종이 마법은 예리한 시각과 재빠른 손놀림을 필요로 하는데, 자네는 그 두 가지를 모두 갖춘 인재야. 다른 선배들도 운명을 받아들였으니 자네도 그래야 해."

운명을 받아들이라고? 꿈을 포기하라고 설득하는 말에 불과하지 않나?

두 마법사는 시어니를 가만히 지켜보았다. 에이비오스키는 평소처럼 무표정했고 세인은 이상하게 재미있어하는 눈빛이었다. 시어니는 입을 꾹 다물었다. 어차피 종이 마법 말고는 다른 길이 없었다. 종이 마법사가 되지 못하면 실패자로 남을 뿐이었다.

시어니는 땀으로 축축해진 손을 들어 의자 위 이젤에 놓인 종이에 가져다 댔다. 그리고 눈을 감고 이를 악물며 말했다.

"인간에 의해 만들어진 재료여, 창조자가 명한다. 내가 죽어 흙으로 돌아가는 날까지 평생 나와 연결될지어다."

그 단순한 말은 곧장 효력을 발휘했다.

시어니의 손이 따뜻해지기 시작했다. 열기가 팔과 몸으로 빠르게 흘러 들어왔다가 쑥 빠져나갔다.

서약이 완료되었다.

2

세인은 의자에 놓아둔 이젤을 집어 들며 말했다.

"결합 의식은 언제 해도 참 용두사미야. 이거 보관하고 싶어?"

눈을 깜박이던 시어니는 결합이 완료된 손을 가슴에 대고 물었다.

"무엇을요?"

세인은 커다란 종이를 손에 늘고 흔들었다.

"이걸 보관하는 게 쓸데없이 감상적이라고 하는 이들도 있기는 하지."

"저는 됐어요."

시어니는 지나치게 날카롭게 대답한 것 같아 마음에 걸렸다. 세인은 개의치 않는 듯 종이를 벽에 붙여두었다. 이젤을 탁자 위에 올리자 종이 더미와 완벽하게 평행선을 그렸다.

탁자에 빈 공간이 없자 에이비오스키는 바닥에 쭈그리고 앉아 단단한 플라스틱 서류 가방을 열었다. 그 서류 가방은 플라스틱 마법사가 직접 만든 것이었다. 플라스틱 마법은 고무 마법사가 플라스틱을 발명한 30년 전에 새로 만들어진 마법의 한 유형이었다. 에이비오스키가 서류 가방에서 꺼낸 것은 깔끔하게 접은 빨간색 앞치마와 춤이 낮은 검은색 실크 모자로, 마법 견습생의 의상이었다.

오랫동안 품어온 꿈이 산산조각 난 잔해가 가슴속에 쌓여 있는 듯해서 속이 쓰렸지만 시어니는 말없이 앞치마와 모자를 경건하게 받아 들었다. 마법학교 학생이 입는 초록색 앞치마와 달리 견습생용 앞치마는 주름이 잡혀 있고 목 깃 가장자리에 얇은 진홍색 테두리가 있었다. 앞치마는 상반신 대부분을 덮는 디자인이었는데, 목과 허리 뒤로 끈을 묶어 착용하게 되어 있었고 허리 양옆에 작은 반원형 주머니가 달려 있었다.

빳빳하고 광택이 있는 실크 모자는 마법에 경험이 있는 견습생이라는 표시였다. 아직 마법학교 학생 신분일 때는 이런 실크 모자를 쓸 수 없었다. 종이 마법사의 길이 불편하고 따분할 수는 있지만, 그래도 이 앞치마와 모자를 받았으니 가치를 인정받은 거라고 시어니는 좋게 생각했다. 시어니가 태기스 프래프를 졸업하면서 무언가를 성취해냈다는 증거이기도 했다. 특히 일 년 만에 최고 성적으로 졸업을 한 것은 아무나 할 수 있는 일이 아니었다.

"감사합니다."

시어니는 앞치마와 모자를 가슴에 꼭 안았다. 그 모습에 에이비오스키는 미소를 지었다. 시어니가 학창 시절에 늘 보아왔던 미소였다. 그 미소 때문에 시어니는 에이비오스키를 좋아했다. '저분 밑에서 공부할 수 있다면.' 선택의 기회만 주어진다면 시어니는 종이보다야 유리를 선택할 것이다.

에이비오스키는 어깨를 펴며 별안간 분위기를 정리했다.

"나는 혼자 알아서 나갈게요. 또 다른 종이 하인을 시켜 나를 배웅해주지 않을 거라면 말이죠."

세인이 눈으로 웃으며 대답했다.

"직접 배웅해드리는 게 무슨 성가신 일이라고 그러십니까, 패트리스. 시어니?"

"저는…… 괜찮다면 여기 있을게요."

에이비오스키를 배웅하러 택시 앞까지 갔다가는 그대로 도망쳐 다시는 여기로 돌아오지 않을 것 같은 느낌이 들어서였다. 종이 마법이 정말 싫었지만 자신에 대한 믿음이 생길 때까지, 새로운 책임을 받아들일 수 있을 때까지는 쉽게 도망칠 수 있는 길을 스스로 차단하는 게 옳다는 판단이었다. 시어니는 이미 영원히 종이 마법과 결합이 되었다. 일 년 동안 태기스 프래프에서 고생한 보람도 없이 여기서 전부 포기할 수는 없었다.

세인은 고개를 한 번 끄덕이고는 조금 전에 감촉을 느껴보라며 내밀었던 구겨진 종이를 시어니에게 건넸다. 시어니는 어리둥절해하며 그 종이를 받아 들었다. 그리고 세인과 에이비오스키가 서재 문으로 걸어간 그 잠시 동안 그 종이의 무언가가 달라졌음을 느꼈다.

종이를 가만히 뒤집어보았다. 마법이 깃들었거나 어떤 글자가 생겨나진 않았다. 어딘지 느낌이 달라졌지만 무어

라 표현할 길이 없었다. 당연히 감촉은 종이였다. 여느 초상
화가가 그림을 그리는 데 썼을 법한 비교적 가벼운 종이. 그
런데 그 종이에 닿는 피부 아래쪽이 살짝 간질거렸다. 결합
때문일까? 그래서 세인은 시어니에게 그 차이를 알게 하려
고 결합 예식 전에 감촉을 느껴보라고 했던 걸까?

혼란스러워진 시어니는 종이를 의자에 놓아두고 서재 문
쪽으로 걸어가 복도를 살짝 내다보았다. 에이비오스키와
세인은 복도를 걸어가면서 목소리를 한껏 낮춰 무언가 논
의를 하는 중이었다. 시어니는 그들 뒤를 따라갔다. 복도
를 조용히 걸어갈 동안 저 앞에서 두 마법사는 계단을 내
려갔고 곧 모습이 보이지 않았다. 시어니는 그들을 따라 계
단을 내려갔다. 두 마법사는 식당으로 들어섰다. 시어니는
삐걱 소리가 나는 아홉 번째 계단을 밟지 않으려 조심스레
타 넘어갔다. 서둘러 그들 뒤를 따라간 시어니는 에이비오
스키가 현관문 밖으로 나가는 모습을 보았다. 세인은 열어
놓은 현관문을 발꿈치로 받치고 문간에 서서 에이비오스
키와 나지막하게 무어라 말을 주고받았다. 시어니가 들으
면 안 될 만한 얘기를 하는 모양이었다. 에이비오스키는 시
어니가 시키는 대로 고분고분 따르는 학생이 아니라고 늘

생각했었다.

시어니는 문 옆에 꼼짝 않고 쌓여 있는 존토의 종이 뼈 무더기를 흘끗 쳐다보며 조용히 복도를 걸어갔다. 여전히 스승들의 대화 내용은 잘 들리지 않았지만 더 가까이 갈 엄두는 나지 않았다. 그래서 대신 세인의 작업실 문손잡이를 돌려 안으로 들어갔다.

그 방은 다른 방들보다 물건이 더 많았는데 역시나 잘 정리되어 있었다. 문 맞은편 벽 위쪽의 동그란 창문을 통해 환영 마법이 걸려 있는 대문이 내다보였다. 노란색 종이 커튼을 젖혀놓은 상태라 유리가 바로 보였는데, 한동안 바깥쪽에서 유리를 한 번도 닦지 않은 듯했다. 창문 아래 설치된 금속 선반에는 더 많은 책과 보관철, 세인이 아까 들고 있던 것과 비슷한 기록부들이 꽂혀 있었다. 선반의 대각선 방향에는 삼나무로 된 세 개의 쌍둥이 책장이 서 있었는데, 4층으로 된 책장마다 빈 공간을 최소화하려는 듯 종이 더미가 깔끔하게 차곡차곡 쌓여 있었다. 이미 접어놓은 종이도 상당히 많았다. 시간을 절약하기 위한 종이 마법의 준비 작업이었다. 상당수의 자질구레한 마법은 그렇게 V자 접기부터 시작되는 경향이 있었다. 시어니는 여기서 견습생으로 있는 동안 저런 별로 중요하지도 않은 준비 작업이나 하며 대부분의 시간을 보내겠구나 싶었다. 세인이 한가롭게 갖고 놀 것들을 만드는 데 쓰이는 마법을 위해서 말이다.

그 방에는 정사각형의 창문이 하나 더 있었다. 바깥이 담쟁이덩굴로 막혀 있는 그 창문 앞에는 다양한 종이 사슬이 걸려 있었다. 일부는 빽빽하고 작은 고리들이었고 일부는 끝이 찢어진 큼직한 고리들이었는데, 그것들은 한 번 잡아당기기만 해도 전체가 다 뜯길 정도로 서로 느슨하게 연결돼 있었다. 파란색 사슬도 있고 분홍색 사슬도 있고 다양한 색깔이 섞인 사슬도 있었다. 하지만 색깔은 중요하지 않았다. 시어니는 태기스 프래프 시절에 '재료의 역사' 수업을 받아서 그 정도는 알고 있었다.

담녹색 카펫 위에 떨어진 작은 종잇조각들이 눈에 띄었다. 세인이 한참 동안 여길 청소하지 않았을 수도 있고, 아니면 시어니가 도착하기 전에 그녀를 공포에 떨게 만들 마법을 준비하느라 최근에 여기서 작업을 했을 수도 있었다. 시어니는 마법의 흔적을 찾아보았으나 책상 윗면이 보이지 않을 정도로 온갖 물건이 잔뜩 있는 방이라 쉽지 않았다. 다만 세인의 마법사 자격증이 담긴 액자와 책상 뒤쪽 구석에 서류철이 꽂혀 있는 선반들을 제외하면 벽은 대부분 비어 있었다.

시어니는 현관문이 닫히는 소리를 들었지만 서두르지 않았다. 웅크리고 앉아 카펫에 떨어진 종이들을 집어 들고 펼쳐보았다. 미묘하고 신기하며 간질간질한 느낌이 피부에 또다시 와 닿았다. 이 종이들은 정체가 무엇일까. 엄지손톱만 한 종이들에는 전부 묘한 대칭적인 무늬가 들어가 있었다.

그때 작업실 문이 열리고 세인이 밝은 목소리로 물었다.

"재미있어?"

벌컥 화를 내는 성격은 아닌 모양이라고 생각하며 시어니가 말했다.

"눈송이를 만들고 계셨나 봐요." 시어니는 길게 늘인 하트 모양으로 잘라낸 종이를 바라보며 덧붙였다. "이 종이를 오려서 눈송이를 만드신 거 맞죠?"

세인은 초록색 눈동자를 빛내며 차분한 표정으로 고개를 끄덕였다.

"관찰력이 좋군."

시어니는 일어서서 갈비뼈부터 종아리까지 덮는 갈색 치

마를 손으로 털었다. 세인의 빛나는 눈에 진심이 담겨 있지 않았다면 시어니는 그가 자기를 놀린다고 생각했을 것이다. 그는 사람을 헷갈리게 만드는 남자였다.

"시어니." 문틀에 기대어 선 세인은 긴 소맷자락을 아래로 늘어뜨리며 팔짱을 꼈다. "이름으로 불러도 되겠지?" 그는 대답을 기다리지 않고 말을 이었다. "종이 마법은 자네가 생각하는 것처럼 그렇게 따분하지 않아. 금속 마법처럼 자극적이거나 플라스틱 마법처럼 혁신적이지는 않겠지만 창조성을 발산할 여지는 충분해. 보여줄까?"

시어니는 인상을 쓰고 싶었지만 그 제안에 지루해하는 표정을 짓지 않으려고 애를 썼다. 어차피 이 남자 밑에서 최소한 2년 동안은 견습생으로 있어야 했다. 그러려면 그의 마음에 들 필요가 있었다. 시어니는 애써 공손한 미소를 지으며 문으로 향했다.

세인은 복도로 물러섰다. 그의 뒤를 따라 나가다 이런저런 물건이 놓여 있는 책상 위를 흘끗 돌아본 시어니는 무언가를 보고 걸음을 멈췄다. 종이 사이에서 삐져나온 편지 봉투였는데, 시어니가 여행 가방 옆주머니에 넣어 온 봉투와 같은 게 아니었으면 시선을 끌지 못했을 것이다.

도로 작업실로 들어간 시어니는 여러 가지 편지와 엽서가 함께 담긴 보관철로 손을 뻗었다. 그리고 왼쪽 가장자리를 나란히 맞춰놓은 종이들 중 한가운데서 삐져나온 복숭아색 봉투를 잡아당겼다. 정신이 아뜩해진 나머지 손가락 끝에 전해진 찌릿찌릿함을 느낄 새도 없었다. 편지 봉투에 적힌 수신자는 세인이 아닌 마법사 위원회였다. 그리고 글씨체는 시어니 자신의 것이었다. 시어니는 후원자가 익명으로 자신을 도운 데다 연락처도 알 길이 없어 마법사 위원회로 편지를 보냈었다.

그런데 마법사 위원회를 통해 그 편지를 받은 사람이 바로 세인이었다니!

편지 내용은 이미 알고 있으니 열어볼 필요도 없었다. 시어니는 그 안에 적힌 단어 하나하나를 전부 기억했다.

익명의 후원자께,

장학금을 받게 해주신 것에 대한 감사의 마음을 어떻게 표현해야 좋을지 모르겠습니다. 어렸을 때부터 저는 마법의 비밀을 배우는 것이 꿈이었는데, 집안 형편이 좋지 않고 제가 운이 나빠서 며칠 전까지만 해도 꿈을 이루지 못할 거라고 생각했어요. 그런데 도움을 주신 덕분에 태기스 프래프 마법학교에 정식으로 등록할 수 있게 돼서 정말 기쁩니다. 일 년 안에 졸업해서 후원자님이 자랑스러워하시도록 하겠습니다.

제가 얼마나 기쁘고 후원자님께 감사한지 말로 다 못하겠지만 믿고 기다려주시면 좋겠습니다. 후원자님은 제 인생은 물론이고 제 가족의 인생까지도 좋은 쪽으로 영원히 바꿔주셨어요. 후원자님의 관대함 덕분에 저는 앞으로 나아가 목표를 이룰 수 있게 됐습니다. 이 세상 그 무엇도 이제 제 야망을 꺾지 못할 거예요.

후원자님이 제 인생을 완전히 바꿔주셨다는 것을 알아주셨으면 해요. 언젠가 후원자님의 성함을 알게 되기를, 그래서 작은 보답이라도 할 수 있는 날이 오기를 기도하겠습니다.

진심으로 따뜻한 안부를 전하며,

시어니 마야 트윌 올림.

약간 거북하고 어질어질한 기분이었다.

"마법사님이…… 제 후원자셨어요?"

문밖에 선 세인의 한쪽 눈썹이 치켜 올라갔다.

시어니는 편지를 뒤집어 보며 말했다.

"이건 제가 보낸 감사 편지예요." 시어니는 심장이 빠르게 뛰면서 목까지 붉게 상기되었다. "저한테 장학금을 주신 분이…… 마법사님이란 거잖아요."

세인은 왼쪽으로 고개를 살짝 갸웃했다.

"그 학교 등록금이 엄청 비싸기는 하지?"

"왜죠?" 시어니는 목소리가 떨리지 않게 하려고 침을 삼키며 물었다. 목구멍 안쪽이 따가웠다. "왜…… 저를 후원하셨어요?"

처음부터 시어니는 장학금 같은 재정적인 지원을 받아야만 마법사 견습생이 필수로 거쳐야 하는 마법학교인 태기스 프래프에 다닐 수 있었다. 시어니는 중등학교 시절 열심히 공부를 한 덕분에 태기스 프래프의 입학 허가를 받았고 밀러 학업 우수 장학금 후보까지 됐다. 하지만 시어니가 받기로 한 장학금이 뚜렷한 설명 없이 취소가 되고 말았다. 상심한 시어니는 짐을 싸고 억스브리지로 거처를 옮길 준비를 했다. 마법학교 대신 요리학교에 다니려면 일 년 남짓 억스브리지에서 남의 집 가사도우미로 일하면서 돈을 벌어야 했기 때문이었다. 그런데 억스브리지로 떠나기 나흘 전에 태기스 프래프 측에서 시어니에게 전신을 보내, 어느 익명의 후원자가 시어니에게 1만 5천 파운드에 달하는 장학금을 주기로 했다고 알려주었다. 그 정도면 일 년치 등록금에 책값, 기숙사비까지 모두 낼 수 있는 금액이었다. 화이트채플 지역 밀 스콰츠 마을 출신의 가난한 학생에게 그만한 금액을 대출해줄 은행은 어디에도 없었으니, 그야말로 기적이 일어난 것임을 시어니는 경험으로 잘 알고 있었다.

전신을 받은 시어니는 기쁨의 눈물을 흘렸다. 그리고 바로 다음 날 이 감사 편지를 썼다.

그런데 오늘 아침 시어니가 처음 만난 이 남자, 시어니가 정신 나간 마법사로 단정한 에머리 세인이 이자도 붙이지 않고 어떤 보답도 요구하지 않은 채 시어니에게 장학금을 준 바로 그 후원자였다. 그것도 익명으로 도와준 후원자.

세인은 대답하지 않고 가만히 있다가 팔을 크게 한 번 휘저으며 짧게 말했다.

"그만 갈까?"

더 이상 길게 얘기하지 말자는 뜻이 담긴 몸짓이었다. 애초에 장학금으로 생색을 낼 사람이었으면 시어니에게 장학금을 대줬을 때부터 본인 이름을 밝혔을 것이다.

시어니는 떨리는 손으로 편지를 내려놓았다. 뒷덜미를 손으로 문지르며 세인을 따라 복도로 나가 주방과 식당 앞을 지나갔다. 그는 그 문제를 더 이상 거론하고 싶어 하지 않았지만 시어니 입장에서는 이렇게 뭉개고 넘어갈 수 없었다. 결국 계단에서 시어니가 물었다.

"저를 견습생으로 보내달라고 요청하셨어요?"

"자네가 이쪽에 배정된 건 우연이었어. 그게 아니라면 에이비오스키 마법사가 썰렁한 유머 감각을 발휘한 걸지도 모르지. 그걸 유머 감각이라고 불러도 될지 모르겠지만. 그분은 늘 진지한 얼굴로 농담을 하는 편이라서."

우연이라고! 너무 어이가 없어 대꾸할 말을 찾지 못한 채 시어니는 세인을 따라 계단을 올라가 다시 서재로 들어갔다. 그곳에는 시어니의 견습생복이 바닥에 놓여 있었다. 시어니는 빨간 앞치마만 착용하고 실크 모자는 쓰지 않았다. 모자는 공식적인 자리에서나 쓰는 게 맞을 것이다.

세인은 의자를 끌어다가 시어니를 앉게 했다. 그리고 탁자에 놓인 종이 몇 장과 도마처럼 생긴 종이접기용 재단대를 손에 들고 초록색 단모 카펫 위에 책상다리로 앉았다. 긴 외투는 마치 여자들이 입는 가운 자락처럼 뒤로 넓게 펼쳐놓았다.

"제…… 제가 의자를 가져다드릴게요."

시어니는 종이 마법사의 길을 걸어야 한다는 사실이 여전히 실망스러웠지만, 이렇게 세인 앞에 앉아 있자니 이상한 기분이 들었다. 세인이 자신을 위해 해준 일을 알게 되었는데 그 이유를 알 수 없으니 더욱 그런 마음이 드는 것이었다. 자신이 네 번이나 고쳐 써서 후원자에게 보낸 편지를 세인이 받았다는 것을 알고 나니 더욱 그랬다. 예의범절 수업이나 교과서도 이런 상황에서 어떻게 처신해야 하는지는 알려주지 않았다.

"그러지 마." 세인은 눈앞으로 흘러내리는 머리카락도, 두 손을 덮는 긴 소매도 아랑곳하지 않고 재단대 앞에 허리를 굽혔다. "나는 재단대 대신 무릎에 대고 종이접기를 하지 않는 것을 개인적인 좌우명으로 삼고 있어."

시어니는 그 말에 엉뚱한 생각이 들었다.

"남의 무릎이요, 아니면 본인 무릎이요?"

세인은 시어니를 올려다보았다. 소리 내서 웃지는 않았지만 그의 두 눈에 웃음기가 담겨 있었다.

"내가 남의 무릎에 대고 종이접기를 하면 그 사람이 나를 괴상한 사람으로 보지 않을까?"

"그게 아니라도 괴상하게 생각할 거예요."

시어니는 막상 이 말이 본인 귀에 들리자 당황해 얼굴을 붉혔다. 그동안 늘 사용하던 비판적인 말투였지만, 세인이 베풀어준 은혜를 알고 나서는 말이 훨씬 곱게 나갔다. 후원자에서 스승이 된 이 사람과 상황을 잘 풀어나가려면 별일 없었다는 듯 태연하게 행동하는 것이 최선일지도 모른다. 그게 제일 쉬운 방법일 터였다.

다행히 세인은 미소를 지으며 다시 앞에 놓인 재단대로 시선을 돌렸다.

"모든 것은 종이접기로 이루어져 있어."

그는 정사각형의 오렌지색 종이를 반으로 접고 또다시 반으로 접으며 설명을 이어갔다.

"그건 이미 알 테고, 중요한 건 종이를 제대로 접어야 한다는 거야. 모든 것이 가지런해야 돼. 안 그러면 마법이 작용하지 않아. 거울이 완벽한 상을 반사하지 않을 경우 거울에 마법을 걸 수 없듯이."

"제대로 된 재료를 갖추지 않으면 코블러(위에 밀가루 반죽을 두껍게 씌운 과일 파이의 일종 – 옮긴이)를 구울 수 없는 것처럼요."

시어니가 나지막하게 대답했다. 세인은 고개를 끄덕였을

뿐이지만 시어니에게는 그런 사소한 동의의 몸짓이 중요하게 와 닿았다. 시어니는 그의 평범해 보이는 두 손이 종이를 이리저리 돌리고 뒤집으며 접는 모습을 바라보았다. 종이는 그의 손길에 따라 물처럼 구부러졌고 그는 힘들이지 않고 종이를 뜻대로 이끌었다. 시어니는 그 움직임을 잘 관찰해 머릿속에 차곡차곡 저장했다.

세인은 종이를 연 모양으로 접었다가 다시 다이아몬드 모양으로 펼쳤다. 그다지 복잡하지는 않았다. 하지만 시어니는 세인이 작업을 거의 마칠 때가 되어서야 그가 접고 있는 것이 새임을 알아보았다. 주방에 매달아놓은 것 같은 새가 아니라, 목과 꼬리가 길고 널찍한 삼각형의 날개가 주름이 잡혀 완벽한 관절로 이어지는 그런 새였다.

세인이 손바닥에 그 새를 올려놓고 말했다.

"숨 쉬어."

시어니는 숨을 들이마셨으나 그 명령은 시어니에게 한 것이 아니었다.

종이 새가 머리를 살짝 흔들었다. 새는 다리가 없는데도 세인의 손바닥 위에서 한 번 폴짝 뛰더니 오렌지색 날개를 펼치며 날아올랐다. 마치 진짜 새처럼 위아래로 움직이며 서재 안을 날아다녔다. 시어니는 휘둥그레진 눈으로 그 새를 바라보았다. 새는 서재를 두 바퀴 돌고 난 후 다양한 캘리그래피 관련 서적이 꽂혀 있는 높은 책장을 홰를 삼아 앉았다.

시어니는 사물에 생기를 불어넣는 마법에 대해 들어보았고 존토를 직접 보기도 했지만, 막상 실제로 마법이 펼쳐지는 순간을 보니 그야말로 *마법처럼* 황홀했다. 이런 종류의 마법은 본 적이 없었다. 태기스 프래프에 종이 마법사가 없기 때문이기도 했다. 에이비오스키 마법사의 설명처럼 영국에는 종이 마법사가 열두 명뿐이었다. 시어니가 견습생 과정을 잘 마치고 나면 열세 명이 되겠지만, 어차피 2년에서 6년 후에나 가능한 일이었다. 또 시어니는 진정한 종이 마법사가 된 자신의 모습이 아직 머릿속에 그려지지 않았다.

그래도 시어니는 마법을 간절히 원했다. 이런 간단한 마법도 몹시 하고 싶었다.

"무엇이든 가능한가요?"

"상상력을 이용해야 돼. 완전히 새로운 것을 만들려면 시간이 많이 걸려. 어떤 식으로 접으면 작동을 하고, 또 어떤 식으로 접으면 작동하지 않는지 알아내야 하니까."

"몇 가지나 알고 계세요?"

마치 어처구니없는 질문을 받은 듯 세인은 조용히 웃을 뿐이었다. 그는 어느새 초록색 종이를 접어 작은 개구리를 만들고 명령을 내렸다.

"숨 쉬어."

개구리는 폴짝폴짝 뛰다가 한 번씩 가만히 앉아 주변을 둘러보면서 새로운 방향을 택해 나아갔다. 시어니는 개구리가 파리를 맛보려 긴 혀를 쭉 뻗지 않을까 생각했지만 이 단순한 마법 생물은 혀 없이 만들어졌다.

세인은 희고 두툼한 종이를 접기 시작하며 설명했다.

"존토를 만드는 과정은 꽤 까다로웠어. 척추와 턱에 신경을 쓰면서 제대로 만드느라 수 개월이 걸렸지. 인간의 몸 구조는 꽤 복잡한 편인데 특히 어깨 관절 같은 부분을 어떤 식으로 접는 게 좋은지 알아내는 것이 관건이었어. 존토는 총 1609장의 종이로 만들어졌는데 전체적으로 잘 움직이고 있어. 종이를 온전하게 접어 만들면 온전하게 움직이게 돼. 그게 오늘 자네에게 주는 첫 번째 가르침이야."

부산하게 움직이던 그의 손이 멈추자 통통한 물고기 한

마리가 나타났다. 그는 물고기의 몸 한가운데에 공기를 넣어 입체적으로 불룩하게 만들었다. 오렌지색 새의 날개를 접는 것과 비슷하게 종이를 접어 지느러미도 만들었다. 세인은 그 물고기를 들어올리고 나지막하게 주문을 속삭이고는 손에서 놓았다. 물고기는 마치 살아 있는 물고기가 물속에서 헤엄치듯 꼬리지느러미를 좌우로 움직이며 유유히 허공을 타고 올라가 마침내 천장에 닿았다. 천장은 단순한 끈으로 묶인 길고 하얀 종잇조각들로 뒤덮여 있었다. 하얀 물고기는 주름 잡힌 입으로 끈을 물고 당겨 고리 모양 매듭을 풀었다.

그러자 놀랍게도 천장에서 눈이 내리기 시작했다. 종이로 된 눈송이들이 쏟아져 내렸다. 그중 일부는 시어니의 엄지손톱만큼 작았고 일부는 손바닥만큼 컸다. 종이 천장이 무너지듯 수백 개의 종잇조각이 쏟아졌는데 떨어지는 시간이 적절히 맞춰져 있어서 마치 진짜 눈이 내리는 듯했다. 의자에서 일어선 시어니는 웃으며 손을 뻗어 그중 한 장을 붙잡았다. 놀랍게도 차가웠지만 약간 찌릿한 느낌만 남길 뿐 손바닥에서 녹지는 않았다.

"언제 이렇게 하셨어요?" 천장에서 빳빳한 색종이 조각

같은 눈이 더 많이 내리면서 시어니의 입에서 하얀 입김이 뿜어져 나왔다. "시간이 엄청 걸렸을 텐데."

"엄청은 아니야. 방법을 알면 더 빨리 할 수 있어."

세인은 그를 둘러싼 마법에 전혀 동요하지 않고 차분하게 바닥에 앉아 있었다. 당연히 그럴 것이다. 본인이 만든 마법이니까.

"에이비오스키 마법사 얘기로는 자네가 종이 마법에 배정됐다는 소식에 그다지 기뻐하지 않았다던데, 무리도 아니지. 하지만 종이에 마법을 거는 것도 나름대로의 재미가 있어."

시어니는 손으로 잡았던 눈송이를 떨어뜨리며 혹시나 하는 생각에 세인을 돌아보았다.

'이 모든 걸 날 위해서 준비한 건가?'

어쩌면 이 남자는 심하게 미치지는 않았을 수도 있다.

'어쩌면 내가 이 광기를 고마워하게 될지도 모르지.'

마지막 눈송이가 떨어지자 세인은 일어서서 뒤쪽의 책장에서 얇은 양장본 책 한 권을 꺼냈다. 그는 시어니에게 의자에 앉으라고 손짓했고 시어니는 순순히 따랐다.

세인은 그 책을 내밀었다. 표지에 은박으로 양각된 쥐 그림과 '핍의 대담한 탈출'이라는 제목이 적혀 있었다. 시어니는 그 책을 받아 들면서 미묘하게 찌릿한 느낌을 마음으로 조용히 새겼다. 이런 느낌에 익숙해질 수 있을지 의문이었다.

"그림책인가요?"

천장에서 눈까지 내리게 하며 장엄한 분위기를 자아낸 후에 건넨 책이 그림책이라니.

"난 시간을 낭비하는 사람이 아니야, 시어니."

시어니의 생각을 읽은 듯 세인은 미간을 찌푸리며 주변에 흩어진 눈송이들을 둘러보았다. 그의 입술보다도 비스듬히 쳐다보는 눈빛이 더 많은 말을 하는 듯했다. 아마 그는 이 눈송이들이 깔끔하고 완벽하게 줄 맞춰 내리기를 바랐겠지만 진짜 눈은 그런 식으로 내리지 않는다.

"지금 하나 가르쳐줄 테니까 숙제로 해 와."

시어니는 어깨에 힘이 빠졌다.

"숙제요? 전 아직 짐 정리도 안 했는데."

"첫 번째 페이지를 읽어봐."

세인이 턱 끝으로 책을 가리켰다.

시어니는 애써 힘을 내느라 입술을 말아 올리며 첫 번째 페이지를 펼쳤다. 나뭇잎 위에 작은 회색 쥐 한 마리가 앉아 있는 그림이 나왔다. 기억의 한 조각이 되살아나 시어니에게 전에 이 그림을 본 적이 있다고 속삭였다. 시어니는 7년 전 어느 비 오는 오후에 이웃집 남자아이를 돌봐주던 날을 떠올렸다. 그 아이는 제 엄마가 집에서 나간 후 30분 동안 문간에 앉아 울어댔다. 그곳에 훨씬 낡긴 했지만 이것과 똑같은 책이 있었다. 시어니는 그 책을 읽어주었고 아이는 4페이지쯤에서 울음을 그쳤다.

시어니는 그 기억을 세인에게 굳이 말하지는 않았다.

"어느 날 아침, 쥐 핍은 운동을 하러 밖으로 나갔어요. 그런데 핍의 집이 있는 그루터기 바로 앞에 쐐기 모양의 금색 치즈 덩어리가 놓여 있었어요."

시어니가 다음 페이지로 넘어가려는데 세인이 제지했다.

"됐어. 다시 읽어봐."

시어니는 멈칫했다.

"다시요?"

그는 손으로 책을 가리켰다. 시어니는 한숨이 나오려는 걸 참으며 다시 읽었다.

"어느 날 아침, 쥐 핍은 운동을 하러……."

"좀 더 힘을 주면서 읽어, 시어니." 세인은 웃으며 덧붙였다. "프래프에서 이야기 환각은 안 가르쳤나?"

"아…… 예."

사실 시어니는 세인이 무슨 말을 하는지 알지 못했다. 아직 최선을 다하지도 않았는데 벌써부터 좌절감이 느껴졌다. 시어니는 같은 잘못을 두 번 저지르는 데 익숙하지 않았다. 특히 처음부터 무엇을 잘못했는지 이해하지 못하는 상황에서 또다시 잘못을 해본 적이 거의 없었다. 세인은 팔짱을 끼면서 탁자에 기대었다.

"이야기가 어디에 적혀 있지?"

"그게 무슨 말씀이에요?"

"질문에 대답을 해."

시어니의 눈이 가늘어졌다. 혼내는 것 같은 말투인데 그의 표정은 느긋했다.

"종이에 적혀 있죠."

세인이 손가락을 딱 소리 나게 튕겼다.

"맞아! 이제 종이는 자네 영역이야. 그러니까 의미를 갖도록 만들어. 차분하게 해봐."

그는 생각 끝에 덧붙였다.

시어니는 얼굴을 붉혔다. 금세 당황한 티가 나는 흰 피부가 원망스러웠다. 시어니는 헛기침을 한 번 하고는 차분하게 마음을 가라앉히며 천천히 그 구절을 다시 읽었다.

세인은 한 번 더 읽으라는 뜻으로 손짓했다.

침을 꼴깍 삼킨 시어니는 눈을 감고 7년 전 이웃집으로 의식을 이동시켰다. 어린 소년을 무릎에 앉히고 그가 좋아하는 그림책을 손에 들었던 그때로.

'그 아이에게 책을 읽어줬을 때처럼 하자. 소리가 "의미"를 갖도록 만들자.'

그렇게만 하면 세인은 더 나무라지 않고 내버려둘 것이다. 시어니는 세인의 정신 상태에 대해 세 번이나 평가를 새로이 한 터였다.

"어느 날 아침, 쥐 핍은 운동을 하러 밖으로 나갔어요." 시어니는 7년 전 이웃집 아이를 진정시킬 때와 똑같은 억양으로 글을 읽었다. "그런데 핍의 집이 있는 그루터기 *바로 앞에* 쐐기 모양의 금색 치즈 덩어리가 놓여 있었어요."

"바로 그거야. 이제 봐."

앞을 본 시어니는 놀라 책을 떨어뜨릴 뻔했다.

유령 같은 형상이 허공에 떠 있었다. 코를 벌름거리며 앉아 있는 작은 회색 쥐였다. 지친 듯 꼬리를 길게 뒤로 늘어뜨린 쥐 옆에는 책에 나와 있는 것과 똑같이 커다란 잎사귀 하나가 붙어 있는 그루터기와 쐐기 모양의 금색 치즈 덩어리가 있었다. 그 이미지는 시어니의 코 높이에 떠 있었고, 시어니는 허깨비 같은 그 환각 너머로 책장을 볼 수 있었다.

시어니는 말문이 막혔다.

"뭐…… 뭐죠? *제가* 한 거예요?"

"그래." 세인이 노래하듯 설명했다. "그림책 같은 이미지를 보면서 하면 도움이 돼. 나중에는 소설책을 읽으면서도 자네가 *원하는 대로* 그 장면을 앞에 펼쳐놓을 수 있게 될 거야. 지금 난 깊은 인상을 받았어. 먼저 시연을 해줘야 될 줄 알았는데, 자네는 그 이야기에 익숙한 것처럼 보이는군."

시어니는 또다시 얼굴을 붉혔다. 칭찬을 받은 것이 기쁘기도 하고 그림책을 읽은 적이 있음을 들킨 것이 창피하기도 해서였다. 유령 같은 이미지는 일 분 정도 지속되다가 차츰 흐려졌다. 모든 읽히지 않은 이야기들이 그러하듯이.

시어니는 책을 덮고 새 스승을 바라보았다.

"이게…… 놀랍긴 하지만 피상적이라는 생각이 들어요. 심미적이고요."

"그래도 재미있잖아. 재미의 가치를 우습게 보지 마, 시어니. 양질의 오락은 절대 공짜가 아니야. 모든 사람이 원하는 것이기도 해. 그리고 한 가지 더 있어."

세인은 탁자에 놓인 정사각형의 연회색 종이 한 장을 가져다가 재단대 없이 손으로 접기 시작했다. 비교적 단순한 접기였는데 막상 완성된 것은 달걀 네 개를 담을 수 있을 듯하고 뚜껑은 없는 상자 비슷하게 생긴 장치였다. 세인은 외투 안쪽 어딘가에서 펜을 꺼내 그 장치에 무어라 쓰기 시작했다. 시어니는 그가 왼손잡이인 것을 알아챘다.

"그게 뭐예요?"

시어니는 《핍의 대담한 탈출》을 의자 쿠션에 내려놓고 일어섰다. 세인은 한쪽 입꼬리를 장난스럽게 올리며 대답했다.

"동서남북. 운명 상자라고도 하지."

그는 그 장치를 뒤집더니 삼각형으로 된 덮개를 들어올렸다. 발끝으로 선 시어니는 그의 팔 너머로 안쪽을 들여다보았다. 세인은 접힌 삼각형 덮개의 각 안쪽 면에 펜으로 상징을 그리고 있었다. 운명을 뜻하는 상징들로, 동네 축제 때 점쟁이가 늘어놓는 카드에 그려져 있을 법한 그림이었다.

"전 점쟁이가 아닌데요."

"이제 점쟁이야."

세인은 손가락을 안으로 넣어 동서남북을 잡았다. 그는 그 장치를 앞뒤 좌우로 열어 어떤 식으로 상징이 배치돼 있는지 시어니에게 보여주었다.

"지금의 자네는 한 시간 전의 자네와는 크게 달라졌다는 사실을 명심해, 시어니. 아까는 마법을 단순히 *읽었을* 뿐이지만, 지금은 마법을 *소유하고* 있어. 그런데 마법을 부정했다간 다시 평범해지고 말아."

시어니는 그 말에 의구심을 품었지만 일단 고개를 끄덕였다. 그는 탁자에 등을 기대며 말했다.

"자, 이제 자네 모친의 처녀 때 성을 말해봐."

시어니는 손가락을 이리저리 꼬면서 고민했다. 이 사람이 정말 미친 마법사라면 그에게 어머니의 처녀 때 성을 말해주는 것은 위험할 수 있었다. 시어니는 이름을 이용해 걸 수 있는 다양한 고대의 저주에 대해 수업 시간에 배운 적이 있어서 이름의 힘에 관해서라면 늘 신중을 기했다.

세인이 동서남북에서 시선을 떼고 시어니를 바라보았다.

"나를 *믿어*, 시어니. 나는 필요하면 프래프에 연락해 자네의 기록을 보내달라고 할 수도 있어. 그러니 이런 걸 물어본다고 걱정할 필요는 없어."

"퍽이나 안심이 되네요." 시어니는 투덜댔지만 피식 웃음이 났다. "필린저예요."

세인은 '필린저(Philinger)'의 철자 수만큼, 동서남북을 입처럼 벌렸다가 닫은 후 다른 방향으로 다시 벌렸다. 상당히 흔한 성이라서 그는 철자 수를 헷갈리지 않았다.

"자, 이제 자네 생년월일을 말해봐."

시어니가 말해주자 그는 또다시 동서남북을 빠르게 앞뒤로 움직였다.

"숫자 하나를 골라."

"13이요."

"8보다 높지 않게."

시어니는 한숨을 쉬었다.

"8이요."

세인은 동서남북을 잡고 있던 한 손을 빼서 덮개를 들어올려 상징을 확인했다. 그는 잠시 초점 없는 눈으로 멍하니 있다가 말했다.

"흥미롭군."

"뭐가요?"

시어니는 단서를 알아내려 했지만 그는 시어니가 보지 못하게 동서남북의 방향을 돌렸다.

"본인의 운명을 보는 건 불운이야. 요즘 학교에선 신참 견습생들을 어떻게 가르치고 있는 거지?"

세인은 이렇게 말하며 혀를 찼다. 동서남북에 가 있는 그의 시선이 어떤 비밀도 드러내고 있지 않아 시어니는 그의 말이 농담인지 여부도 분간할 수 없었다.

"자네는 앞으로 모험을 하며 살겠군."

'그럼요. 마법사님이랑 같이 사는 것 자체가 "모험"이겠죠.' 시어니는 생각했다.

누구에게나 그건 모험일 것이다. 그래도 시어니는 마음 한구석으로 그런 생각을 했다는 것 자체가 후회됐다. 이 남자는 개인적으로 시어니의 기분을 상하게 한 적이 없었다. 아직까지는.

"그게 전부인가요?"

"내가 본 건 그게 전부야."

그는 시어니에게 동서남북을 건넨다. 동서남북에 닿은 손가락이 찌릿했다. 시어니는 다시 한번 이 새로운 결합을 몸으로 기억했다.

"이해했지?"

"방금 하신 거요?"

"응."

"네."

간단했다.

"그럼 됐어."

시어니는 동서남북에 손가락을 넣고 물었다.

"마법사님 어머니의 처녀 때 성은 뭐예요?"

"블라다라(Vladara). r은 하나야."

시어니는 세인이 했던 대로 동서남북을 열었다 닫았다 한 다음, 그의 생년월일 숫자만큼 또다시 열었다가 닫았다. 시어니의 짐작대로 그의 나이는 서른 살이고 다음 달이면 서른한 살이었다. 그리고 세인은 숫자 3을 골랐다.

"3은 불운의 숫자인데요."

시어니가 동서남북의 덮개를 올리며 말했다.

"금속 마법사들한테나 그렇지."

세인의 말은 시어니가 앞으로 절대 금속 마법사가 될 수 없다는 사실을 일깨웠다. 그가 그런 의도로 한 말이든 아니든 상관없었다. 시어니는 좌절감을 감추려 볼 안쪽을 이로 꾹 깨물었다.

덮개의 안쪽 면에서 꿈틀거리는 머리가 붙어 있는 구불구불한 상징이 시어니를 맞이했다. 전에 본 적이 있는 상징이면 기억이 날 텐데 처음 보는 것이었다. 이 상징의 뜻이 무엇인지 물어보려는데 별안간 시야가 이중으로 겹쳐지면서 이상한 이미지가 떠올랐다. 시어니가 모르는 어떤 여자의 윤곽이었다. 그리고 괴이하게도 머릿속에 이름 하나가 쓱 떠올랐다. 이게 정상일까?

시어니는 동서남북을 아래로 내리고 세인을 바라보며 눈을 가늘게 떴다.

"리라가 누구예요?"

세인은 표정도 자세도 흔들림이 없었다. 하지만 시어니는 짧은 순간 그의 눈빛이 잠시 어두워지는 것을 보았다. 아니, 잠깐 동안 눈빛이 그전처럼 *형형하지* 않았다고 표현해야 옳을 것이다. 서재 창밖으로 저무는 해 탓이라고 할 수도 있겠지만 그건 아닌 듯했다.

그는 두 손가락으로 턱을 톡톡 치며 말했다.

"흥미롭군."

"그 여자는 누구예요?"

"아는 사람." 그는 입 전체로 미소를 지었다. "자네는 이일에 재능을 타고난 것 같군, 시어니. 그건 우리 둘 모두에게 잘된 일이지. 연습을 더 하고 토요일에 그림책의 전체 환각을 보여줘. 그리고 짐도 풀어야겠지?"

세인은 동서남북에 관해서는 더 언급하지 않았다. 그는 문 쪽으로 걸어가 복도로 머리를 내밀며 소리쳤다. "숨 쉬어!" 그러고는 잠시 후 지시를 내렸다. "존토, 이리로 와서 정신 사나운 것 좀 치워줄래?"

시어니는 세인이 말한 '정신 사나운 것'이 눈송이인지 아니면 시어니 자신인지 궁금해하며 탁자에 동서남북을 내려놓았다.

3

· · · · · · ★ ◊ ★ ★ · · · · ·

시어니가 《핍의 대담한 탈출》을 겨드랑이에 긴 채 눈송
이 몇 개를 집어 드는데 존토가 문간으로 다가왔다. 종이로
만들어진 데다가 기질이 유순한 존토였지만 살아 움직이는
해골이라는 점 때문에 여전히 마음이 불편한 시어니는 얼
른 방 밖으로 나갔다. 나중에 따로 연구해볼 생각으로 제일
작은 눈송이 하나를 주머니에 챙겨 넣는 것도 잊지 않았다.

세인은 이미 자기 방으로 돌아가 있었다. 시어니도 자
기 방으로 들어가 책과 실크 모자를 탁자에 내려놓고 베
이지색 캐플린 모자를 놓아둔 침대 위에 여행 가방을 내

려놓았다.

여행 가방 걸쇠가 딸깍 소리를 내며 열렸다. 마지막까지 고민하다가 혹시 필요할 수도 있겠다 싶어 챙겨 온 마법학교 학생용 초록색 앞치마가 맨 위에 놓여 있었다. 시어니는 그 앞치마를 옆으로 치우고 블라우스와 치마를 꺼내 한 번씩 털어 주름을 폈다. 다행히 세인은 시어니의 방 벽장에 옷걸이를 준비해두었다. 시어니는 느긋하게 옷을 하나씩 벽장에 넣었다.

마지막으로 치마를 넣으려다 말고 시어니는 상념에 잠겼다. 속옷과 권총을 넣어둘 곳부터 장학금 후원자의 정체에 이르기까지 이런저런 생각이 머릿속을 오갔다. '1만 5천 파운드라니.' 그 장학금을 받지 못했다면 오늘 시어니는 어디에 있을까? 요리학교 등록에 필요한 돈을 모으기 위해 어느 귀족의 집 마루를 닦고 있지 않을까?

애초에 세인은 왜 그 돈을 시어니에게 주었을까? 시어니는 세인을 오늘 처음 봤다. 전에 봤으면 기억을 할 것이다. 시어니에게 주어진 장학금에는 어떤 명칭도 없었고 시어니 이후 그 장학금을 받은 학생도 없었다. 시어니는 자신이 그저 좋은 성적 덕분에 단 한 번 주어지게 된 장학금의 심사에 통과해 수여자로 선정되었다는 사실을 믿기 힘들었다. 세인이 그런 식으로 말하기는 했지만 말이다.

과연 그럴까? 에머리 세인 마법사는 도대체 어떤 사람이기에 생판 모르는 이에게 거액의 장학금을 주었을까? 나중에 견습생으로 요청하지도 않을 거면서?

시어니는 다시 여행 가방을 돌아보며 마법사의 수입이 얼마나 될까 생각했다. 세인이 집에 잡동사니를 쌓아두듯 그동안 번 돈을 차곡차곡 모아서 장학금을 준 게 아니라면 수입이 많아야 할 것이다. 제발 많기를 바랐다. 얼마 안 되는 수입을 모아서 도와준 거라면 몹시 미안할 것 같았다. 수입이 얼마인지를 캐는 게 예의는 아니겠지만 자꾸 그쪽으로 신경이 쓰였다.

하지만 시어니는 일단 그 생각을 나중으로 미루고 당장 해야 할 일에 집중하기로 하고, 화장품과 머리핀, 일기장, 도서관 카드 등이 들어 있는 여행 가방으로 손을 뻗었다. 이 집은 시어니가 아는 어떤 도서관과도 멀리 떨어져 있어서 도서관 카드를 쓸 일은 없을 듯했다. 시어니는 속옷 아래 구석진 곳에 넣어 가지고 온 청록색 개목걸이를 꺼내 들었다. 비지가 이빨로 잘근잘근 씹어서 끝이 닳아 있었다. 시어니는 그 부분을 엄지로 어루만졌다. 어제 시어니는 개목걸이에 붙어 있던 비지의 이름표를 떼서 엄마에게 주었다. 이제부터 시어니를 대신해 엄마가 잭러셀테리어종인 비지를 돌보게 됐기 때문이었다.

한숨이 나왔다. 지난 몇 년간, 특히 태기스 프래프에서 비지는 시어니의 가장 친한 친구였다. 학교에서는 다들 정해진 해에 졸업을 해야 해서 친구를 사귈 시간이 많지 않았다. 해야 할 과제도 너무 많았다. 하지만 비지는 과제도 없고 한가했으므로 매일 수업을 마치고 돌아오는 시어니를 기숙사 방문 앞에서 한결같이 기다려주었다. 그러니 제일 친한 친구가 될 수밖에 없었다.

"개를 길렀어? 아니면 커다란 고양이?"

시어니는 심장이 철렁하면서 속옷과 권총을 감추기 위해 여행 가방 뚜껑을 세차게 닫고 뒤를 돌아보았다. 세인이 책을 한가득 품에 안고 시어니의 방문 앞 복도에 서 있었다. 시어니는 방문을 닫아놓을 걸 싶었다.

시어니는 개목걸이를 손에 꼭 쥐었다.

"한 마리 길렀어요. 학교에서도 같이 살았는데 에이비오스키 마법사님이 여기로는 데려올 수 없다고 하셔서요. 세인 마법사님이 개털 알레르기가 있으시다고."

세인은 생각에 잠긴 눈빛으로 천천히 고개를 끄덕였다.

"난 어렸을 때도 동물들과 잘 지내질 못했어. 동물보다는 꿀벌을 더 좋아했지."

"꿀벌이요?"

그런 선호가 지극히 정상이라는 듯 그는 되묻는 시어니를 이상한 사람 보듯 쳐다보았다. 그리고 습관처럼 그쯤에서 그 주제를 접고 화제를 돌렸다.

"들어가도 될까?"

시어니는 고개를 끄덕였다. 그는 발끝으로 문을 밀어 열고 안으로 들어와 책 더미를 책상에 올려놓았다. 이걸 다 읽으라는 뜻인가 싶어 시어니는 움찔했다.

"핍에 관한 동화가 싫증날 때 읽으면 좋을 것 같아서."

세인은 책 더미 위를 손으로 토닥였다. 시어니는 곁눈으로 책 제목을 훑어보았다. 《청소년을 위한 점성술》, 《인체 해부학 제1권》, 《마커스 워터스의 불꽃놀이 안내서》, 《항공 이론》, 《영혼 다스리기: 도에 관한 에세이》. 제목을 하나씩 읽어 내려갈 때마다 시어니의 입이 조금씩 벌어졌다.

"종이와는 무관한 책들이네요."

"음, 프래프에서 왜 자네를 입학시켜줬는지 알겠군." 그는 빙그레 웃었다. 시어니가 가자미눈을 뜨고 쳐다봤지만 그는 아랑곳하지 않고 하던 얘기를 마저 했다. "종이는 단순히 나무를 잘게 잘라 만든 것 이상이야, 시어니. 이 책들을 읽어두면 앞으로 수업에 도움이 될 거야."

그는 손으로 턱을 톡톡 두드리고는 창문으로 시선을 돌렸다.

"배고파?"

시어니는 비지의 개목걸이를 내려놓으며 대답했다.

"딱히요. 택시를 타고 오면서 먹었어요."

"그럼 난로 위에 먹을 것을 놓아둘게." 그는 복도로 나가며 말했다. "쉬어." 그의 목소리가 점점 멀어져갔다. "내일은 바쁜 하루가 될 거야. 자네가 프래프에서 익힌 근면한 습관을 헛되게 만들지 말아야지."

시어니는 이 종이 마법사가 어떤 일을 시킬 작정인지 궁금해하며 책상 위에 놓인 책들을 돌아보았다. 듣기로는 많은 마법사들이 견습생을 겸손하게 만들기 위해, 또는 기를 꺾기 위해 견습 1년차 때 몸 쓰는 일을 주로 시킨다는 얘기가 있었다. 시어니는 부디 여기서는 그런 일이 일어나지 않기를 기도했지만 만약 세인이 이 많은 책으로 그녀의 기를 죽이려고 작정한 것이라 해도 그리 놀라운 일은 아닐 터였다. 적어도 앞으로 세인이 시킬 자질구레한 일 중에 잡초 뽑기는 없을 듯했다. 앞뜰에 진짜 꽃은 한 송이도 없었으니까.

시어니는 나머지 짐을 풀었다. 화장품과 머리핀, 일기장, 비지의 개목걸이는 침대 옆 벽감의 선반 위에 늘어놓았다. 속옷과 권총은 여행 가방에 넣은 채로 침대 밑으로 밀어 넣었다. 밖에서는 태양이 서쪽으로 천천히 내려앉고 있었다. 나중에 세인에게 급료를 받으면 시계를 사서 방에 놓아두어야겠다는 생각이 들었다. 급료에 관해서는 내일 아침에 물어볼 것이다.

매트리스에 걸터앉은 시어니는 표지가 상당히 낡은《청소년을 위한 점성술》을 펼치고 1장부터 4장까지 대강 훑어보았다. 그리고《인체 해부학 제1권》의 그림을 보면서 폐와 신장, 심장, 간 아래 적힌 설명을 읽었다. 베개를 베고 누워《항공 이론》을 배에 얹고 읽던 시어니는 종이 눈송이에 대해 생각하다가 몽롱해져 잠이 들었다. 그리고 에이비오스키가 금속 마법사의 길을 허락해주었다면 지금쯤 배우고 있을지도 모를 대포 마법을 비롯한 여러 금속 마법에 관한 꿈을 꾸었다.

이유는 기억나지 않지만 시어니는 어째서인지 화들짝 놀라며 잠에서 깼다. 시어니는 열한 살 때 오촌 친척 집 뒷마당에서 얼룩빼기 암나귀를 타다가 떨어졌는데, 그때부터 최소한 격주에 한 번씩은 높은 데서 떨어지는 꿈을 꾸었다. 지금도 그 악몽을 또 꾸었을 수도 있었다. 창밖을 보니 해가 완전히 저물었다. 시어니가 창문 유리에 얼굴을 바짝 붙이고 내다봤으면 하늘 위에 떠 있는 하현달의 끄트머리를 볼 수 있었을 것이다. 무척 늦은 시간이라 아마 새벽 한 시쯤 되었을 듯했다.

배 속이 꼬르륵거렸다. 눈을 깜박이면서 잠을 떨쳐낸 시어니는 침대에서 일어나 옆으로 돌아간 치맛자락을 정돈했다. 세인과 그가 생기를 불어넣은 해골 집사 말고는 이 집에 아무도 없으니 이 시간에 누구한테 보일 일도 없겠지만, 자느라 엉망이 되었을 머리카락도 다시 땋아서 왼쪽 귀 뒤로 넘겼다.

촛불을 들고 주방이 있는 1층으로 내려갔다. 완전히 캄캄한 곳을 지나고 있자니 기분이 묘했다. 태기스 프래프에서는 얼마 전 발명된 전등을 복도에 늘 켜놓거나 불 마법사가 랜턴에 항상 불이 켜져 있게끔 해놓았다. 난로 위를 보니 편수 냄비와 그릇이 있었다. 편수 냄비에는 지은 지 오래된 듯한 밥이, 그릇에는 통조림 참치 같은 것이 담겨 있었다. 시어니는 고개를 절레절레 흔들었다. 세인 마법사는 평소에 이런 걸 먹는 걸까, 아니면 이게 손님에게 내놓는 음식인 걸까? 밥과 참치가 손님용 식사라면 이 사람은 평소에 혼자 무엇으로 끼니를 때우는지 짐작조차 할 수 없었다. 어쩌면 에이비오스키가 시어니를 이곳에 견습생으로 배정한 이유가 영국에서 제일 괴상한 종이 마법사가 영양실조로 말라 죽지 않도록 하기 위해서일 수도 있었다. 그가 죽으면 영국 내의 종이 마법사는 열두 명에서 열한 명으로 줄어들 테니까. 아무래도 내일 찬장을 열어 세인이 어떤 식재료를 갖고 있는지 확인해야 될 듯 싶었다.

지금은 일단 그릇을 하나 꺼내 차가운 밥을 일부 퍼 담았다. 참치는 건드리지 않았다. 방을 향해 몇 걸음 물러서는데 조그맣게 서랍 닫는 소리 같은 것이 들렸다. 궁금해진 시어니는 밥 한 스푼을 입에 밀어 넣고 살금살금 식당과 주방을 지나갔다. 복도에서 가느다란 빛이 보였다. 복도 왼쪽,

시어니 입장에서는 오른쪽의 방문 틈에서 새어나오는 빛이었다. 그곳은 작업실이었다.

시어니는 밥을 한 숟가락 더 먹었다. 이 남자는 무슨 취미 생활을 하느라고 이 늦은 시간까지 안 자고 있을까? 그가 어둠의 마법을 건드리고 있는 장면을 상상만 해도 웃음이 날 것 같았다. 겨우 침을 삼켜 웃음을 막았다. 그가 아무리 미친 마법사라고 해도 인간의 육신 일부를 매개로 삼는 금지된 마법인 신체 마법을 밤중에 몰래 할 것 같진 않았다.

학교에서 마법 남용의 역사에 관한 수업을 진행한 필립스 마법사가 신체 마법에 대해 했던 말을 떠올리자 시어니는 목덜미에 소름이 돋았다.

"물질 마법은 사람이 만든 물질을 통해서만 실행할 수가 있다. 하지만 아주 오래전 누군가가 인간이 인간을 낳으니 인간도 인공적인 물질이라고 결론을 냈고, 그렇게 어둠의 마법이 시작됐지. 자, 교과서 126페이지를 펴고……."

시어니는 소름이 돋은 목덜미를 엄지로 문질렀다. 신체 마법은 이제 캠핑을 갔을 때나 들을 괴담에 지나지 않았고 태기스 프래프에서 역사 수업 시간에나 언급되는 정도였다. 게다가 세인 마법사가 *종이 마법*을 실행하는 모습을 보았으니 그가 신체 마법사일 리 없었다.

시어니는 벽에 바짝 붙어서 복도를 따라 살그머니 작업실로 다가갔다. 마룻장이 삐걱대며 위치를 탄로 나게 하지 않아 다행이었다. 가까이 가자 흥얼대는 노랫소리가 들렸다. 세인의 콧노래 소리였는데 어떤 멜로디인지는 알 수 없었다. 아무래도 외국 노래인 듯했다.

그가 방문을 완전히 닫지 않아서 약간의 틈새가 있었다. 시어니는 안을 볼 수 있을 만큼 검지로 문을 살짝 밀었다.

세인이 등을 보이며 책상 뒤 좁은 탁자 앞에 앉아 있었다. 표준 크기의 하얀 종이 한 무더기가 그의 오른 팔꿈치 쪽에 놓여 있었고 그의 기다란 남색 외투는 의자 등받이에 걸쳐져 있었다. 그는 계속 콧노래를 흥얼거리며 종이 무더기에서 종이 한 장을 집어 들고 무언가를 접었다. 시어니의 시야에서는 그게 무엇인지 보이지 않았다. 새벽 한 시에 대체 뭘 만들고 있는 걸까?

시어니는 소리를 내지 않기 위해 조심하면서 뒤로 물러나 식당으로 되돌아갔다. 시어니는 비밀을 별로 좋아하지 않았다. 특히 본인이 관여하고 있지 않은 비밀에는 엮이고 싶지 않았다. 궁금하면 아침에 세인에게 직접 물어보면 될 것이다. 안 물어볼 수도 있고.

세인은 새벽녘에 방으로 간 모양이었다. 시어니가 오전 8시 1분에 찬장 안을 확인하러 아래층으로 내려와서 보니 그는 작업실에 없었다.

시어니는 견습생용 앞치마를 착용하고 머리를 땋았다. 하지만 요즘 마을에서 유행하는 식으로 아이라인을 그리거나 볼터치를 하지는 않았다. 딱히 그럴 이유가 없었다. 누구한테 잘 보일 일도 없지 않나? 식당에서 의자를 끌고 주방으로 간 시어니는 의자 위에 올라서서 찬장 속을 전부 확인했다. 식재료는 놀라울 정도로 잘 갖춰져 있었다. 대부분 개봉된 흔적이 없기는 했지만 초콜릿 케이크를 만드는 데 필요한 재료까지 있었다. 싱크대 아래쪽에는 큼직한 자루에 쌀이 들어 있었고 빵 상자 안에는 반쯤 먹고 남긴 빵 한 덩어리가 있었으며, 뒷문 근처 조리대 뒤의 냉장고에는 달걀과 다양한 종류의 고기가 있었다. 냉장고에는 몇 줌이나 되는 종잇조각들이 있었다. 그것들이 어떻게 그 안에 들어가게 된 것인지는 알 수 없었다. 어쩌면 마법의 일부일 수도 있겠지만 시어니는 베이컨에 묻은 종잇조각들을 털어내고

베이컨과 달걀 상자, 쐐기 모양의 체다 치즈 덩어리, 펜넬
(산미나리과 식물로 회향이라고도 한다 - 옮긴이) 한 묶음을 꺼냈다.

프라이팬을 꺼내고 난로에 불을 켜는데, 무언가 계단을
따라 아래로 내려오는 기묘한 삐걱삐걱 소리와 종이가 나
무에 부드럽게 닿는 사각사각 소리가 들렸다. 존토인 것 같
아 시어니는 방어 차원에서 주걱을 손에 들었다. 그런데 계
단과 이어지는 문이 삐걱 열린 순간 존토보다 훨씬 작은 것
이 문 뒤에서 나왔다.

깜짝 놀란 시어니는 입이 딱 벌어졌다. 종이 개가 작은
종이 꼬리를 팔랑팔랑 흔들며 서 있었다. 몸을 이루는 수십
장의 종이가 머리부터 발끝까지 매끄럽게 연결된 모습이었
다. 눈은 없지만 콧구멍 두 개와 입이 하나 있었다. 종이 개
는 입을 벌리며 특이한 소리로 짖었다. 래브라도-테리어 잡
종견의 모습을 한 종이 개는 머리가 시어니의 무릎 정도까
지 올라왔다. 개는 한 번 더 짖고는 시어니에게 후다닥 달
려와 신발에 코를 대고 킁킁거리기 시작했다.

입을 벌린 채 개를 쳐다보는데 얼얼한 느낌이 등을 타고
내려갔다. 시어니는 난로 옆에 주걱을 내려놓고 펜넬 꾸러
미를 바닥에 떨어뜨린 채 웅크리고 앉아 개의 머리를 쓰다

듬었다. 손에 닿는 느낌이 놀라울 정도로 단단했다. 종이로 된 개의 몸이 손가락 끝에서 사각사각 소리를 냈다. 마치 진짜 털을 쓰다듬는 듯했다.

"어머, 안녕!"

시어니가 말을 걸자 개가 폴짝 뛰며 시어니의 무릎에 앞발을 얹더니 건조한 종이 혀로 시어니를 핥았다. 시어니는 웃으면서 개의 귀 뒤를 긁어주었다. 개는 신이 나서 할딱거렸다.

"어디서 왔니?"

그때 계단문이 다시 삐걱 열리며 세인이 들어왔다. 그는 약간 피곤해 보였지만 크게 몸이 상한 것 같지는 않았다. 어제 입고 있던 기다란 남색 외투를 걸친 모습이었다.

"종이 개라서 나도 알레르기성 두드러기가 나지는 않겠어." 그는 눈을 빛내며 미소를 지었다. "진짜 개랑 똑같진 않지만 그래도 당분간 데리고 있기는 좋을 거야."

눈이 휘둥그레진 시어니는 천천히 일어섰다. 종이 개가 속삭이는 듯한 목소리로 짖으며 코끝을 시어니의 발목에 대고 문질렀다.

"이걸 만드신 거예요?" 시어니는 흉곽이 폐를 꽉 조이는 기분이었다. "어젯밤에 이걸 만들고 계셨어요?"

그는 뒤통수를 긁적거렸다.

"안 자고 있었어? 미안해. 집에 또다시 다른 사람과 함께 있는 게 익숙하지 않아서."

'또다시'라는 말이 시어니의 머릿속을 맴돌았다. 세인은 시어니 전에 견습생을 한 명 정도는 두었을 만한 나이였다. 그게 그 뜻이라면 말이다. 시어니는 세인의 이전 제자들에 대해 에이비오스키에게 굳이 물어본 적이 없었다. 지금도 물어보지 않을 생각이었다. 지금 발목에 코를 대고 킁킁거리는 이 경이로운 종이 개를 만들어줬으니 그걸로 충분했다.

세인은 시어니를 위해 이 종이 개를 만들어주었다. 비지 대신으로.

시어니는 세인에게서 개에게 시선을 옮겼다가 다시 그를 바라보았다. 눈이 제멋대로 눈물을 만들고 있어서 울지 않으려고 팔 뒤쪽을 꼬집었다.

"고맙습니다." 너무 작게 말해서 안 들렸을 수도 있었다. "이건 저한테 정말 큰 의미가 있어요. 굳이 안 해주셔도 됐는데……. 정말 고맙습니다." 시어니는 주걱을 손에 들고 물었다. "아침 식사 하실 거죠? 지금 만들려던 참이거든요."

"내가 시간을 잘 맞춰서 내려왔네." 세인은 계단 위쪽의 무언가에 잠시 신경이 팔린 듯하더니 덧붙였다. "자네만 싫지 않다면."

시어니는 괜찮다는 뜻으로 고개를 저었다. 세인은 눈으로 웃으며 다시 계단을 올라갔다.

시어니는 달걀을 더 가지러 냉장고로 향했다. 종이 개가 바닥에 코를 대고 킁킁거리며 쫄래쫄래 따라왔다. 시어니는 개의 종이 관절이 각각이 아니라 전체적으로 움직이는 모습을 바라보면서 세인이 했던 말의 의미를 깨달았다. 시어니는 바닥에 떨어뜨렸던 펜넬을 집어 들었다.

"네 이름을 펜넬이라고 해야겠어." 시어니는 앞치마 주머니에 달걀을 집어넣으며 말했다. "고양이에게 더 어울리는 이름이긴 하지만 넌 진짜 개는 아니니까…… 너한테도 잘 어울릴 것 같아."

펜넬은 무슨 말인지 못 알아듣고 고개를 갸웃거렸다.

세인은 온갖 물건이 나름 정리된 채 놓여 있는 작업실 책상 위에 책 몇 권과 기록부들을 펼쳐놓고 아침을 먹었다. 시어니는 점심시간이 될 때까지 글을 읽으며 환영을 만드는 연습을 계속했다. 이제 14페이지 중 3페이지의 내용을 허공에 환영으로 만들 수 있었다. 펜넬은 허공에 쥐 환영이 나타날 때마다 그 뒤를 쫓아다녔다. 펜넬 때문에 집중력이 분산되긴 했지만 시어니는 조금도 싫지 않았다. 펜넬의 목에 비지의 낡은 개목걸이를 채워주었는데 크기가 딱 맞았다.

정오가 막 지났을 때 세인이 시어니를 서재로 불렀다. 그는 탁자 위에 쌓여 있는 다양한 종이를 보여주면서 종이의 두께와 결의 중요성에 대해 설명했다. 다른 무언가에 정신이 팔려 있는 듯 다소 산만했고 했던 말을 또 하기도 했지만 시어니는 굳이 지적하지 않았다. 힘든 노동을 시키지 않는 것만도 어디냐 싶었다. 어제는 이 집에서 잡일을 하게 될까 봐 짜증이 났었는데 지금은 그렇지 않았다. 하나하나 가르쳐주는 것이 감사할 따름이었다. 마법을 알고자 하는 마음이 강하다 보니 시어니는 세인의 가르침을 그대로 흡수했다. 세인의 수업에 완전히 몰입한 시어니는 수업이 끝날 무렵 종이의 세부 사항에 대해 배운 내용을 잘 외워서 말했고 세인의 칭찬에 그저 기뻤다.

"아주 정확해. 잘했어."

세인은 창문을 내다보며 말했다. 시어니는 보지 못하는 무언가를 유리창 너머로 보는 듯했다.

"신경 쓰이는 일이라도 있으세요?"

그가 종이들을 책상 위의 엉뚱한 종류의 더미에 얹는 모습을 보며 시어니가 물었다. 시어니는 그의 손에서 종이를 받아 들고는 다른 종이 더미의 줄이 흐트러지지 않도록 주의하면서 같은 종류의 종이 더미 위에 올려놓았다.

"어?"

"뭔가 마음에 걸리는 게 있으신가 봐요. 다른 생각에 빠져 계신 것 같아서요."

아직 하루를 온전히 같이 있어보지 않아 비교할 수도 없으니 그가 오후만 되면 늘 이런 상태인지는 알 수 없었다. 하지만 분명 광기 때문은 아닐 것이다.

"좀 그런 것 같네." 세인은 잠시 생각 끝에 이렇게 말하고는 눈을 껌벅이면서 현실로 돌아왔다. "새로 견습생도 들이고 하니 생각할 게 많아서."

"제가 첫 번째 제자인가요?"

"2.5번째야."

"2명에다가 0.5명째요? 어떻게 0.5가 될 수 있죠?"

"마지막 제자가 기간을 완전히 채우지 않았거든."

그는 자세한 설명은 하지 않았다.

기간을 채우지 않았다고? 시어니는 두려움이 목을 타고 흘러내렸다. 사고라도 당했나? 그만둔 걸까? 혹시 해고당했나? 마법사들은 견습생을 종종 해고하나?

시어니는 볼 안쪽을 깨물었다. 세인은 그녀를 해고하지는 않을 것이다. 이 나라에는 종이 마법사가 되려는 사람이 워낙 없으니 어지간해서는 종이 마법 견습생을 쫓아낼 리 없었다. 게다가 시어니는 이미 종이와 결합을 한 상태였다.

지금까지는 본인 위치가 안정적인지에 대해 생각해보지 않았는데 막상 불안해지니 배 속이 얼어붙는 듯했다. 시어니는 비록 원했던 금속 마법사가 아니라 종이 마법사의 길을 걷게 됐지만 여기까지 오기 위해 엄청난 노력을 기울였다. 그리고 장학금을 받았을 때 같은 행운이 여전히 필요하다는 걸 느꼈다.

그 순간 예전에 겪은 웃지 못할 불상사가 떠올라 눈앞에 불이 번쩍했다. 무언가를 하다가 양파에 불이 붙었는데 애플턴 선생님이 그 위에 와인을 붓고는 시어니에게 고함을 질렀었다.

시어니는 눈을 깜박이며 그 기억을 떨쳐냈다. 마법사 견습은 여느 직업과는 달랐다. 만약 해고를 당할 경우 돌아갈 곳이 없었다. 시어니는 종이에, 오직 종이에만 결합이 되어 있지만 아직 그 종이로 마법을 부릴 수 있는 법적인 인증을 받지 못한 상태였다. 여기서 쫓겨나면 다시는 마법사가 될 수 없었다.

"상한 음식이라도 먹은 것 같은 표정이군."

세인이 책상 오른쪽 상단에 놓인 무더기에서 점판암 색깔의 두툼한 종이 한 장을 집어 들었다. 그 종이 무더기 옆에 전신이 놓여 있었다.

"어떤 물질에 이미 결합을 했는데 그만두게 되면 그런 낭비가 또 없겠다는 생각이 들어서요."

"맞아. 자, 자네가 프래프에서 배우지 않았다면 기본적인 종이접기 방법을 몇 가지 보여줄까 하는데."

시어니는 배우지 않았다는 뜻으로 고개를 저었다. 세인은 바닥에 책상다리를 하고 앉아 재단대에 정사각형의 종이를 올려놓았다.

"자네 관찰력이 어느 정도인지 다시 한번 보도록 하지, 시어니."

일종의 도전이었다. 시어니는 정신을 하나로 모았다. 세인은 종이의 모서리끼리 대고 접어 삼각형을 만들었다. 종이는 두께가 꽤 있는데도 잘 접혔다.

"이걸 중간 지점 접기라고 하는데, 정사각형을 삼각형으로 만들려면 이렇게 접어야 돼. 그리고 이건 완전히 접기라는 거야." 그는 종이를 반으로 접었다. "삼각형을 조금 더 작은 삼각형으로 만드는 접기 방법이지. 여유 공간 없이 딱 맞게 접어야 돼."

시어니는 조용히 관찰하면서 고개를 끄덕였다. 어제 새를 접을 때도 이렇게 두 가지 방법으로 종이를 접어서 연처럼 만든 뒤 완성하는 방식이었다. 세인은 종이의 가장자리들이 완벽하게 맞춰져야 마법이 깃들게 할 수 있다고 강조하면서 시어니에게 똑같이 따라서 접게 하고 각각의 명칭을 알려주었다. 그러다 또다시 눈빛이 먼 곳을 바라보듯 멍해지면서 다소 빛을 잃었다.

그는 창문 너머를 응시하며 말했다.

"이제 생기를 불어넣는 방법을 배우도록 하지. 종이 접는 방법을 잘 익히면 어렵지 않게 배울 수 있어."

"달리 중요한 일이 있으신 것 같은데, 저는 여기서 종이

접는 연습을 하고 있을게요."

　말은 이렇게 했지만 속으로는 당장 더 배우고 싶은 마음이 굴뚝같아서 시어니는 그가 가지 말고 더 가르쳐주길 바랐다.

　어리석은 생각이었다. 세인은 고개를 끄덕이며 일어섰다. 그의 긴 외투자락이 다리를 사르륵 스쳤다. 시어니는 몹시 낙담했다. 세인이 복도로 나가자 펜넬이 서재 안으로 고개를 들이밀고는 시어니의 엉덩이 쪽으로 다가왔다. 펜넬은 그 자리에서 세 바퀴 돌고는 엎드려 잠이 들었다. 종이로 만든 개라 피곤해질 리 없을 텐데 아마 진짜 개처럼 행동하도록 마법을 걸어놓은 모양이었다.

　시어니는 중간 지점 접기와 완전히 접기를 한 종이를 손에 들고 무슨 일일까 궁금해하며 열린 문 너머 복도를 내다보았다. 어제 세인은 시어니에게 펜넬을 만들어주려고 늦게까지 작업을 했었다. 그 사실을 떠올리며 시어니는 마음 한편으로 무척 미안했다. 하지만 세인이 저렇게 멍하게 있다가 나간 게 그 이유 때문만은 아닐 듯했다. 그리고 시어니는 적어도 오늘만큼은 무척 얌전하게 말을 잘 들었다.

　"어제 일을 만회해야 할 거 같아." 시어니는 잠든 펜넬에게 속삭였다. "견습생은 스승의 마음에 들어야 되거든. 안 그러면 여기 2년이 아니라 6년은 있어야 돼."

시어니는 오늘 배운 종이접기 방법을 이미 외웠지만 손에 익을 때까지 더 연습을 하고 나서 주방으로 갔다. 찬장에서 향신료와 와인을 꺼내면서 나지막하게 《핍의 대담한 탈출》의 내용을 암송했다. 4페이지의 이미지들이 눈앞에 나타나도록 다양한 음조로 시도를 해보았다. 파스타를 끓이기 위해 냄비에 물을 담아 난로에 얹고, 어젯밤에 사용한 편수 냄비도 씻어서 난로에 얹었다. 그런 다음 버터를 녹이고 밀가루와 우유를 넣어 화이트소스를 만들기 시작했다. 이제 냉장실에서 꺼내 온 끈으로 묶은 닭을 오븐에 구워 곁들이면 될 것이다. 화이트소스에 레몬과 마늘을 넣으려는데 레몬을 찾을 수가 없어서 토마토와 바질로 대신하기로 했다. 토마토와 바질은 누구나 좋아하고, 만약 세인이 그 재료들을 집에 두고 있다면 그 역시 좋아한다는 뜻이니 사용해도 안전할 것이다. 시어니가 지금껏 보아온 바로는 한 가지에 알레르기가 있는 사람은 다른 것에도 알레르기가 있을 가능성이 높았다. 어제 견습생으로서 첫발을 내디디면서 스승인 세인에게 좋지 않은 인상을 주었을 텐데 음식으로 두드러기까지 일으키면 일이 더 꼬일 것이다.

닭이 거의 다 구워지고 자른 빵도 준비되고 화이트소스가 펜네 파스타에 배어들 무렵, 세인이 작업실에서 나왔다.

"이런 일을 할 시간 여유가 있는 걸 보니 과제를 더 내줘도 되겠어." 세인은 닭고기 상태를 확인하려고 오븐을 들여다보는 시어니에게 말했다. "내가 이 집에 살면서 이렇게 좋은 냄새가 난 적이 없는데 말이야."

시어니는 그 칭찬에 웃음이 나오려는 것을 꾹 참고 흘러내린 머리카락을 귀 뒤로 넘겼다.

"모든 것에 대해 감사한 마음을 표현하고 싶었어요. 어제 제 행동에 대해 사과하고 싶기도 하고요. 어제는 저답지 않았어요."

"그렇다고 굳이 이렇게 할 것까진 없는데."

세인이 호기심으로 눈을 반짝였다.

"일 분이면 끝나요." 시어니는 아까 봐둔 초록색 도자기 그릇을 식탁에 놓으려고 찬장으로 종종걸음을 쳤다. 그 그릇은 찬장 맨 위 칸에 있어서 시어니는 조리대를 밟고 올라서야 했다. "식탁을 차려놨으니까 일단 앉으세요."

세인은 미소를 지었다. 엄밀히 말하면 헛웃음과 미소 사이의 어떤 미묘한 웃음이었는데 눈과 입술이 모두 웃고 있었다.

"그래, 고마워. 그래도 자네가 읽을 자료를 더 추가하고 종이를 200장은 접게 해야겠는걸."

시어니는 파스타를 도자기 그릇에 담아 식탁에 놓은 뒤, 닭과 구운 채소를 넓은 접시에 – 세인의 집에 쟁반이 없어서 넓은 접시로 대신했다 – 조심스럽게 옮겨 담아 세인의 앞에 놓았다. 그는 아무 말도 하지 않았지만 눈썹이 위로 솟는 걸 보니 깊은 인상을 받은 듯했다. 시어니는 좋은 인상을 주었기를 바랐다. 어쩌면 세인이 이 닭을 다른 용도에 쓰려고 보관해놓았는데 시어니가 허락도 받지 않고 요리에 쓴 것일 수도 있었다. 만약 그렇다면 불쾌해진 기분을 달래 줄 만큼 요리가 맛있어야 할 것이다.

시어니는 정사각형 식탁의 맞은편 의자에 앉았다가 다시 일어서며 물었다.

"가금류 요리를 자르는 방법을 아세요?"

"존토가 알지 싶은데."

그 말에 시어니는 낯빛이 창백해졌지만 세인의 눈빛에 담긴 웃음기를 감지했다. 방금 농담이었나?

시어니는 포크와 나이프를 들어 직접 닭을 자른 뒤 용기를 있는 대로 끌어모아 물었다.

"제가 견습생으로 있는 동안 약간의 급료를 받을 수 있을까 하는 생각을 했어요."

세인은 소리 내어 웃었다. 가슴이나 목에서 올라오는 게 아니라 그사이 어디쯤에서 나오는 가벼운 웃음이었다.

"아, 알겠어. 이야기가 점점 재미있어지네."

시어니는 얼굴을 붉혔다.

"아뇨, 방금은 진짜 진지하게 여쭤본 거예요. 어쨌든 한 집에 살게 되면 사람들은 같이 식사를 하면서 대화를 나누잖아요. 저는 급료에 대한 얘기로 대화를 시작하면 좋겠다 싶었어요."

"자네 급료는 교육 위원회에서 결정해." 세인은 파스타를 퍼서 본인 접시에 옮겨 담으며 말을 이었다. "그래, 급료를 받게 될 거야. 한 달에 10파운드이고 내가 추가로 주는 것도 있을 거야."

10파운드라고? 시어니는 휘둥그레진 눈을 감추려고 접시에 음식을 옮겨 담는 데 시선을 모았다. 생각했던 액수보다 많았다. 잘만 아껴 쓰면 매달 그중 절반 정도는 집으로 보낼 수 있을 듯했다.

　시어니는 세인을 돌아보며 물었다.

　"그럼…… 추가로는 무엇을 주실 건가요?"

　세인은 손에 포크를 느슨하게 쥐고 대답했다.

　"혹시 내가 자네를 굶길까 봐 걱정하는 거면 그런 걱정
은 안 해도 돼."

　시어니는 그가 끼니로 먹던 참치와 밥을 떠올리며 굶긴
다는 것에 대한 의미를 분명히 해야겠다는 생각도 해보았
지만 말을 아끼고 의자에 앉았다. 세인은 식전 기도를 하지
않았다. 시어니도 기도는 안 하는 편이라 그를 곁눈질하며
닭고기를 조그맣게 잘랐다.

　세인은 포크로 펜네 파스타 두 조각을 찍어 입으로 가져
갔다. 파스타를 씹으며 맛을 보면서 그의 눈빛은 조금 더 밝
아졌다. 그는 파스타를 삼킨 후 말했다.

　"저기, 시어니. 내가 직접 자네 수업을 진행한 게 아니라
면 자네가 이 파스타에 마법을 걸었다고 생각했을 거야."

　시어니는 미소를 지었다.

　"맛이 괜찮아요?"

　그는 한입 더 먹으며 고개를 끄덕였다.

"냄새만큼 맛도 좋아. 자네가 다재다능한 인재라는 뜻이겠지. 축하할 만한 일이야."

"저라는 사람에 대해서요, 아니면 제 파스타가요?"

그의 눈 속에서 반짝이는 빛이 춤을 추었다. 하지만 그는 대답하지 않았다. 시어니는 닭고기를 입에 넣고 씹어보았다. 너무 건조해지지 않아 다행이었다. 세 번 정도 고기를 씹고 있는데 세인이 말했다.

"사남매 중 맏이라고 했지."

"제 밑으로 여동생 둘과 남동생 하나가 있어요. 마법사님은 대가족인가요? 여러 여자형제 사이에서 고생하며 자란 사람 같아서요."

"여러 사람 사이에서 고생을 하기는 했지만 여자형제들은 아니었어. 난 외동이거든."

'의문이 가던 몇몇 부분이 이해가 되네.'

그리고 잠시 동안 그들은 조용히 음식을 먹었다. 시어니는 침묵이 더 길어지지 않게 하려고 입을 열었다.

"식료품은 언제 사오세요?"

그는 시어니를 흘끗 쳐다보았다.

"다 떨어지면. 집안일 중에 내가 제일 두려워하는 게 바로 식료품 구매야."

"어째서요?"

세인은 포크를 내려놓고는 팔꿈치를 식탁 가장자리에 대고 손으로 턱을 받치며 조용히 대답했다.

"도심으로 가야 하니까. 밖에 나가면 덥기도 하고."

시어니는 닭고기를 또다시 조그맣게 자르며 생각하다가 물었다.

"주근깨가 생길까 봐요?"

그가 웃었다.

"이제 대화가 그런 방향으로 가는군."

"주근깨가 잘 생기는 피부라서 밖에 나가는 걸 꺼려하시는 거면 이해할 수 있거든요."

시어니는 주근깨가 점점이 박힌 자기 손을 흘끗 내려다보았다. 3월부터 10월 사이의 강한 햇볕을 받으면 피부에 이렇게 주근깨가 잔뜩 올라오곤 했다.

"난 주근깨 안 생겨." 시어니가 자기 손의 주근깨를 보며 인상 쓰는 걸 봤는지 그가 바로 덧붙였다. "주근깨가 잘못된 건 아니야, 시어니. 하늘이 이 세상에서 자네가 다른 사람과 똑같아 보이지 않도록 해주는 거잖아."

시어니는 미소가 지어졌지만, 웃음을 속으로 간직하려고 입에 얼른 파스타를 집어넣었다.

"그리고 자네가 여유 시간이 많은 것 같으니 내일 아침에 첫 번째 쪽지 시험을 보기로 하지."

4

. . . . . ★ ★ ☆ ★ ★ . . . . .

 세인이 말한 대로 다음 날 아침 시어니는 첫 번째 쪽지 시험을 보았다. 세인은 아침 6시 정각에 존토를 전령으로 보내 쪽지 시험을 볼 것임을 알렸다. 눈을 뜨자마자 종이로 접은 해골 집사의 얼굴이 바로 코앞에서 빙그레 웃는 것을 보고 시어니는 깜짝 놀라 비명을 질렀다. 아래층 거실에서 쥐 냄새를 맡고 돌아다니던 펜넬이 그 소리를 듣고 시어니의 방으로 달려 올라왔다. 시어니는 세인이 했던 것처럼 해골에게 "멈춰"라고 명령을 내렸다. 다행히 해골 집사는 곧바로 시어니의 침대 발치에서 무너져 무해한 종이 뼈 무더기가 되었다.

거의 생각 없이 내뱉은 사소한 주문이었지만 종이와 결합한 후 처음으로 시어니는 진짜 힘을 갖게 된 기분이었다.

세인은 전날 작업실에서 보여준 다양한 종이 유형에 대해 물었다. 시어니는 뛰어난 암기력 덕분에 전부 맞혔다. 세인은 만족스러운 표정으로 고개를 끄덕이면서 시어니에게 자율 학습을 하라고 했다.

시어니의 '학습'에는 세인이 지정해준 교과서들을 읽는 일도 포함돼 있었다. 시어니는 제일 흥미로워 보이는《마커스 워터스의 불꽃놀이 안내서》부터 읽기 시작했는데 글씨가 작고 삽화가 몇 개밖에 없어서 이해하기가 다소 어려웠다. 한 챕터를 절반쯤 읽다가 주방에 가서 토스트를 먹고 돌아와《인체 해부학 제1권》을 펼쳤다. 그 책은 다소 기괴하기는 해도 훨씬 흥미로운 내용을 담고 있었다.

그 후 며칠 동안 시어니는 서재에 쌓여 있는 종이를 마음껏 사용하며 기본적인 종이접기를 연습했다. 세인이 아무 때나 예고 없이 쪽지 시험을 쳤기 때문에 배운 것을 빠르게 익혀두어야 했다. 목요일에도 세인은 두 번이나 쪽지 시험을 실시했다. 금요일이 되자 시어니는 종이접기 연습을 너무 많이 한 탓에 오른쪽 검지 끝에 물집이 잡혔다. 그걸 본 세인은 토요일에는 시어니에게 눈송이 만드는 방법을 가르쳐주었다. 시어니가 처음 견습생으로 온 날 서재 천장에서 떨어져 내린 바로 그 눈송이였다.

"자르기에도 접기와 거의 같은 규칙이 적용돼." 세인은 서재 바닥에 책상다리를 하고 앉아 무릎에 재단대를 올려놓았다. "제대로 마법 효과가 나타나게 하려면 정확하게 잘라줘야 하거든. 물론 장식용으로 쓸 거면 굳이 정확할 필요는 없어."

"이건 장식용인가요?"

시어니는 지난번에 슬쩍해서 주머니 안에 넣어둔 작은 눈송이를 떠올리며 물었다. 마지막으로 확인했을 때 그 눈송이는 여전히 차가운 기운을 품고 있었다. 세인은 하얀 정사각형 종이를 모서리 절반 접기로 접은 뒤 좁은 삼각형 모양으로 만들었다.

"자네 생각에는 어때?"

시어니는 천장에서 떨어져 카펫에 흩어져 있던 온갖 모양과 크기의 눈송이들을 생각해보았다. 각 눈송이들은 진짜 눈처럼 고유의 모양을 갖고 있었다.

"장식용인 것 같아요."

"관찰력이 좋군." 세인은 가위를 집어 들었다. "눈송이가 냉기를 머금게 하려면 한군데를 잘라줘야 돼. 잘 봐."

그는 종이로 접은 삼각형을 들고는 제일 두툼하게 접힌 부분에 가위를 집어넣고 끝부분에서 1센티미터쯤 아래를 잘랐다. 아몬드 모양으로 잘린 작은 종이가 재단대로 떨어졌다.

"차가워져라."

그가 명령했다. 시어니의 눈에 보이는 변화는 없었다. 그런데 그가 건넨 눈송이 모양의 종잇조각이 손에 닿자 냉기가 느껴졌다. 차가운 기운이 손가락 끝의 물집을 진정시켜 주었다.

"나머지는 창의적으로 응용하면 돼."

월요일이 되자 주방에서 쓸 식료품이 거의 다 떨어졌다.

"제가 가서 사 올게요. 그리고 싶어요."

작은 기록부를 펼쳐놓고 책상 앞에 앉아 있던 세인이 고개를 들었다. 그는 기록부의 한쪽을 레몬티 잔으로, 다른 쪽을 버터나이프로 눌러놓은 채 한 손에 펜을 쥐고 있었다.

"굳이 그럴 필요는 없어, 시어니."

"괜찮아요." 시어니는 치마의 주름을 펴며 말했다. "여기서 계속 살 거면 제 소임을 다해야죠."

시어니는 속으로 '이 집에서 벗어나 잠깐 쉬고 싶은 마음도 있고요'라고 덧붙였다.

"찬장에 남은 재료가 얼마 없어서 제대로 된 식사를 만들기 어려워요."

세인은 또다시 입은 움직이지 않고 눈만 웃었다.

"그것도 자네가 굳이 할 필요는 없는 일이야. 책은 어디까지 읽었지?"

"《인체 해부학 제1권》은 다 읽었고 도에 관한 책은 거의 다 읽어가요."

세인은 의자에 앉은 채로 몸을 돌려 뒤쪽 책장을 둘러보았다. 그러더니 허리를 굽혀 책장의 오른쪽 하단에서 두툼한 책 한 권을 빼서 시어니에게 주었다. 표지에는 《인체 해부학 제2권》이라고 적혀 있었다. 시어니는 미간을 찌푸리며 그 책을 받았다.

"굳이 식료품을 사 와야겠다면 택시를 불러줄게. 너무 늦게까지 있지는 마." 세인은 잉크가 묻어 있지 않은 펜의 부분을 입술에 대고 톡톡 치며 덧붙였다. "생기 불어넣기를 배울 차례야. 장 보고 돌아오면 시작하기로 하지."

그는 지폐 여러 장을 시어니에게 건네고 다시 기록부로 시선을 돌렸다. 시어니는 그가 벌써부터 돈을 믿고 맡기자 속으로 놀랐다.

시어니는 세인의 집에 온 지 2주가 되어서야 생기 불어넣기에 관한 수업을 받게 됐다. 가로, 세로 20센티미터 크기의 노란색 정사각형 종이를 미리 접어두는 준비 작업부터 시작했는데, 종이를 접는 각 방식에 대한 명칭을 세인 앞에서 말해야 했다. 그 작업을 통해 완성된 결과물은 잔주름이 잡히고 별 문양이 새겨진 사각형의 종이였다. 이렇게 준비 작업을 해두어야 다음에 이어지는 접기를 좀 더 편하게 할 수 있다고 세인은 설명했다. 최종 결과물을 완성하기까지는 시간이 더 걸리지만.

세인은 준비 작업 없이 그 자리에서 바로 사각형 종이를 접는 방법도 보여주었다.

"자, 이번에는 간단히 시작해보도록 하지. 개구리를 접어보자고."

시어니는 여기 온 첫날에 본 종이 개구리 접는 과정을 기억하고 있었다. 어떤 식으로 종이를 접었는지 훤히 기억하고 있어서 다시 가르쳐주지 않아도 똑같이 만들 자신이 있었다. 하지만 굳이 그 말을 하지 않고 세인이 종이를 접는 모습을 지켜보면서 혹시 기억에 빠진 부분이 없는지 확인했다. 끝까지 지켜봤지만 빠진 부분은 없었다. 시어니는 속으로 잘했다고 스스로를 토닥여주었다.

"숨 쉬어."

세인이 종이 개구리에게 명령하자 종이 개구리는 활기차게 몸을 흔들며 그의 손에서 훌쩍 뛰어올랐다. 개구리가 세인의 무릎에서 60센티미터가량 뛰어오르자 세인은 "멈춰"라고 명령해 개구리를 움직이지 못하는 상태로 만들었다.

단순해 보였지만 시어니는 어서 완성해보고 싶어서 손이 근질거렸다. 하지만 성급하게 보이고 싶지 않고 세인의 수업을 소홀히 듣고 싶지도 않아서 애써 손을 진정시켰다. 그리고 직접 접어보라는 세인의 허락이 떨어지기를 기다렸다.

등이 살짝 뻣뻣해지도록 집중해서 보고 있던 시어니는 지난 며칠간의 기억을 더듬으며 앞에 놓인 노란색 사각형 종이를 흘끗 쳐다보았다. 언제부터 긴장하면서 수업에 임하게 됐을까? 언제부터 수업 중에 종이 개처럼 고분고분하게 앉아 있게 됐는지 정확히 짚어낼 수 없었다. 펜넬을 돌아보니, 문 옆 구석진 곳에 앉아 무심히 종이 귀 뒤를 발로 긁고 있었다.

시어니는 입술을 살짝 축이며 세인이 보여준 과정을 똑같이 따라 하며 종이를 접기 시작했다. 그의 시선이, 이상할 정도로 무거운 시선이 느껴졌다. 하지만 그는 별다른 말은 하지 않았다.

시어니는 종이의 가장자리들을 신중하게 맞추면서 종이 개구리를 만들어 손바닥 위에 올려놓고 살짝 접힌 자국이 난 창조물의 상태를 점검했다. 시어니가 "숨 쉬어"라고 나지막하게 속삭이자 다행히 종이 개구리는 살아 움직이기 시작했다. 한쪽 다리를 씰룩거리다가 다른 쪽 다리를 움직였고 시어니의 손바닥 위에서 나른하게 폴짝 뛰었다. 시어니의 입가에 미소가 번졌다. 펜넬이 고개를 들고 킁킁거리며 시어니 쪽을 바라보았다.

"잘했어. 준비 작업 없이 바로 종이접기를 하기 전에 지금 배운 과정을 몇 번 더 연습하도록 해. 내일은 두루미와 어치를 접을 거야."

세인이 남색 외투를 다리께로 늘어뜨리며 일어서자 시어니가 물었다.

"개구리는 하루만 배우나요?"

세인은 짙은 눈썹을 치켜떴다.

"자네는 하루면 충분해." 그는 계속 시어니의 손바닥 위에서 폴짝폴짝 뛰고 있는 종이 개구리를 턱 끝으로 가리키며 말을 이었다. "금속 마법사가 되고 싶어 했던 사람치고는 수업을 상당히 잘 따라오고 있어."

시어니는 움찔하며 개구리를 떨어뜨렸다. 등으로 떨어진 종이 개구리가 뒤집힌 딱정벌레처럼 바닥에 누워 허우적거렸다. 펜넬이 달려와 앞발로 개구리를 툭툭 쳤다.

"어떻게 아셨어요?"

세인은 대답 대신 살짝 미소를 지으며 종이접기용 재단대를 책상 옆에 내려놓았다. 수업 전에 놓여 있던 바로 그 자리, 책상의 왼쪽 중간 지점이었다.

"책 읽는 것 잊지 마."

그는 이렇게 말하며 방을 나갔다.

약속대로 시어니는 새를 접는 방법에 대한 수업을 받았

고 물고기 접기도 배웠다. 그러고 나서는 준비 작업 없이 바로 개구리를 접는 방법에 대한 쪽지 시험을 치렀다. 시어니는 그 시험을 통과하지 못했는데, 세인이 자기가 만든 개구리와 뜀뛰기 경주를 시켜서 이겨야 한다고 주장했기 때문이었다. 시어니의 개구리는 180센티미터라는 어마어마한 차이로 세인의 개구리에게 지고 말았다. 성적 평가 방법치고는 괴상했다. 만약 세인이 태기스 프래프에 성적을 제출하기 전에 시어니가 원하는 만큼 그 '시험'을 다시 치를 수 있게 해주겠다고 약속하지 않았다면 시어니는 부당하다며 항의했을 것이다.

시어니가 시험에 통과하기 위해 개구리 한 마리를 더 접고 있는데 서재의 전신기가 딸깍 소리를 내기 시작했다. 작업 공간을 확보하기 위해 서재 책상 위의 종이 무더기들을 한옆으로 밀어놓고 책상 앞에 앉아 있던 시어니는 갑작스레 탁-탁-탁 하는 전신기 소리에 깜짝 놀랐다. 시어니의 발치에서 자고 있던 펜넬도 벌떡 일어나 전신기를 향해 짖어대기 시작했다. 종이로 된 목구멍이라 짖는 소리가 거의 나지 않으니 전신기 소리와 비교 불가였지만. 시어니는 반쯤 접은 라임그린색 개구리를 내려놓고 의자를 뒤로 밀면서 일어나 전신기를 향해 허리를 굽혔다. 그리고 전신기에서 나오는 종이를 눈으로 훑었다.

설리헐에서 발견됨.

전신의 모서리를 어떤 손이 붙잡아 당기면서 글자들이 휙 날아갔다. 시어니는 뒤돌아보지 않아도 등 뒤에 서 있는 사람이 세인임을 알 수 있었다. 종이가 눈앞을 스칠 때 시어니는 끄트머리에 알프레드라는 이름이 적힌 것을 포착했다.

뒤로 물러선 시어니는 세인이 전신을 읽는 모습을 바라보았다. 그의 밝은 초록색 눈이 전신의 비밀스런 문구를 담아냈다. 그가 집중해서 읽고 있다는 것, 그가 그날 아침 턱의 일부분을 제대로 면도하지 못했다는 것 외에 표정만 봐서는 무슨 일인지 알 수 없었다. 그는 단숨에 전신을 읽고 나서 두 손으로 그 종이를 구겼다.

"설리헐에서 무슨 일이 일어났어요?"

설리헐은 이곳에서 북서쪽으로 160킬로미터 이상 떨어진 도시였다.

세인은 입만 웃고 눈은 웃지 않는 묘한 웃음을 살짝 지었다.

"그냥 친구에 관한 거야."

그는 돌아서서 성큼성큼 서재를 빠져나가다가 하마터면 펜넬을 밟을 뻔했다. 시어니는 그의 뒷모습을 바라보았다. 그는 복도를 가로질러 자기 방으로 들어갔다. 대체 어떤 친구인데 설리헐에서 '발견'됐을까? 시어니는 그 자리에 서서 멘토 세인의 방금 전 눈빛을 떠올렸다. 마치 짝수 페이지를 모조리 뜯어낸 이야기책을 읽는 기분이었다. 전신의 글귀는 무슨 의미였을까?

시어니는 아랫입술을 깨물며 도로 의자에 앉아 개구리로 시선을 돌렸지만 생각이 반쯤은 딴 데 가 있었다. 뒷다리를 접기 시작하는데 세인이 양손에 종이와 책, 기록부, 연필을 잔뜩 들고 돌아왔다. 그는 그것들을 시어니 옆에 내려놓고 책상 위에 놓인 종이 무더기 두 개를 똑바로 정돈하며 말했다.

"즉흥 수업을 하도록 하지."

세인이 책상에서 황백색 타자기 용지를 한 장 집어 들었다. 그리고 재단대를 들고 바닥에 책상다리로 앉았다. 잠

시 망설이던 시어니도 같은 종이 한 장을 들고 그의 앞에
가 앉았다.

"빠르게 할 거니까 주의해서 잘 봐."

재단대에 종이를 길게 놓은 세인은 그중 2.5센티미터를
접고 엄지로 주름을 잡은 뒤 뒤집어서 또다시 2.5센티미터
를 접었다. 그는 종이를 뒤집으며 설명했다.

"종이부채 접기야. 자네도 만들어본 적이 있을 거야."

"어렸을 때요."

시어니는 대답하며 그의 얼굴을 흘끗 쳐다보았다. 그는
종이를 접고 뒤집기를 반복했는데, 자 없이도 완벽하게 일
정한 간격으로 접어나갔다.

"같은 간격으로 접는 게 기술이야. 각 판의 길이와 폭이
일정하지 않으면 마법이 깃들지 않아. 원한다면 자로 재가
면서 해도 되지만 처음에 집중해서 접고 그걸 기준 삼아서
쭉 접어나가. 마지막에 남은 부분은 잘라내면 돼."

그는 남는 부분 없이 부채를 완성하고는 아랫부분을 접
어 올렸다.

"굳이 고정시킬 필요는 없어."

그는 부채를 시어니 쪽에서 문 쪽으로 돌리고 가볍게 펼

럭였다. 종이부채에서 바람이 한 번, 두 번, 세 번 흘러나왔다. 자연스럽게 불어오는 바람이라기엔 너무 강하고, 어떤 해를 끼치기엔 너무 약했다. 그는 부채를 내려놓았다.

"아주 단순하지. 내가 떠나 있는 동안 이걸 연습하고 있도록 해."

그의 말이 시어니의 머릿속으로 굴러 들어왔다.

"떠나신다고요? 어디 가시는데요?"

"마법사로서 늘 하는 일을 하러." 그는 몸을 일으키고 재단대를 바닥에 내려놓았다. 가지고 온 책 더미 쪽으로 돌아선 그는 맨 아래 놓인 책 제목을 말했다. "이 책은《종이 반죽 기법》이야." 그는 그 더미 위의 기록부를 가리키며 말을 이었다. "책을 읽으면서 이 기록부에 메모를 하도록 해. 빈틈없이 메모를 해놓으면 보고서 쓰는 과제는 생략해줄게."

시어니는 절로 입이 벌어졌다.

"하지만……."

그는 다음 책을 가리키며 말했다.

"이건《살아 있는 종이 정원》. 이 책도 마찬가지야. 내가 5장, 6장, 12장에 책갈피를 끼워놨는데, 거기 자네가 풀어볼 연습 문제가 있어. 그리고 이건《두 도시 이야기》라는 책인데 그냥 좋은 책이라서 가져왔어. 읽어본 적 있어?"

시어니는 어안이 벙벙해서 그를 멍하니 쳐다보았다. 이 남자는 미쳐버린 게 분명했다. 교묘하게 멀쩡한 사람인 척했지만 지금 보니 확실히 미쳤다.

그는 손을 뒤로 빼면서 덧붙였다.

"그리고 종이부채도 완성하도록 해. 잘 만들면 태풍 못지않게 강한 바람을 뿜게 할 수 있어. 그리고 내가 전에 준 책들도 다 읽도록 해."

시어니는 고개를 절레절레 흔들며 일어나 물었다.

"얼마나 오래 떠나 계실 계획인데요?"

세인은 어깨를 으쓱했다.

"기간이 길어지지 않길 바라야지. 장기간 규칙적인 일상에서 벗어나는 건 상당히 성가신 일이니까. 혹시 무슨 일이 생기면 패트리스에게 연락해. 연락처는 알고 있지?"

"패트리스요?" 시어니는 약간 높아진 목소리로 되물었다. "에이비오스키 마법사님이요? 아…… 예. 하지만……."

"좋아!" 세인은 시어니의 어깨를 툭 치고는 성큼성큼 서재에서 나갔다. "그럼 난 갈게. 집에 있는 물건들을 불에 태우지 않도록 조심해."

시어니는 그를 따라 나갔다.

"지금 떠나시게요?"

"그래야지."

그는 자기 방으로 들어갔다. 아까 그는 전신을 받고 방으로 갔다가 몇 분 만에 시어니에게 내줄 과제거리를 잔뜩 들고 서재로 다시 들어왔다. 그런데 그 몇 분 동안 짐을 싸놓은 모양이었다. 그는 바로 가방을 들고 복도로 다시 나왔다. 검은 머리카락을 한 손으로 쓸어 넘기는 그의 눈빛은 초조했고 입술은 꾹 다문 채였다. 근심이 있는 표정이었다.

"별일…… 없으신 거죠?"

서재 문지방에 선 시어니는 어디까지 물어도 될지 몰라 망설이다가 입을 뗐다.

"뭐?" 서재의 시계가 몇 번 똑딱거리는 동안 그의 표정이 다소 부드러워졌다. "별일 없어. 잘 지내고 있어, 시어니."

그는 욕실 앞까지 걸어가다가 뒤돌아서며 덧붙였다.

"문을 잘 잠그고 있도록 해."

시어니는 그가 계단을 내려가는 모습을 지켜보다가 1층을 조용히 걸어가는 그의 발소리에 귀를 기울였다. 펜넬이 다가와 시어니의 양말을 핥았다.

시어니는 얼른 서재 창문으로 달려가 창밖을 내다보았다. 세인이 마당의 종이꽃들 옆을 지나 환영 마법을 걸어 둔 대문 밖 흙길로 걸어 내려가고 있었다. 저 앞에 택시를 불러두었을까?

입김으로 시야가 부옇게 흐려진 뒤에야 시어니는 자신이 창문 유리에 얼굴을 바짝 붙이고 밖을 내다보고 있었음을 깨달았다. 종이 마법사 세인은 시어니의 시야에서 사라졌다. 시어니는 황무지 한가운데에 위치한 이 어수선하고 익숙하지 않은 집에 혼자 남았다.

'문을 잘 잠그고 있도록 해.'

그 말을 떠올리자 마음이 무겁게 가라앉았다.

5

· · · · · ★ ★ 🗡 ★ ★ · · · ·

'종이 반죽(장식용 물건을 만들 때 쓰는, 젖은 종이와 아교나 풀을 섞어 이겨 놓
은 것 – 옮긴이)의 전통적인 제조 방식은 두 가지로, 가느다란 종이
와 종잇조각에 접착제 또는 풀을 가미해 만든다.'

시어니는 지친 손으로 기록부에 적었다. 그리고 한숨을
쉬며 연필을 내려놓고는 침대 너머 하나뿐인 창문을 내다
보았다. 태양이 무성한 잎사귀들의 그림자를 시어니의 베
개에 드리우고 있었다.

세인이 오늘 돌아올까? 만약 그렇다면 시어니는 그가 해

놓으라고 한 숙제의 10분의 1도 못한 셈이 된다. 기간이 짧았으므로 물론 벌을 받지는 않을 것이다. 하지만 시어니는 애초에 예상했던 대로 그 종이 마법사가 상당히 괴상하게 행동한다는 생각이 들었다.

어젯밤부터 문과 창문을 모두 닫아놓은 이 집은 너무 고요해서 시어니가 숨을 멈추면 바로 옆방인 서재의 시계 소리까지 들을 수 있을 정도였다. 펜넬은 모험을 하러 아래층으로 내려갔고, 존토의 움직이지 않는 뼈 무더기는 시어니가 넣어둔 대로 작업실 벽장 안에 얌전히 있었다. 그래서인지 이 집에 생기라곤 없어 보였다.

시어니는 아래를 흘끗 내려다보았다.《종이 반죽 기법》에 적힌 단어들이 눈에 들어왔다가 부옇게 흐려졌다. 시어니는 하품을 하며 책과 기록부를 덮은 뒤 탁 소리가 나도록 세게 내려놓았다. 그리고《인체 해부학 제2권》을 꺼내 책갈피를 끼워놓은 부분을 펼쳤다. 심장 혈관 계통에 관해 서술한 장의 중간쯤 되었다. 해부된 동맥 그림을 보다가 페이지를 넘긴 시어니는 심장의 단면을 잘라 네 개의 방을 보여주는 도해를 들여다보았다. 하지만 한 단락 읽다가 말고 다시 책을 덮었다.

펜넬이 계단을 올라오다가 멈추더니 도로 내려가는 소리가 들렸다. 책상에서 그만 일어나고 싶어진 시어니는 하던 과제를 내버려두고 아래층으로 내려갔다.

펜넬이 세인의 작업실 문 앞에서 코를 킁킁대고 있었다. 세인은 작업실에 먹던 음식을 놓아둔 적이 없으니 아마 존토 냄새를 맡고 그러는 듯했다. 시어니가 문을 열어주자 종이 개는 킁킁대며 안으로 달려 들어갔다. 뒷다리로 서서 몸을 일으킨 펜넬은 창문에 매달아놓은 종이 사슬들을 올려다보다가 시어니의 예상대로 종이 집사의 냄새를 쫓아 벽장 쪽으로 후다닥 뛰어갔다.

시어니는 담쟁이덩굴로 뒤덮인 창문을 바라보았다. 집 안이 너무 조용했다. 새로 들인 견습생만 남겨두고 나가버리다니 너무 무책임한 마법사 아닌가? 이 일을 에이비오스키 마법사에게 보고해야 할 것 같았다. 시어니는 시선을 낮춰 책상을 바라보았다.

'보고하기 전에 마법사님이 없는 틈을 타서 구경이라도 해보자.'

세인의 책상 의자에 앉아 그의 서랍을 열어보는 시어니의 입가에 미소가 살짝 번졌다. 서랍은 하나도 잠겨 있지 않았다. 딱히 흥미로운 물건은 없었다. 회의와 관련된 메모가 적힌 기록부 몇 권, 여분의 펜과 연필, 전곤(끝에 못 같은 것이 박힌 곤봉 모양의 옛날 무기 - 옮긴이)의 끄트머리에 붙어 있음직한 꼭짓점이 여러 개인 괴상한 종이 별. 그리고 양복솔과 작은 반짇고리. 시어니는 각 서랍을 닫기 전에 그 안에 있는 물건이 줄을 맞춰 반듯하게 놓이도록 했다. 세인은 펜 하나가 몇 밀리미터만 제자리를 벗어나도 분명히 알아차릴 것이다.

시어니는 전신 보관철로 손을 뻗어, 일 년 전 자신이 보낸 감사 편지의 가장자리를 손가락으로 훑었다. 1만 5천 파운드라.

장학금을 지원해준 이유를 지금은 고민하고 싶지 않아 입술을 깨물며 생각을 돌렸다. 다른 편지들을 획획 넘기면서 '마법사'나 '박사' 같은 칭호가 붙은 이름들을 눈여겨보았다. 그러다 '알프레드 휴즈'라는 이름이 눈에 들어왔다. 그 이름으로 온 전신을 떠올리며 시어니는 그 이름이 적힌 종이를 꺼내보았다. 사진이 없는 오래전 크리스마스 카드였다. 기억이 날 듯 말 듯했다. 그 이름을 전에 들어본 적이 있었다. 알프레드 휴즈라면 마법사 위원회의 일원 아닌가?

그래, 맞다. 그는 고무를 다루는 마법사였다. 예전에 태기스 프래프에서 연설을 한 적도 있었다. 세인은 높은 자리에 있는 사람들과도 친분이 있는 모양이었다.

이상하게도 '세인'이라는 성을 가진 사람이 보낸 편지는 없었다. 그렇다면 이 중에 친가 사람이나 자기 가족이 보낸 편지는 없다는 의미일 것이다. 세인은 외동이라고 했지만 그의 부모님은? 사촌들은? 분명 사촌은 있을 것이다.

시어니는 그다음으로 책장을 살펴보았다. 교과서와 오래된 소설책, 처음부터 끝까지 가득 채운 기록부 들이 있었다. 그런데 눈에 띄는 것이 있었다. 1888년부터 1889년까지라고 적힌 그레인저 아카데미 연감이었다. 12년 차이가 나긴 하지만 세인은 시어니와 같은 중등학교를 다닌 동문인 듯했다. 에이비오스키가 이렇게 젊은 마법사에게 시어니를 배정한 건 이상한 일이었지만, 선택할 수 있는 종이 마법사가 많지 않아서일 것이다. 아마도 그래서 에이비오스키가 택시에서 그렇게 굳은 표정으로 앉아 있었던 모양이었다.

펜넬이 시어니의 신발을 앞발로 긁었다.

"그래, 가서 내 할 일이나 해야지."

시어니는 한숨이 나오려는 것을 참고 종이 개를 품에 안아 올렸다. 펜넬이 꼬리를 흔들어대자 시어니는 웃으면서 세인의 책상 의자를 신중하게 도로 밀어 넣었다.

그날 시어니는 개구리와 부채를 접고, 알고 싶었던 것 이상으로 해부학에 관한 내용을 읽고, 종이 반죽에 관한 메모를 기록부 여백에 끼적거리며 나머지 하루를 보냈다.

다음 날도 세인이 집으로 돌아오지 않자 시어니는 걱정이 되기 시작했다.

시어니는 쓸데없이 걱정을 사서 하는 부류는 아니었다. 게다가 세인은 애초에 스승으로 모시고 싶었던 사람도 아니고 함께 지낸 지 얼마 되지도 않았다. 그런 그에 대해 이토록 걱정을 하는 게 바보처럼 느껴지기도 했지만 그래도 자꾸 마음이 불안했다. 떠나기 전에 초조해 보이던 그의 눈빛도, 전신의 내용에 대해 숨기려 하던 태도도 마음에 걸렸다.

에이비오스키에게 연락을 할까 하다가 그만두었다. 연락해서 뭐라고 말할까? 괜히 나서서 에머리 세인을 곤란하게 만들고 싶지 않아 잡념을 떨치기 위해 집안일을 시작했다. 시어니는 점심으로 혼자 먹을 생선과 감자를 튀겼다. 조리대를 닦고 주방 바닥을 청소한 다음 빨래를 하려고 방으로 들어가 빨랫감을 모았다.

방을 나선 시어니는 복도 저쪽에 있는 세인의 방문을 바라보았다. 그는 그 문을 닫아두고 갔다. 그의 빨래도 해놓는 게 사려 깊은 행동 아닐까?

자기 빨랫감을 계단 옆에 놓아두고 시어니는 세인의 침실로 들어가 안을 둘러보았다. 당연하게도 그의 침대는 시어니의 침대보다 컸고, 침대 발치와 마주 보는 위치에 있는 창문도 시어니의 방 창문보다 컸다. 문 옆 서랍장 위에는 구리 촛대 세 개가 놓여 있었는데 전부 손잡이가 없었다. 구슬을 모아놓은 통과 보석 상자처럼 보이는 작은 상자, 마치 기계 장치처럼 보이는 다양한 종이 장치가 그 주변에 놓여 있었다. 표지 없는 소설책이 놓여 있는 침대 옆 탁자 위에는 브랜디 병과 술잔이 있었다. 그리고 안에 작은 배가 담겨 있는 유리병과 회색, 보라색, 복숭아색으로 칠해진 높은 종이 상자도 같이 놓여 있었다. 책장에는 커다란 종이 무더기와 문방구류, 책들이 있었고, 벽장에는 긴 외투 몇 벌과 정장 바지들이 들어 있었으며, 방 한옆의 바구니에는 빨랫감이 가득했다.

시어니는 눈가리개를 한 말처럼 양손을 얼굴 옆에 갖다 대 시야를 차단하고는 곧장 빨래 바구니로 걸어갔다. 오늘 은 염탐을 하고 싶지 않았다. 시어니는 열아홉 살이라 남자 의 사적인 공간을 존중할 줄 알았다.

밖으로 나간 시어니는 손가락 관절이 빨개지도록 빨래를 해서 뒷마당의 빨랫줄에 널었다.

다음 날에도 시어니는 이 집에서 혼자 눈을 떴다. 해부학 책을 마저 읽은 뒤 빨래를 걷어 개켜놓았다. 세인이 그 옷 들을 어디에 두는지 알 수가 없어서 본인이 돌아오면 알아 서 정리하도록 침대 위에 옷을 놓아두었다.

세인의 방에서 나가려던 시어니는 책꽂이 앞에서 걸음 을 멈췄다. 세상에, 이 남자는 책이 엄청 많았다. 시어니는 왜 이 책들을 서재가 아닌 본인 침실에 두었는지 궁금해하 며 책 제목을 하나씩 읽어보았다. 이건 염탐이 아니라 호기 심일 뿐이었다.

교과서는 얼마 없었고, 쉴 때 느긋하게 읽을 만한 책이 대 부분이었다. 유명 작가의 책도 있었고, 별로 안 유명한 작가 의 책도 있었다. 《두 도시 이야기》 제2권과 매슈 아널드의 시집도 보였다. 그리고 그 선반 맨 끝에 찬송가집이 있었다.

"묘하네."

시어니는 가죽 장정이 된 찬송가집을 꺼내 들었다. 표지에 묻은 먼지에 시어니의 손자국이 남았다. 세인은 신앙심이 깊어 보이지는 않았다. 그는 식전 기도도 하지 않았다. 찬송가집은 책등이 갈라져 있었는데 시어니는 책등의 좋지 않은 상태에 주목하며 페이지를 훌훌 넘겨보았다.

표지에 금박으로 아로새겨진 '세인 가족'이라는 글자가 눈에 들어왔다.

"세인 가족?"

에머리 세인 말고 세인이라는 성을 가진 다른 사람들은 누굴까? 그는 결혼을 하지 않은 것 같았고 그 책은 그의 부모님 것이라기엔 너무 새것이었다. 어쩌면 세인이 노리치 시에 사생아를 두고 있는데, 누군가 그걸 알고 세인을 협박하려고 이 찬송가집을 보낸 게 아닐까?

시어니는 피식 웃으며 다시 페이지를 넘겼다. 익숙한 찬송가도 있고 낯선 찬송가도 있었다. 그런데 뒤쪽 페이지에서 무언가 툭 떨어졌다. 눌러서 말린 들꽃이었다.

시어니는 웅크리고 앉아 보라색과 오렌지색이 섞인 그

꽃을 집어 들었다. 부드럽고 바스러질 듯 아름다웠다. 꽃의 이름은 알 수 없었다. 세인 가족 중에 누가 이 꽃을 여기 넣어두었을까?

복도에서 펜넬이 짖었다. 시어니는 찬송가집을 원래 있던 자리에 꽂고, 먼지 묻은 손가락을 치맛자락에 문질러 닦았다. 스승의 방에서 나가 등 뒤로 문을 닫은 시어니는 다시 그 방에 들어가지 않았다.

며칠 뒤, 아침 여섯 시쯤 방문을 요란하게 두드리는 소리에 시어니는 잠에서 깼다. 깜짝 놀란 시어니는 소리를 지르며 벌떡 일어났다. 문을 잠그고 있으라고 했던 세인의 경고가 제일 먼저 떠올랐다.

문밖에서 세인의 쾌활한 목소리가 들렸다.

"오늘은 종이 보트에 대해 배울 거야. 아침 일찍부터 시작해야 돼! 서둘러!"

시어니는 심장이 목구멍까지 튀어나올 뻔했다. 침대에서 이불을 끌어당겨 잠옷 위에 두르고 문을 빼꼼 열었다. 세인은 이 집을 떠날 때 차림 그대로, 옷을 다 차려 입고 남색 외투를 걸친 모습으로 문 앞에 서 있었다.

"어…… 언제 돌아오셨어요?"

그는 어깨를 으쓱했다.

"방금. 존토는 어디에 뒀어?"

"그 안에……." 시어머니는 대답을 하다 말고 물었다. "가신 일은 어떻게 됐어요? 친구 분은 만나셨어요?"

"일은 잘됐어. 내 빨래를 해준 건 고마운데, 내가 집에 있지 않아 입을 일이 없었으니 굳이 그러지 않아도 되는 거였어. 10분 내로 서재로 와."

그는 손뼉을 한 번 치고는 복도를 걸어갔다.

엿새였다. 엿새 동안 나가 있다가 돌아와서 한다는 말이 고작 저건가? 시어머니는 문을 닫고 목 뒤를 문질렀다.

'내가 또 왜 이러지? 저 사람이 어디에 가 있었든 내가 무슨 권리로 알아야 해?'

시어머니는 고개를 절레절레 흔들며 옷을 입고 머리를 빗어 왼쪽 귀 뒤로 땋아 내렸다. 적어도 그가 쪽지 시험을 보겠다는 말은 하지 않으니 다행이다 싶었다.

서재로 가보니 세인은 이미 평소처럼 무릎에 재단대를 올려놓고 카펫 위에 책상다리로 앉아 있었다. 그의 옆에는 직사각형 종이 몇 장이 놓여 있었다. 시어머니는 가까이 가면서 그를 살펴보았다. 깨끗한 옷을 입었고 면도도 깔끔하게 했지만, 어깨가 약간 구부정했고 눈 밑이 살짝 그늘졌다. 피곤해서인 듯했는데 뭘 하고 왔길래 그럴까? 집에 왔으면 좀 쉴 것이지 왜 굳이 지금 수업을 하겠다는 것일까?

하지만 그의 맞은편에 앉은 시어니는 아무것도 묻지 않았다. 비밀을 지키고 싶어 하니 그렇게 두기로 했다.

"보트를 접으려면 우선 종이를 반으로 접고 모서리 두 곳을 두 겹으로 살짝 접어야 돼."

세인은 종이를 접으면서 설명했다.

"종이 보트가 무슨 쓸모가 있죠? 아무도 그 안에 탈 수 없고 물에 젖으면 가라앉을 텐데요."

"아, 마법을 건 종이 보트는 쉽게 가라앉지 않아."

"쉽게요?"

"계속 두면 가라앉겠지만 천천히 가라앉아."

그는 시어니를 보지 않고 거의 본인 무릎에 대고 고개를 끄덕이며 말을 이었다.

"수 세대가 지났지만 종이 마법사들은 아직까지도 종이를 방수로 만드는 마법을 알아내지 못했어. 하지만 단단하게는 만들 수 있지. 보트는 메시지를 주고받는 데도 유용하게 쓰여. 비행으로 메시지를 보내는 건 너무 성가신 일이니까. 위험하기도 하고. 전신이나 전화 같은 놀라운 물건까지 나왔으니 구식이긴 하지만 일단 배워두기로 하지."

그는 시어니 쪽으로 종이를 놓고 모서리를 약간 접어 보트의 바닥을 만들었다.

"생기를 불어넣듯이 접어야 돼. 규칙은 이미 외우고 있겠지만."

시어니는 고개를 끄덕였다. 세인이 마지막 부분을 접을 때쯤 그의 넉넉한 외투 소맷자락이 위로 올라가면서 오른쪽 팔뚝을 두툼하게 감은 붕대가 드러났다.

그걸 본 시어니의 속에서 무언가 팅 하고 울렸다. 바이올린 줄이 몸통 아래로 쭉 당겨지듯, 목과 배꼽 사이가 팽팽해졌다. 시어니가 나지막하게 물었다.

"팔은 어쩌다 그렇게 되셨어요?"

세인이 손가락의 움직임을 멈췄다. 그는 시어니를 흘끗 쳐다보고 본인의 팔로 시선을 돌렸다. 그리고 외투 소매를 손바닥까지 끌어내렸다.

"좀 부딪쳤어. 걷기에 얼마나 집중력이 많이 필요한지 종종 잊어버리거든."

시어니는 미간을 찌푸렸다. 속에서 한 번 더 줄이 튕겨지는 느낌이 들었다. 그는 분명히 무언가를 숨기고 있었다. 시어니는 그가 팔을 어쩌다 다쳤는지 알고 싶었다.

세인은 종이 한 장을 건네며 똑같이 따라 접으라고 했다. 시어니는 첫 시도에 그럭저럭 제대로 잘 접었다. 그러자 마음에 약간 위로가 됐다.

세인은 다치지 않은 팔 아래에 재단대를 끼우고는 일어섰다.

"이제 강으로 가서 시험해보기로 하지!"

이제 내면의 줄이 끊어질 듯 더욱 팽팽해졌다. 시어니는 온몸의 근육이, 특히 목과 어깨와 무릎의 근육이 뻣뻣해졌다.

"가, 강이요? 밖에 있는 강이요?"

세인은 싱긋 웃었다.

"집 안에는 강이 없잖아?"

시어니는 바닥에 뿌리를 박은 듯 움직일 수가 없었다. 세인이 일으켜주겠다며 한 손을 내밀었지만 시어니는 팔을 올려 그 손을 잡을 수 없었다. 맥박이 빨라지고 뺨이 달아올랐다.

"저는⋯⋯." 시어니는 헛기침을 한 후 물었다. "욕실에서 시험해봐도 되지 않을까요? 욕조에서요."

그는 손을 계속 내민 채 말했다.

"혹시 물을 무서워해?"

시어니의 얼굴이 더욱 빨개졌다.

"아." 그는 진지하게 덧붙였다. "이거 놀랍군. 자네는 그런 타입으로 보이진 않는데."

시어니는 몸에 힘을 간신히 빼고 어깨를 으쓱했다.

"누구나 무서워하는 게 있잖아요?"

세인은 천천히 고개를 끄덕였다.

"그렇지. 맞아……. 맞는 말이야. 그럼 욕조에서 하지 뭐."

그는 또다시 시어니에게 손을 내밀었다. 시어니는 그의 손을 잡고 그가 당겨주는 대로 몸을 일으켰다. 그가 손을 놓아주기 전까지 묘하게 손가락 끝이 얼얼했다.

시어니는 얼굴의 열기를 가라앉히려고 손가락을 뺨에 갖다 댔다. 함께 욕실로 들어간 그들은 비좁은 공간에서 욕조를 앞에 두고 보트를 향해 '떠라', '견뎌라' 같은 주문을 외쳤다. 시어니는 자기가 만든 배가 물에 가라앉기 전에 양해를 구하고 욕실을 나와 방으로 갔다. 《청소년을 위한 점성술》 책을 집어 들었지만 어째서인지 집중하기가 힘들었다.

시어니는 마지막 생선 완자를 튀김 냄비에 집어넣었다. 펜넬이 발치에서 공기처럼 가벼운 소리로 낑낑거렸다. 펜넬은 생선 완자를 얻어먹을 수 있으리란 기대를 하며 꼬리를 흔들어댔다.

"넌 이거 못 먹어, 바보야."

시어니는 개를 나무라면서 다리로 쓱 밀어놓고 오븐 쪽으로 향했다. 시어니는 아스파라거스가 가득 담긴 얕은 도자기 접시를 오븐에서 꺼냈다. 중등학교 졸업년도에 연회장에서 출장요리 관련 일을 하기 전까지 시어니는 아스파라거스라면 질색을 했다. 그런데 연회장에서 보니 중요 인사들은 누구나 아스파라거스를 먹었다. 그때부터 시어니는 입맛을 달래가며 아스파라거스를 먹기 시작했다.

계단문이 열리고 세인이 내려왔다. 아침보다 덜 피곤해 보이는 걸 보니 시어니가 저녁 식사를 만드는 동안 눈을 붙인 모양이었다.

"으음, 2인분을 요리한 거면 좋겠는데."

"제가 쓴 종이 반죽 기록부를 마법사님에게 보여드리지 않고 태워버릴 수 있다면 얼마든지 2인분을 요리한 것으로 할게요."

시어니는 생선 완자를 포크로 찍어 앞으로 흔들며 세인과 종이 개의 시선을 모두 사로잡았다.

"손만 바쁘고 쓸모는 없는 숙제라서요. 그래도 굳이 기록부를 써야 한다면 제 무릎에 생선 완자가 가득 담긴 바구니를 올려놓고 써야 할까 봐요."

세인이 소리 내어 웃었다.

"이런 식으로 뇌물을 먹이는 건 교육 위원회가 못마땅해할 텐데. 그들이 보내온 편지를 읽어줘야겠군."

시어니가 생선 완자를 찍은 포크를 계속 들고 있자 세인이 한 손을 흔들며 말했다.

"그래, 알았어. 기록부는 없애. 배고파 죽겠다."

시어니는 승리의 기쁨을 만끽하며 생선 완자를 접시에 도로 내려놓았다. 그리고 튀김 냄비에 있던 나머지 생선 완자를 모두 꺼내 그릇에 마저 담아 식탁에 올렸다. 세인은 시어니의 의자를 빼준 다음 자기 자리에 가 앉았다.

"식료품이 또 다 떨어졌어요." 시어니는 생선 완자 하나를 접시에 덜고 그릇을 세인에게 넘겼다. "그리고 제 급료를 언제 주실지도 궁금하고요."

"견습생이 만든 요리를 먹을 때마다 돈 얘기를 듣는군."

그는 생선 완자 두 개를 자기 접시에 덜고 이번에도 식전 기도 없이 포크를 들었다. "물론 급료를 줘야지……."

세인의 입에서 나온 다음 말은 복도에서 들려오는 폭발음에 묻혔다.

시어니는 아스파라거스 접시를 식탁에 떨어뜨리며 뒤를 돌아보았다. 나무 파편들과 종잇조각들이 복도에서 불어온 바람을 타고 식당 안으로 들어왔다. 시어니는 그 광경을 휘둥그레진 눈으로 바라보았다. 복도에서 들어온 먼지와 페인트 냄새가 식당 안의 생선 완자와 골파 냄새에 뒤섞였다. 세인이 벌떡 일어섰다.

마치 빈정대는 박수 소리 같은 커다란 발소리가 복도에 울려 퍼졌다. 밑창이 딱딱한 신발 소리였다. 시어니가 앞으로 나서려 하자 세인이 팔을 뻗어 막았다. 그의 얼굴에서 웃음기가 사라지고 표정이 확 바뀌었다. 쾌활하지도 산만하지도 않은 차갑게 굳은 표정이었다. 그의 외투가 마치 살쾡이처럼 털을 곤두세웠는지 키도 커진 듯 보였다.

어떤 여자가 식당으로 걸어 들어왔다. 키가 크고 깜짝 놀랄 만큼 아름다웠다. 검은색에 가깝게 어둡고 물결치는 듯한 긴 곱슬머리, 짙고 검은 눈동자, 주근깨 하나 없는 하얀 피부. 여자는 풍만한 몸매에 잘 어울리는 검은 셔츠와 몸에 착 붙고 무릎에 천 조각을 댄 바지를 입었으며, 발목을 두 개의 끈으로 묶는 5센티미터 굽의 회색 하이힐을 신었다.

어딘지 모르게 익숙한 얼굴이었다. 시어니는 이 얼굴을 어디서 봤는지 곧 기억해냈다.

동서남북.

낯빛이 창백해진 세인이 말했다.

"리라?"

시어니는 가슴이 철렁했다. 여자가 손에 검붉은 액체가 담긴 유리병을 들고 다가오자 시어니의 몸은 그대로 얼어버렸다.

순식간에 일어난 일이었다. 세인이 시어니의 팔을 잡고 그의 등 뒤로 잡아당겼다. 리라는 자기 손에 검붉은 액체가 줄줄 흘러내리는데도 아랑곳하지 않고 다가와 "폭발해라!"라고 외치며 시어니에게 유리병을 던졌다.

시어니는 거대한 주먹에 맞은 것 같은 충격을 받았다. 폐에서 공기가 쭉 빠져나가면서 식탁 모서리로 휙 날아가 식탁이 뒤집힐 정도로 거칠게 떨어졌다. 도자기 접시가 단단한 목재 바닥에 떨어져 산산조각이 나고 갓 만든 음식들이 바닥에 쏟아졌다. 시어니는 식당 벽에 등을 부딪친 후 바닥에 쓰러졌다.

일순간 사방이 캄캄해졌다가 희미한 그림자와 빛으로 바뀌었다. 시어니가 눈을 몇 번 깜박이는 사이 무언가 바로 옆 벽에 쿵 부딪쳤다. 시어니는 나무판을 통해 그 진동을 느낄 수 있었다. 시야가 다시 열리고 등이 욱신거렸다. 고개를 들어보니 세인이 보이지 않는 손에 틀어잡혀 벽에 붙어 있었다. 그가 말을 하려고 했지만 보이지 않는 무언가가 그의 입을 틀어막았다. 그의 목 옆의 동맥이 부풀었다.

시어니는 피가 묻은 자기 손을 내려다보았다. 잠시 겁에 질렸지만 이내 그 차가운 피는 자기 것이 아님을 깨달았다. 조금 전 리라가 시어니에게 던진 유리병 안에 담겨 있던 액체가 바로 피였다. 시어니는 온몸이 얼어붙는 듯했다.

피.

신체 마법.

리라는 신체 마법사였다. 금지된 마법을 행하는 자였다.

시어니는 다시 세인에게 고개를 돌렸다. 리라가 세인의 옷깃을 잡아 가슴팍까지 쭉 찢고는 속삭였다.

"난 이제 떠날 거야. 자기도 데리고 가야겠어."

그러더니 자신의 오른손을 세인의 가슴 속으로 쑥 집어넣었다. 시어니는 비명조차 지를 수 없었다. 리라의 손목 주변에 황금색 먼지 고리가 반짝였고 세인은 이를 악물고 비명을 질렀다. 리라는 피 묻은 오른손을 세인의 가슴 밖으로 꺼냈다. 피범벅이 된 그 손은 벌떡거리는 세인의 심장을 쥐고 있었다.

시어니의 이마와 관자놀이에 식은땀이 맺히고 심장이 세차게 뛰어 눈앞이 아찔해졌다.

'고개 숙여!' 시어니는 속으로 외쳤다. 피부가 차가워졌다. 기절한 척을 하려고 했지만 몸이 덜덜 떨리고 눈물이 계속 흘렀다. 세인을 이렇게 쉽게 제압할 수 있는 여자이니 시어니 따위는 단숨에 죽일 수 있을 것이다. 분위기로 봐서는 분명히 그럴 것 같았다.

여자의 하이힐이 나무 바닥을 또각또각 밟는 소리가 들렸다. 눈을 뜬 시어니는 쓰러진 의자 사이를 바라보았다. 리라가 세인의 피 몇 방울을 자신의 손바닥에 떨어뜨리더니 미소를 지으면서 그 피를 다시 바닥에 뿌렸다. 그 자리에 붉은 연기가 소용돌이치고 리라는 사라졌다.

시어니는 리라가 사라지자마자 울부짖었다. 깊은 타박상

을 입은 엉덩이에 느껴지는 통증에 비명을 지르면서 허둥
지둥 일어나 세인에게 달려갔다. 시어니가 곁으로 다가가
는 순간, 세인의 몸을 붙잡고 있던 마법이 사라지고 그는
바닥으로 떨어졌다.

6

"안 돼, 안 돼!"

시어니는 눈물을 흘리며 울부짖었다. 세인의 가슴에 깊게 뚫린 시뻘건 구멍에 기함하며 그의 목 뒤를 받치고 바닥에 눕혔다. 가슴에 난 구멍 주변에는 여전히 반짝이는 황금색의 마법 기운이 남아 있었다. 시어니의 심장이 한 번씩 뛸때마다 세인의 가슴 구멍은 조금씩 오므라들었다.

펜넬이 옆에서 공기처럼 가벼운 소리로 컹컹 울었다. 시어니는 몸을 바들바들 떨며 펜넬을 보다가 다시 세인에게 시선을 돌렸다. 시간이 갈수록 그의 피부가 점점 창백해졌다.

시어니는 벌떡 일어나 주방 의자를 옆으로 밀치며 작업실로 달려갔다. 복도에 쌓인 부서진 현관문의 잔해를 넘어 작업실로 가는데 머릿속이 빙빙 돌고 다리에 감각이 없어지면서 손에서 땀이 났다. 책장에 쌓인 종이 무더기를 미친 듯이 뒤져서 두툼한 종이를 찾아냈다. 제일 두껍지는 않았지만 더 찾아볼 시간이 없었다.

다시 식당으로 뛰어 들어오다가 바닥에 고인 피를 밟고 미끄러졌다. 무릎으로 바닥을 찍으며 움찔했지만 그 자리에서 바로 마룻장에 대고 종이를 접기 시작했다. 정확히 접는 방법은 몰랐고 알 수도 없었지만 시도라도 해봐야 했다.

세인이 종이를 접던 모습을 머릿속에 떠올렸다. 그가 새와 물고기와 동서남북을 접던 방식. 그가 집 안에 놓아둔 종이 장신구와 조각상, 사슬. 그리고 학교에서 배워 메모해 두었던 종이 마법에 관한 몇 가지 사항들. 중간 지점 접기, 완전히 접기, 그리고 이름도 알 수 없는 접기 방식들. 뭐든 떠올려야 했다.

'가장자리를 맞춰야 해.'

시어니는 종이를 반으로 접은 뒤 다시 한번 더 반으로 접어서 세인이 목이 긴 새를 만들었을 때처럼 사각형을 이루게 했다. 그리고 나머지는《인체 해부학》책들에서 본 이미지를 떠올리며 임의로 접었다. 다 만들고 나서 손을 멈추고 보니 심장처럼 보이기는 했다. 거의 비슷한 것 같았다.

시어니는 세인을 향해, 정확히 계속 좁아지고 있는 세인의 가슴 구멍을 향해 기어가며 종이 심장에 대고 명령을 내렸다.

"숨 쉬어!"

종이 심장이 시어니의 손에서 약하게 팔딱였다. 시어니는 피 묻은 가슴 구멍 안에 종이 심장을 밀어넣고 가슴의 피부가 완전히 붙기 전에 손을 뗐다. 세인은 미동도 하지 않았다.

"제발요!"

시어니는 손가락에 피를 묻힌 채 울부짖었다. 그의 뺨을 쓰다듬고 찰싹 때렸다. 그의 가슴에 귀를 대보기도 했다. 종이 심장이 죽어가는 노인의 심장처럼 약하게 뛰는 소리가 들려왔다. 하지만 그는 움직이지 않았다.

"살아야 돼요!"

시어니의 눈물이 턱을 타고 내려와 그의 가슴에 뚝뚝 떨어졌다. 마법으로 그를 살릴 수 없다면…… 눈물로 호소하는 수밖에 없었다!

이윽고 짧고 거친 숨이 되돌아왔다. 시어니는 벌떡 일어나 계단을 달려 올라가 서재로 갔다. 전신기를 붙잡고 에이비오스키에게 전신을 보냈다. 떨리는 손가락으로 서둘러 전신기 코드를 찍으며 바짝 마른 목구멍으로 침을 삼켰다.

세인 님 부상. 즉시 와주세요. 비상사태. 신체 마법사가 세인 님의 심장을 훔쳐 감.

전신을 보낸 시어니는 전신기가 시체라도 되는 듯 움찔하며 뒤로 물러났다. 흐느낌이 터져 나오지 않게 손바닥으로 입을 막았다.

펜넬이 종이 다리로 팔짝팔짝 뛰면서 시어니의 밑에서 짖었다. 시어니가 돌아보자 펜넬은 복도로 달려 나갔다. 시어니는 펜넬을 따라 계단을 달려 내려가 다시 식당으로 향했다. 세인의 모습이 보이기 전에 그의 힘겨운 숨소리가 귀에 들어왔다.

"세인 마법사님!"

시어니는 소리치며 얼른 그의 곁으로 가 무릎을 꿇고 앉았다. 겨우 눈을 뜬 세인은 핏줄이 비칠 정도로 낯빛이 창백해 마치 죽은 사람 같았다. 그는 겨우 손가락을 들어 무언가를 가리키려다가 힘없이 떨어뜨리며 말했다.

"창문." 겨우 쥐어짜낸 목소리였다. "두 번째…… 사슬. 가져와……."

시어니는 얼른 일어나 작업실로 달려갔다. 시어니가 기억하기로 그 방 창문에 사슬이 여러 개 걸려 있었다. 시어니는 직사각형으로 접어 빽빽하게 연결해 만든 왼쪽에서 두 번째 사슬을 아래로 잡아당겼다. 그리고 타원형으로 접어 느슨하게 연결해놓은 오른쪽에서 두 번째 사슬도 챙겼다. 서둘러 식당으로 돌아간 시어니는 세인에게 두 종류의 사슬을 보여주며 물었다.

"어떤 거예요?"

세인은 직사각형으로 접어 만든 빽빽한 사슬을 턱으로 가리키며 조그맣게 말했다.

"내 가슴에…… 감아."

시어니는 사슬의 한쪽 끄트머리를 잡아 세인의 가슴 너머로 넘겨 그의 등 뒤로 집어넣은 뒤 쭉 당겨서 사슬의 양

끝이 그의 가슴 위에서 겹쳐지게 했다.

"통증을 덜어내라."

세인이 기운 없는 목소리로 명령을 내리자 사슬이 그의 가슴을 조였다. 세인은 깊이 숨을 들이마신 후 콜록거렸다. 시어니는 호흡을 돕기 위해 그의 머리를 약간 들어올렸다. 그는 기침이 멈추자 눈을 뜨고 시어니를 올려다보았다.

시어니는 숨이 턱 막혔다. 그의 눈동자가…… 형형하던 빛이 사라졌다.

빛나지도 않고 감정도 담겨 있지 않았다. 죽어버린 듯 멀건 눈이었다.

시어니는 또 눈물이 흘렀다.

"에이비오스키 마법사님한테 전신을 보냈어요." 목 안에서 거의 모든 단어가 떨리는 소리로 흘러나왔다. "그분이 오실 거예요. 마법사님을 도와주러 오실 거예요."

"지혜롭게 잘 처신했네." 힘이 빠진 그의 목소리는 억양이 거의 없었다. "제일 가까이에 있는 의사도…… 이 집에서는 멀리 있으니."

"아, 맙소사." 시어니는 세인의 이마에서 머리카락을 쓸어 넘기며 조용히 물었다. "그 여자가 마법사님한테 무슨 짓을 한 거예요?"

"리라가…… 내 심장을 훔쳐 갔어."

그는 마치 교과서를 읽는 것처럼 사실을 있는 그대로 말할 뿐이었다.

"알아요. 그런데 이유가 뭐냐고요?"

"나를 막으려고."

"무엇을 못하게 막으려는 건데요?"

하지만 세인은 대답하지 않았다. 눈구멍 안에서 그의 멀건 눈동자가 천천히 움직이며 무표정하게 방 안을 둘러보았다. 시어니는 그의 검은 머리카락을 모두 뒤로 쓸어 넘긴 후에도 계속 그의 이마를 손으로 쓰다듬었다.

"그 사슬은 뭐예요?"

시어니는 이렇게 물으며 눈물 젖은 뺨을 제 어깨에 대고 문질렀다. 계속 말을 시켜야 될 것 같았다.

"활력 사슬." 그는 속삭이듯 내뱉었다. 멍하던 그의 눈이 천장을 주시했다. "사슬이 새 심장을 계속 뛰게 해줄 거야. 당분간은."

"당분간요?"

"종이 심장은 오래 유지되질 않아. 특히 서툴게 만든 심장인 경우엔 더. 하루 정도, 길면 이틀 정도 갈 거야."

"죽지 말아요!"

시어니가 소리쳤지만 세인은 움찔하지도 않았다. 자기 콧날에 떨어지는 시어니의 눈물에도 반응이 없었다. 그는 시어니의 존재 자체를 의식하지 못하는 듯했다.

"아직 저한테 가르쳐주실 게 많아요! 마법사님은 너무 좋은 분이라 이대로 죽으면 안 된다고요!"

그는 대답이 없었다. 시어니는 그의 머리를 조심스레 바닥에 내려놓고 일어섰다. 쉴 새 없이 흐르는 눈물을 닦으며 바닥에 떨어진 잔해를 넘어 거실로 향했다. 거실 소파에 있던 쿠션과 그 뒤에 놓아둔 상자에서 담요를 꺼내 들고 식당으로 돌아왔다. 그를 다른 곳으로 옮길 엄두도 낼 수 없었기에 그 자리에서라도 편하게 있게 해주고 싶어서였다. 펜넬은 계속 끙끙대고 초조하게 꼬리를 흔들며 세인 곁을 지켰다.

해가 저물고 두 시간쯤 지났을 무렵, 세 사람이 복도에 쌓인 잔해를 넘어 식당으로 들어왔다. 모두 시어니가 아는 사람이긴 했지만, 그중 존 캐터와 알프레드 휴즈는 이름만 들어보았다. 금속 마법사 존 캐터와 고무 마법사 알프레드 휴즈는 마법사 위원회 소속으로 각각 농업과 형사 문제를 담당하고 있었다. 그리고 나머지 한 명은 에이비오스키 마법사였다.

시어니는 하도 울어 목이 아프고 건조해졌지만, 세인에 관해 동서남북으로 읽어낸 내용을 포함하여 그간의 일을 소상히 털어놓았다. 시어니는 본인이 어떤 실수를 저질러서 리라를 이 집으로 불러들인 게 아닌가, 이 모든 사태가 본인 탓이 아닌가 하는 생각이 든다고 덧붙였다.

"터무니없는 생각 마. 에머리 세인의 미래를 조종할 수 있는 사람은 에머리 세인 본인밖에 없어."

에이비오스키는 시어니를 달랬다. 캐터와 휴즈는 촛불 네 개를 켜고 바닥에 누운 세인의 몸을 살펴보았다. 휴즈는 고무장갑을 낀 손으로 세인의 목과 가슴을 쿡쿡 눌러보면서 세인의 상태를 확인했다. 시어니는 휴즈가 고무 마법사이니 저 고무장갑에도 어떤 마법이 깃들어 있지 않을까 하는 생각을 잠시 해보았다. 특히 휴즈가 피 묻은 고무장갑을 쓰레기 더미에 던지는 대신 외투 주머니에 고이 집어넣자 더욱 그런 생각이 들었다.

휴즈는 낮은 목소리로 말했다.

"신체 마법이군요. 꽤나 강력해요. 그들을 감방에 가둬두면 여기로 못 올 줄 알았는데. 특히 리라는 말이죠."

시어니는 심장이 철렁했다.

"감방이라니요? 무슨 감방이요? 왜 그 여자가 세인 마법사님을 해친 거죠? 그 여자가 대체 누구인데요?"

휴즈는 미간을 찌푸리며 짧고 흰 수염을 손으로 쓰다듬었다. 동시에 에이비오스키가 시어니의 어깨에 손을 얹으며 말했다.

"올라가서 눈이라도 좀 붙여, 트윌 양. 오늘 하루 힘들었잖아."

"아뇨, 세인 님 옆에 있게 해주세요! 제가 도울 수 있게 해주세요!"

에이비오스키는 인상을 썼다. 어둑한 빛을 받으니 그녀는 더욱 나이 들고 키가 커 보였다.

"자네는 이제 태기스 프래프의 학생이 아니지만 그래도 여전히 교육 위원회의 관리 대상이야. 그러니 내 말대로 위층으로 올라가서 쉬어. 이건 부탁이 아니라 명령이야. 차후의 일은 아침에 다시 자네와 의논하도록 하지."

시어니는 몸 안의 뼈가 무너지는 기분이었다. 시어니는

바닥에 누운 세인을 보기 위해 휴즈 마법사가 서 있는 곳에서 뒤로 물러섰다. 눈을 감고 있는 세인의 호흡은 약하기는 했지만 고른 편이었다. 캐터는 세인의 옆에서 메모지에 무언가 휘갈겨 쓰고 있었다.

시어니는 가슴 위로 두 손을 부여잡고 세인을 바라보다가 그의 곁을 지나 계단으로 향했다. 시어니의 등 뒤로 휴즈가 계단문을 닫았지만 잠그지는 않았다. 계단문을 잠그기 위한 열쇠를 갖고 있지 않아서일 것이다.

잠시 망설이던 시어니는 일부러 소리 내어 계단을 올라가 침실로 들어갔다가 신발을 벗고 살금살금 다시 계단을 내려왔다. 삐걱거리는 아홉 번째 계단을 밟지 않고 조심스레 타 넘었다. 계단문의 열쇠 구멍으로 새어 나오는 가느다란 빛을 피해 첫 번째 계단에 웅크리고 앉아 귀를 기울였다.

휴즈가 나지막하게 말했다.

"…… 가까워지고 있어요. 알다시피 에머리는 우리가 릴리스를 체포할 수 있도록 제보를 해줬습니다. 그 일이 있은 지 두 달도 되지 않았어요."

"다른 위원들을 공격하려는 시도가 이미 있지 않았나요?"

에이비오스키가 몹시 걱정스런 목소리로 물었는데, 시어니는 그렇게 초조해하는 에이비오스키의 목소리를 처음 들었다. 휴즈가 대답했다.

"어제 아침 칼 토드 마법사가 비슷한 방법으로 살해됐습니다. 그도 에머리 같은 사냥꾼이었어요. 하지만 리라의 짓 같지는 않더군요. 리라는…… 공범들에 비하면 일처리가 훨씬 깔끔하죠."

그러자 캐터가 말했다.

"하지만 그 점을 주목해야 합니다. 그들은 작년에 파이퍼를 죽인 후부터 방법을 달리하고 있어요. 우리한테 체포됐을 때 개본 수터가 했던 말 기억 안 납니까? 그자는 의자에 앉아 미치광이처럼 몸을 흔들면서 '우리가 나머지도 다 죽일 거다. 너희는 우릴 짐승처럼 사냥했지만 이제 우리가 너희를 공격할 차례다……'라고 경고했죠."

에이비오스키가 말했다.

"이번에는 개인적인 복수를 한 것 같아요. 이 두 사람의 관계에 대한 내 정보가 맞다면 말이에요."

"난 이제 떠날 거야." 휴즈는 시어니에게 들은 말을 곱씹었다. "'자기도 데리고 가야겠어'라고 했다죠. 그 여자는 글을 남기거나 의식을 치르지 않고 그냥 그렇게 말로만 했습니다. 난 그 여자를 잘 압니다, 패트리스. 트윌 양이 보는 앞에서 하기는 했지만, 개인적인 복수를 하려 했다면 아주 여봐란 듯이 할 여자예요."

캐터가 끼어들었다.

"어쩌면 드디어 똑똑하게 굴기 시작한 것일 수도 있습니다. 결국 원하는 대로 했고요."

휴즈가 말했다.

"아뇨, 그건 아닙니다. 그 여자는 에머리가 조직의 핵심 인물이라는 것을 알고 있어요. 그들 모두 알고 있죠. 에머리가 그 일에 개인적으로 시간을 많이 쏟고 있으니까요. 게다가 그 여자는 늘 그에게…… 지대한…… 관심을 갖고 있었습니다."

'조직이라고?'

시어니는 다리에 쥐가 나기 시작했지만 움직일 수가 없었다. 아직은 아니었다. 신체 마법사에다가 이제 조직 얘기까지 나오다니? 세인은 흑마법 집단을 개인적으로 쫓고 있었던 건가? 휴즈 마법사가 말하는 '지대한 관심'이라는 건 또 뭐지?

계단문 너머 마룻장이 움직이더니 누군가 열쇠 구멍으로 새 나오는 빛을 막아섰다. 시어니는 소리를 내지 않으려고 숨을 참았다. 다행히 문은 열리지 않았다. 대신 누군가 그 문에 기대어 서는 바람에 저들이 식당에서 주고받는 대화가 아까보다 훨씬 조그맣게 들렸다.

"그 여자는 영국을 떠날 계획인 듯합니다." 캐터의 목소리였다. 소리가 너무 작아져서 단어들이 잘 분간되지 않았다. "유럽으로 건너갈 수도 있어요."

"그럼 우린 어쩌죠?"

문에 기대어 선 에이비오스키가 물었다. 그러자 휴즈가 뜸을 들이며 대답했다.

"일단 기록을 해둬야죠. 가능한 증거를 전부 모아야 합니다. 스케치라든지 관련 자료들이요. 리라가 사용한 피가 이 집 마루에 떨어져 있을 테니 그것도 찾아야 됩니다."

그러자 캐터가 물었다.

"그 여자를 추적하자는 겁니까?"

휴즈는 답답해하는 투로 대답했다.

"그러려면 마법사 위원회의 의결을 통과해야겠죠. 허가를 받아 이 집에 대한 확인 절차를 밟고 병력도 배치해야 할 겁니다."

시어니는 치맛자락을 꽉 움켜쥐었다. 허가? 리라는 그때쯤이면 이미 멀리 도망가 있을 텐데!

에이비오스키가 시어니의 생각을 들은 것처럼 바로 반박했다.

"그때쯤이면 우리 손이 닿지 않는 곳에 가 있을 거예요."

그러자 휴즈가 설명했다.

"신체 마법사들을 상대하는 게 쉽지 않은 일임을 이해해야 합니다, 패트리스. 그들은 대단히 위험해요. 그들은 당신에게 손만 대도 당신 몸을 이용해서 마법을 부릴 수가 있어요. 목숨을 빼앗을 수 있는 마법이죠. 무작정 쫓아간다고해서 붙잡을 수는 없어요. 게다가 트월 양이 진술한 것처럼그 여자가 피 구름을 일으키고 사라졌다면 지금쯤 반경 50킬로미터 이내에 있을 겁니다."

문 너머에 잠시 정적이 흐르자 시어니는 쿵쿵 울려대는자신의 맥박 소리를 들을 수 있었다. 얼굴이 달아오르고 눈이 따끔거렸다. 저들은 정말로 그 여자를 이대로 도망치게두려는 걸까?

"에머리 세인은 어떻게 하고요?"

에이비오스키의 목소리가 너무 작아 명확히 들리지는 않았다. 또다시 한참 침묵이 흐르다가 휴즈가 대답했다.

"최대한 편안하게 해줘야겠죠."

'안 돼!'

시어니는 속으로 비명을 질렀다. 그 소리가 새어나가지 않도록 두 손으로 입을 틀어막았다. 어떻게 저런 말을 할수가 있지? 어떻게 그를 죽게 내버려두자고 할 수가 있어?

시어니는 몸이 덜덜 떨렸다. 후들거리는 무릎으로 일어나 발끝으로 살그머니 계단을 올라갔다. 저 마법사 위원회 사람들이 나누는 얘기를 차마 더 들을 수가 없었다. 계단 맨 위에 이르자 다시 눈물이 흘러내렸다. 눈물이 몹시 차갑게 느껴졌다.

세인은 죽게 될 것이다. 에머리 세인 마법사는 가슴 속에 심장이 없는 채로 죽음을 맞게 될 것이다. 이건 정말 잘못된 일이었다.

바닥을 부드럽게 톡톡 밟는 소리가 났다. 펜넬이 복도를 걸어오는 소리였다. 펜넬은 진짜 개처럼 멈춰 서서 기지개를 켜고는 목에 걸린 청록색 개목걸이를 발로 박박 긁었다. 펜넬을 두 팔로 안아 올린 시어니는 펜넬에게 눈물이 떨어지지 않도록 조심조심 품에 안았다.

이건 정말 잘못된 일이었다.

자기 방 앞에 서 있던 시어니는 안으로 들어가지 않고 그대로 더 걸어가 세인의 방 앞에 이르렀다. 한 팔로 펜넬을 안은 채 문을 밀어 열고, 서랍장 위에 놓인 초에 불을 붙이고 방 안을 둘러보았다.

세탁해서 침대 위에 놓아둔 옷이 없어진 것만 빼고 지난번에 이 방을 나갔을 때와 같은 풍경이었다. 오한을 느낀 시어니는 펜넬을 바짝 끌어안고 서랍장과 책장, 어두워진 바깥 풍경이 내다보이는 창문 앞을 지나갔다. 벽장 앞 빨래 바구니 앞에서 걸음을 멈추고 그 안에 담긴 세인의 옷가지를 하염없이 뒤적였다. 그중 일부는 시어니가 며칠 전에 세면기에서 빨았던 옷이었다.

벽장 뒤쪽에 세인의 흰색 예복이 있었다. 흰색은 종이를 상징하는 색이었다. 단추가 두 줄로 붙어 있는 재킷, 반짝이는 금색 단추들, 새것처럼 깔끔한 넓은 소맷부리. 아직 한 번도 입지 않은 예복인 듯했다. 시어니는 세인이 이 예복을 입으면 무척 근사하겠다는 생각을 했다. 처음 만났을 때 그가 이 예복을 입고 있지 않아 다행이었다. 만약 그랬으면 시어니는 긴장해서 말도 잘 못하고 무척 허둥댔을 것이다.

시어니는 미간을 찌푸렸다. 부질없는 생각이었다.

벽장에서 물러서는데 펜넬이 품 안에서 꼼지락거렸다. 펜넬을 내려주고 차가운 손을 치마 주머니에 집어넣었다. 오른손의 손가락 관절이 무언가를 스쳤다. 주머니에 들어 있는 것을 꺼내 보니 작은 눈송이였다. 시어니가 종이 마법 견습생으로서 첫발을 내딛던 날 슬쩍 집어 넣어둔 눈송이. 시어니는 작고 섬세한 종이를 엄지로 문질러보았다. 이 치마를 빨지 않아 다행이었다. 눈송이는 마치 진짜 눈처럼 여전히 차가운 기운이 남아 있었다. 세인이 시어니를 위해 만들어준 눈송이였다. 그는 그 모든 것을 시어니를 위해 해주었다.

촛불의 빛을 받으며 시어니가 중얼거렸다.

"내가 해야 해. 내가 그를 구해야 해."

대신 해줄 사람이 없었다.

시어니는 입술을 지그시 깨물며 초를 들고 서둘러 그 방을 나섰다. 나가면서 펜넬에게 나지막하게 따라오라고 말했다. 복도를 지나 서재로 건너가 창문 아래 탁자에 초를 내려놓았다. 그 앞에 가 앉아서 중간 두께의 초록색 정사각형 종이 한 장을 집어 들고 기억에 의존해 새를 접기 시작했다. 접힌 종이가 손가락 밑에서 웅웅 소리를 냈다. 이어서 분홍색 경량지와 흰색 종이로 또 새를 접었다. 세인이 손을 잡고 이끌어준다고 상상하면서. 시어니는 어둑한 촛불에 의존해 눈을 가늘게 뜨며 종이의 가장자리를 나란히 놓고 접힌 부분을 똑바르게 맞추었다.

새 여섯 마리를 접은 뒤, 시어니는 아직 견습생이지만 자신감 있게 명령을 내렸다.

"숨 쉬어라!"

다섯 마리가 살아났다. 두 번째로 접은 분홍색 새는 살아나지 못하고 접힌 종이인 채로 꼼짝하지 않았다. 어딘가에서 실수를 한 모양인데 어디를 잘못 접었는지 확인할 시간이 없었다.

살아난 다섯 마리 중 두 마리가 포르르 날아올랐다. 세 번째 새는 가만히 서서 제 몸을 단장했고, 네 번째 새는 눈도 없으면서 시어니를 바라보았으며, 마지막 다섯 번째 새는 탁자 주변을 폴짝폴짝 뛰어다니는 바람에 펜넬이 으르렁대게 만들었다. 시어니는 펜넬에게 조용히 하라고 타이른 후 펜과 흰 종이를 찾아 촛불 쪽으로 가져왔다.

펜의 잉크가 흘러내려 시어니의 의지대로 빠르게 글씨가 되어 종이를 물들였다. 시어니는 신속하게 글을 쓰되 철자를 틀리지 않도록 조심했다. 이 방법이 효과가 있을지 알 수 없었지만 철자나 문법을 잘못 써서 망치는 건 곤란했다. 글을 다 쓴 시어니는 최대한 새소리 비슷하게 휘파람을 불었다.

"이리 와. 이리 와봐, 어서!"

제일 먼저 날아올랐던 두 마리가 내려왔고 나머지 세 마리도 가까이 다가왔다. 종이 새들은 시어니의 앞에 두 줄로 나란히 섰다.

매끄럽고 차분한 목소리를 내기 위해 심호흡을 하며 시어니가 종이에 쓴 글을 읽었다.

"검은색에 가까운 진한 초콜릿색 머리카락과 검은색 눈동자를 가진 여자가 식당으로 들어왔다."

시어니는 그 장면을 머릿속에 그렸다. 리라의 자신감 넘쳐 보이는 큰 키, 붉은 립스틱을 바르고 비쭉거리는 입술, 피가 담긴 유리병에 집어넣던 길고 날카로운 손톱을 떠올렸다.

"그녀의 사악함은 얼굴과 옷에서도 드러났다. 그녀는 어떤 술고래도 정신이 들게 할 만큼 싸늘한 비웃음을 흘렸고, 손가락 끝에는 어둠의 마법이 남긴 핏자국이 남아 있었다."

본격적인 이야기의 시작이라 할 수 있는 그 내용은 새들 앞에서 영묘한 색깔로 형상화되어 시어니가 기억하는 리라의 모습을 보여주었다. 시어니는 이 정도 효과를 낼 수 있는 게 본인의 완벽한 기억력 덕분이라 자부했다. 리라의 이미지 주변에 식당의 모습까지 표현이 됐지만 시어니는 리라에게 더 정신을 집중했다. 그러자 배경은 얼룩덜룩하게 흐려지고 리라의 얼굴은 더욱 또렷해졌다. 시어니는 그 환영을 서서히 사라지게 하면서 새들에게 명령했다.

"너희가 이 여자를 찾아야 돼. 이 여자가 있는 곳을 알아내서 돌아와. 할 수 있지?"

새들이 그 자리에서 폴짝 뛰었다. 할 수 있다는 뜻인 것 같았다. 시어니는 고개를 끄덕이고는 창문 쪽으로 걸어갔다. 창문을 힘껏 들어올리는 순간 방의 절반이 흔들리는 듯했다. 시어니는 종이 새 다섯 마리가 나갈 수 있을 만큼 창문을 열었다. 바람이 차갑게 불었지만 하늘에서 비가 내릴 기미는 보이지 않았다. 오늘 밤만은 대자연이 한편이 되어주길 바랐다.

이제 필요한 물건을 챙겨야 했다. 펜넬이 시어니 뒤를 졸졸 따라왔다. 시어니는 서재에 쌓여 있는 종이 무더기에서 종이를 조금씩 꺼내 챙긴 다음, 세인의 방으로 들어가 조금 더 큰 종이들을 꺼내 둘둘 말아 끈으로 묶었다. 자기 방으로 돌아온 시어니는 등 뒤로 문을 닫고 테이섬 격발 장치 권총을 꺼내 니트 가방 맨 밑에 집어넣었다. 지난 몇 주 동안 총을 들여다볼 시간이 거의 없었지만 소제는 깨끗이 해두었다. 니트 가방에 권총의 무게가 느껴지자 마음이 다소 진정되었다. 다시 서재로 돌아가 만일의 경우에 대비해 지도책을 찾아서 그중 영국 지도와 유럽 대륙 지도가 있는 페이지를 뜯어 챙겼다. 그 지도를 니트 가방에 집어넣는 마음이 무거워졌다. 만약 유럽 지도까지 써야 할 상황이 되면 리라를 찾기 어려울 것 같아서였다. 유럽은 너무 넓고 세인은 기껏해야 이틀 정도 더 버틸 수 있을 것이다.

"그 여자를 찾아낼 거야." 시어니는 고개를 흔들며 반쯤은 혼잣말로, 반쯤은 펜넬에게 다짐했다. "내가 반드시 찾을 거야."

아래층에 있는 음식을 제외하고 필요한 물건은 다 챙겼다. 아래층에는 내려갈 엄두가 나지 않았다. 마지못해 침대로 가 누웠지만 마음이 편치 않으니 잠이 오다 말다 했다. 새벽녘에 일어난 시어니는 천천히 아래층으로 내려갔다.

두 마법사는 떠나고 에이비오스키만 남아 있었는데 지금은 거실 소파에서 잠들어 있었다. 시어니는 에이비오스키를 깨우지 않고 주방으로 들어가 치즈와 빵, 살라미 소시지 한 덩어리를 챙겼다. 이틀 동안 먹을 양으로는 충분할 듯했다. 그리고 가만히 누워 있는 세인 곁에 무릎을 굽히고 앉았다. 그의 느린 호흡에 쉰 소리가 섞여 있었다.

시어니는 그의 가슴에 귀를 대보았다. 고맙게도 어제 온 마법사 중 누군가가 그의 가슴팍의 피를 닦아주었다. 그의 찢어진 옷깃에 묻은 피만이 어제 일어난 끔찍한 일을 떠올리게 했다.

툭…… 툭…… 심장 박동이 약했다. 두 번째 박동은 너무 약해서 귀에 잘 들리지 않을 정도였다.

그의 창백한 얼굴을 보니 두려움의 칼이 시어니의 심장을 파고들었다. 신체 마법사 리라는 세인을 너무도 쉽게 쓰러뜨렸다. 그런 리라와 싸워 이길 수 있을까?

'그 여자에게 몸이 닿지 않게 해야 해.'

어젯밤 마법사 위원회 소속 위원들이 한 얘기를 떠올렸

다. 결국 시어니가 이기려면 기습 공격에 성공하는 수밖에 없었다.

"살아 있어야 해요." 시어니는 세인에게 속삭였다. "마법사님이 저를 가르쳐주지 않으면 전 종이 마법사가 되고 싶지 않아요. 그러니까 꼭 살아남으세요. 안 그러면 전 남은 평생 성질을 부리면서 어느 누구한테도 친절하게 대하지 않을 거예요."

시어니는 그의 머리카락을 쓰다듬고 심호흡을 하면서 일어나 다시 계단을 올라가 새들을 기다렸다. 서재에 꽂힌 책을 훑어보다가 그중 종이접기에 관한 책을 꺼내 훌훌 넘겼다. 중요해 보이거나 흥미로운 내용이 있으면 그림과 글자를 집중해서 들여다보며 머릿속에 그 정보를 고스란히 담았다. 아래층에서 에이비오스키가 뒤척이는 소리를 들으며 어서 그녀가 깊은 잠에 빠지기를 바랐다.

그때 서재 창문에서 희미하게 톡톡 두드리는 소리가 들렸다. 고개를 돌려 보니 종이 새 한 마리가 아침 햇살을 받으며 창밖에 서 있었다. 꽤나 힘든 일을 겪었는지 꼬리의 각도가 어색하게 틀어지고 오른쪽 날개 끝도 살짝 찢어진 모습이었다. 시어니가 창문을 열자 초록색 종이 새는 안으로 폴짝 날아 들어왔다. 시어니가 만든 종이 새 다섯 마리 중 첫 번째 새였다.

시어니는 그 종이 새를 두 손으로 소중하게 받쳐 들고 물었다.

"그 여자를 찾았구나! 찾았다고 말해줘, 제발."

새가 폴짝 뛰었다.

"그렇다는 뜻이지?"

새가 또다시 폴짝 뛰었다.

"그곳으로 날 데려다줄 수 있어? 내가 널 고쳐주면?"

새가 폴짝 뛰었다.

초조해진 시어니는 새를 얼른 내려놓고 꼬리부터 똑바로 매만져주었다. 그리고 세인의 물건을 뒤져서 접착제를 찾아내 새의 찢어진 날개 부위에 발랐다. 새가 그 부위를 부리로 콕콕 쪼자 접착제가 부리에 묻고 말았다.

"그러지 마."

시어니는 새를 말리며 묵직한 니트 가방을 어깨에 둘러 멨다. 종이 새를 손에 올려놓고 복도로 나가다가 멈칫했다.

이제 어떻게 하지? 택시를 불러야 하나? 뭐라고 설명하지? 택시를 탈 돈은 있고? 리라를 쫓아 얼마나 멀리까지 가야 할까? 종이 새가 그것까지 말해주지는 못했다.

만약 에이비오스키가 잠에서 깨어나 시어니가 아래층으로 내려오길 기다리고 있다면? 밖으로 나가기 위해 에이비오스키를 설득할 시간이 없다! 리라를 잡으려면 신속하게 움직여야 한다……

가만히 서서 생각을 거듭하던 시어니는 고개를 돌려 등 뒤의 계단을 바라보았다. 불가사의한 3층으로 이어지는 계단이었다. 세인이 어쩌면 *대단한* 마법을 걸어놓았는지 모른다. 세인이 부재중일 때도 시어니는 감히 3층에 올라가 볼 생각은 못했다. 혹시 3층에 유용한 물건이 있지 않을까?

침을 꼴깍 삼키며 시어니는 한 번에 계단 두 칸을 올라갔다. 그러자 위쪽의 계단 일곱 개가 하나같이 신음을 토했다. 3층 문의 손잡이에 걸쇠가 걸려 있을까 봐 걱정했는데, 계단을 다 올라가서 잡고 돌려보니 아무런 저항 없이 열렸다.

3층은 오래된 먼지와 흰곰팡이 냄새로 가득했고 아래층에 비해 온도가 낮았다. 3층 전체가 하나의 공간이었다. 천장이 굉장히 높았으며, 천장에는 하늘을 향해 난 문을 열 수 있는 줄이 달려 있었다.

지저분한 창문으로 흘러드는 아침 햇살이 3층 방에 놓

인 두 가지 물건을 비추자 시어니는 입이 딱 벌어졌다. 계단을 다 올라온 펜넬이 시어니 뒤에서 킁킁대며 신발 냄새를 맡았다.

첫 번째 물건은 거대한 종이 글라이더였다. 선생님이 칠판을 향해 돌아서 있는 동안 남자아이들이 후딱 접어 여자아이들에게 날려 보내는 것과 같은 종류였다. 두 번째는 미완성인 점만 빼고 시어니가 손에 쥔 종이 새와 흡사한 모습을 한 거대한 새였다. 글라이더도 새도 몇 주일 전에 시어니를 이 집 앞에 내려놓고 간 택시보다 세 배는 컸다.

"마법사님은 정말 미쳤네요."

시어니는 글라이더 쪽으로 걸어가며 나지막하게 내뱉었다. 글라이더의 윗부분에는 먼지가 얇게 쌓여 있고 기수 부분에 손잡이 두 개가 붙어 있었다. 들어가 앉을 자리도, 몸을 고정시킬 벨트도 없었다.

아무래도 세인은 이 글라이더를 타고 직접 날아본 적은 없는 듯했다. 이런 걸 타고 날려고 했을 리 없다! 그냥 시험 삼아 만들어본 견본일 것이다. 만약 그가 이런 글라이더를 타고 장을 볼 수 있었다면 장보기를 지루한 잡일이라고 생각하지 않았을 것이다.

시어니는 글라이더를 만든 솜씨에 경탄했다. 이것은 하늘을 날 수 있을 것이다. 적어도 그런 용도로 만들어진 물건이었다. 이런 걸 타야만 리라를 따라잡을 수 있을 것이다. 지금 세인의 목숨은 시어니에게 달려 있다. 종이 마법사 견습생으로 배정되고 처음으로 시어니는 차라리 좀 더 지루한 일을 하는 게 낫겠다는 생각을 했다. 시어니는 어깨를 펴고 주먹을 꼭 쥐며 말했다.

"가자, 펜넬."

그러고는 글라이더의 긴 날개를 빙 돌아갔다. 한 손으로는 초록색 새를, 다른 손으로는 니트 가방을 쥐고 글라이더의 코로 올라가 그 위에 다리를 벌리고 앉았다. 글라이더를 이루는 두툼한 종이는 무척 강도가 높아서 전혀 구부러짐 없이 시어니의 무게를 버텨냈다.

'다행이다.'

시어니는 천장문에 연결된 끈을 잡아당겼다. 낙엽 몇 개가 떨어지면서 이슬 향기와 새소리가 흘러들었다. 시어니는 심호흡을 하며 글라이더에 엎드려 양옆의 손잡이를 잡았다. 생기를 불어넣는 과정이 잘되기를 기도할 수밖에 없었다. 그 외에 다른 주문은 지금 찾아볼 시간이 없었다.

시어니가 종이 새에게 명령했다.

"나를 리라에게 데려다 줘."

작은 새가 날개를 파닥이며 천장문 밖으로 날아갔다.

시어니는 글라이더에게 명령을 내렸다.

"숨 쉬어라."

글라이더가 사나운 황소처럼 펄쩍 뛰었다. 시어니는 깜짝 놀라 비명을 질렀다. 글라이더에 훌쩍 올라탄 펜넬이 으르렁거렸다. 시어니는 손잡이를 꼭 쥐고 바짝 당겼다.

글라이더가 뾰족한 코를 위로 하더니 천장에 난 문을 통과해 날아올랐다.

7

마법으로 원래 모습이 가려진 노란 집을 떠나 하늘 높이 날아오른 시어니는 서쪽으로 비스듬히 날아가는 작은 초록색 종이 새에 시선을 집중했다.

시어니는 손가락 관절이 하얗게 질리도록 글라이더의 손잡이를 꼭 잡은 채 오른쪽 팔꿈치로는 펜넬을 바짝 끌어안았다. 눈으로 종이 새를 쫓으며 글라이더에 몸을 붙이고 오른쪽 손잡이를 왼쪽보다 약간 더 세게 당겼다. 그러자 방향이 너무 많이 꺾이면서 남쪽으로 휙, 북쪽으로 휙, 다시 남서쪽으로 휙 돌아가고 말았다. 시어니는 최대한 침착하려

안간힘을 쓰면서 거대한 마법 글라이더의 코끝이 저 멀리 날아가는 초록색 점을 향하도록 조종해나갔다. 방향을 맞춘 뒤에는 납작 엎드려 종이 새를 주시했다. 글라이더는 점점 더 높이 날아올랐다. 바람이 한쪽으로 땋은 시어니의 오렌지색 머리카락을 뒤로 휘날렸다.

글라이더는 일반적인 기류와 상승 기류를 타고 새보다 빠른 속도로 날았기 때문에 시어니는 몇 분에 한 번씩 신중하게 속도를 줄여주어야 했다. 손잡이를 세게 당기면 고도가 높아지고 앞으로 밀면 고도가 낮아졌다. 그 두 가지 방법을 번갈아 사용하고 몸을 살짝 띄우자 속도를 낮추는 데 도움이 됐다.

마침내 주변을 돌아볼 여유가 생긴 시어니는 주변 풍경에 놀라고 말았다. 이 지역 최고의 마법학교에 다니는 학생이면 이런저런 마법을 써서 이 정도 높이의 풍경은 이미 보았을 줄로 사람들은 생각하지만 실제로는 그렇지 않았다. 시어니는 이렇듯 광대한 런던의 풍경은 처음 보았다.

세인이 살고 있는 남쪽 지역은 저만치 멀어지고 시어니의 눈앞에는 런던의 다양한 색깔이 펼쳐졌다. 하지만 비행을 계속할수록 다채롭던 색깔은 점점 단조로워졌다. 런던은 전체적으로 삼각형 모양이었다. 저 멀리 덜위치 공원인 듯한 숲 너머에 태기스 프래프의 마스터스 타워가 보였다. 번드르르한 장어같이 구불구불한 거리들이 도시 곳곳으로 뻗어나갔는데, 똑바른 거리는 하나도 없어서 저 길을 따라 이동하다가는 대부분 갈팡질팡하다 길을 잃을 듯했다.

어린 시절을 보낸 밀 스콰츠 마을도 보였다. 대부분 갈색인 건물들이 서로 바짝 붙어 있어서 시어니는 살던 집이 어디인지 분간이 가지 않았다. 스틸웍스대로도 보였는데 그 대로를 따라 가면 시어니가 엄청난 유명 인사 고객 중 한 명과 문제가 생기기 전까지 일했던 출장요리 업체로 갈 수 있었다. 그 고객과의 일을 후회하지는 않았지만 굳이 다시 떠올리고 싶지도 않았다.

가정집, 상점, 나무, 높이 솟은 굴뚝 들이 모두 시어니의 어깨 너머로 조그맣게 멀어져갔다. 시어니는 바다를 향해 하는 선장처럼 기류를 타고 날고 있었다. 종이접기를 의미 없는 일이라고 치부했던 자신이 어리석었다는 생각이 들었다. 금속 마법사라면 시어니처럼 이렇게 날 수 없을 것이다! 세인은 이 글라이더에 대해 특허를 받아야 한다. 시어니는 그가 나중에 꼭 그렇게 할 수 있기를 바랐다.

그 생각이 들자 정신이 번쩍 든 시어니는 초록색 새를 시야에 담고 전방을 주시했다. 세인은 살아날 수 있을 것이다. 시어니가 반드시 그렇게 만들고 말 테니까. 하지만 막상 저 작은 새가 안내하는 곳에 도착해서는 무엇을 어떻게 할지 아직 알 수 없었다. 다행히 지상에 보이는 풍경 – 울창한 숲과 시골집 사이사이로 갈라지는 길들, 숲을 드나들며 구불구불 흐르는 강 – 을 내려다보면서 귓가에 요란하게 울리는 바람 소리를 듣고 있자니 정신이 없어서, 자신이 저지른 이 무모한 짓이 어떤 결말을 맺을지에 대해서는 아직 생각할 겨를이 없었다.

작은 새는 지치지도 않고 날갯짓을 계속했다. 한 번씩 갑작스레 불어오는 돌풍에 가엾은 작은 새는 길을 벗어나기도 했지만 죽어라 날개를 치면서 가던 길로 돌아오곤 했다. 태양이 하늘을 연청색으로 물들이며 떠올라 머리 위를 통과하면서 짙은 청색으로 바꿔놓았다. 펜넬은 시어니의 팔밑에서 조그맣게 씩씩거릴 뿐, 다행히 빠져나가려 발버둥을 치지는 않았다. 시어니는 손가락을 약간 움직일 수 있을 정도로 여유가 생겼고 배도 꼬르륵거렸지만, 손잡이에서 잠시 손을 떼고 엉덩이 옆에 붙어 있는 묵직한 가방에서 점심을 꺼낼 엄두는 내지 못했다.

얼마나 날았을까. 물가파리와 바닷물 냄새가 풍기기 시작하더니 눈앞에 광대한 영국해협이 하늘색으로 펼쳐졌다. 해안선을 보니 초록색 종이 새는 시어니를 파울니스섬 가장자리로 데려가고 있었다. 파울니스('불결'이라는 뜻 – 옮긴이)라는 이름처럼 너저분한 섬이었다. 시어니는 배가 뒤틀렸지만 손이 하얗게 질리도록 더욱 세게 손잡이를 잡았다.

'바다를 건너가지만 마라.'

시어니는 속으로 빌었다. 바다를 건너서까지 리라를 추적할 자신은 없었다. 바다는 끝이 없고 너무 넓은데 시어니는 수영도 할 줄 몰랐다. 어린 시절 이후로 시어니는 욕조보다 깊은 물에는 발을 담가본 적이 없었다. 앞으로도 계속 그럴 작정이었다. 어릴 적 이웃 헨더슨 씨네 집 양어지에 빠졌을 때 입으로 밀려들어온 조류의 맛과 먹먹하던 물속의 정적이 아직도 기억에 생생했다.

시어니는 바짝 마른 목구멍으로 침을 삼키며 기도했다. 다행히 작은 새는 고도를 낮추기 시작했다. 파도가 치면서 튀어오르는 물방울에 날개가 얼룩지면서 새는 자연히 속도가 떨어졌다. 시어니는 글라이더의 손잡이를 얼른 밀어서 새의 옆에서 나란히 날았다. 손잡이에서 한손을 겨우 뗀 시어니는 초록색 새를 낚아채 손에 쥐었다. 그리고 어떻게 하면 뼈가 부러지지 않고 섬에 무사히 착륙할 수 있을지 궁리했다.

"여기가 맞아?"

시어니는 바람 소리 너머로 새에게 소리쳐 물었다. 갈라진 목소리가 겨우 입 밖으로 나왔다. 새는 시어니의 손에 잡힌 채로 한 번 파닥였다.

시어니는 물에서 한참 떨어진 곳을 착륙 지점으로 찍어놓고, 글라이더를 조종해 열두 번쯤 섬 상공을 맴돌게 하면서 조금씩 고도를 낮췄다. 그러면서 글라이더에게 물었다.

"내가 너한테 착륙하라고 명령할 거야. 나를 지상으로 부드럽게 데려가줄래?"

글라이더는 어젯밤 새들이 그랬듯이 시어니의 말에 귀를 기울이는 것 같았다. 글라이더가 날개를 위로 올리면서 고도를 낮추자 시어니는 속이 울렁거렸다. 속도를 떨어뜨린 글라이더는 바랭이가 자라는 흙바닥을 타고 거의 매끄럽게 미끄러졌다. 글라이더는 계속해서 바닥을 미끄러져 나아갔고, 시어니는 글라이더가 젖지 않도록 물웅덩이를 피하기 위해 양옆을 번갈아 확인했다.

"멈춰."

시어니가 명령을 내리자 글라이더는 속도를 줄이면서 왼쪽으로 방향을 꺾었다. 손잡이를 놓은 후에도 시어니의 손가락은 손잡이를 잡고 있을 때처럼 한참을 고통스럽게 구부러져 있었다. 시어니는 작은 새에게도 명령을 내렸다.

"멈춰."

작은 새가 더는 움직이지 않자 시어니는 그 새를 글라이더의 몸통 한가운데 있는 큰 주름 사이에 끼워 넣었다. 바람에 날아가지 않고 그곳에 잘 머물러 있으면서 물기가 마르길 바랐다.

시어니는 펜넬을 품에 안고 수평선을 따라 펼쳐진 암석 해안을 둘러보았다. 저 앞에서 저무는 태양이 수평선을 보라색과 오렌지색으로 물들이며 바다에 황금색 길을 내고 있었다. 시어니는 나무 한 그루 없이 온갖 모양과 크기의 검은 바위만 가득한 낯선 섬을 둘러보았다. 해변에 모래사장은 없고 오래전에 꺼져버린 화산의 불룩한 중턱에 가파른 절벽만 있을 뿐이었다. 저 절벽에서 발 한번 잘못 내디뎠다가는 바닷물에 빠져 죽고 말 것이다.

시어니는 깊이 숨을 들이마신 후 가방에서 치즈 한 조각을 꺼냈다.

"얌전히 있어, 펜넬." 시어니는 펜넬을 바닥에 내려놓았다. "물웅덩이에 가까이 가지 말고 뭔가 이상한 냄새가 나면 알려줘."

시어니는 치즈를 조금씩 먹으며 안전하게 내려갈 수 있는 길을 찾아 바위 쪽으로 걸어갔다. 리라는 아주 영리한 여자일 것이다. 만약 시어니가 그런 극악무도한 짓을 저지른 범죄자라면 가급적 빨리 영국에서 도망치려 할 것 같았다. 공범들이 선박을 대놓고 있는 해안으로 곧장 가지 않을까? 배보다 신속하게 이 나라에서 벗어날 수 있는 유일한 방법이라면 종이 글라이더를 타는 것이겠지만 리라는 이런 글라이더를 갖고 있진 않은 모양이었다.

시어니는 가방에서 테이섬 권총을 꺼냈다. 나무와 강철로 된 총신을 가슴에 대고 어깨 위로 총구를 겨눴다. 험준한 두 개의 바위 사이로 내려갈 수 있는 길이 보였다. 지나치게 가파르지는 않아서 조심스럽게 밟고 내려갔다. 펜넬은 여기저기 코를 대고 킁킁거리기는 했지만 딱 한 번 미끄러졌을 뿐 시어니 뒤를 잘 따라왔다. 물에 한층 가까운 단단한 바위에 내려선 시어니는 치마의 주름을 펴고 계속 걸어갔다. 발소리를 줄여야 할 필요는 없을 듯했다. 저 아래 바위로 밀려와 부딪치는 요란한 파도 소리가 시어니의 발소리를 덮어주었다. 다만 그 소리에 두 손이 떨리기는 했다. 절벽 가까이로 걷고 있어서 심장이 무척 빠르게 뛰었다. 바다 공기 때문에 피부는 차가워졌지만 빠른 심장 박동으로 인해 피는 뜨겁게 달아올랐다. 배 속이 기타 줄처럼 팽팽하게 당겨졌다.

짭짤한 바람이 불어와 조금씩 풀어지고 있던 땋은 머리를 완전히 흩어놓았다. 시어니는 바람에 이리저리 날리는 머리카락을 하나로 모아 목 뒤로 대충 묶은 뒤 다시 아래로 내려가기 시작했다. 바위에 부딪치는 파도에서 비롯된 물방울들이 뺨에 튀었다. 시어니는 파도와 펜넬 사이에서 걸음을 멈췄다. 펜넬이 뭔가 심상치 않은 냄새를 맡았는지 흥분해서 씩씩거렸다.

바다 쪽에서 요란하고 거친 울부짖음이 들려왔다. 시어니는 빙글 돌며 총구를 겨눴으나 사람이 아니라 바다갈매기였다. 바다갈매기는 웅크리고 앉아 핏발 선 눈으로 시어니를 노려보고 있었다. 목 주변의 털이 반쯤 빠졌고 꿰맨 자국도 보였다. 얼굴과 다리에 허옇게 말라붙은 피부 일부가 떨어졌고 부리 윗부분은 반으로 쪼개져 있었다.

시어니는 권총을 꼭 쥔 채 그 자리에 얼어붙었다. 죽은 새였다. 살아 있는 것처럼 움직이지만 죽은 새. 신체 마법사의 솜씨였다.

바다갈매기는 한 번 더 짖은 후 바다로 날아갔다. 그 새가 시야에서 사라진 뒤에야 시어니의 심장은 다시 뛰기 시작했다. 이가 딱딱 맞부딪혔다. 시어니는 차가운 바다 안개 때문이라고 스스로를 다독였다.

신체 마법사들은 정말로 죽은 생물을 되살릴 수 있는 건가? 그 생각을 하자 시어니의 몸은 안팎으로 떨렸다. 그런데 왜 새지? 전령이었을까? 하지만 그 새의 훼손된 다리에는 쪽지가 묶여 있지 않았는데……. 어쩌면 그 새는 쪽지를 이미 어딘가에 전했거나, 그저 염탐을 하러 온 것일 수도 있었다. 시어니는 신체 마법에 관해 아는 게 별로 없었다. 어쩌면 누군가가 리라에게 연락하려는 것인지도 모른다. 이 나라에서 탈출하려는 리라를 돕기 위해서.

조금 전에 먹은 치즈가 배 속에서 부대꼈다. 시어니는 펜넬을 들어 올려 품에 안고 걸었다. 펜넬이 바닷물에 젖지 않도록 하기 위해서이기도 했지만 무엇보다 마음에 위안이 되기 때문이었다.

바위투성이 해안을 400미터가량 조심스럽게 나아가던 시어니는 달걀을 반으로 잘라놓은 모양의 동굴을 발견했다. 숨기에 딱 알맞은 장소인 것 같았다. 시어니는 펜넬을 꼭 안고 권총을 앞으로 겨누며 조심스럽게 동굴로 향했다.

동굴에 다다랐을 무렵, 장엄한 태양이 수평선 너머로 3분의 1가량 가라앉았다. 안을 비춰볼 랜턴이나 횃불은 없었지만 얼핏 봐서 동굴은 그리 깊지 않은 듯했다. 안을 둘러보니 아무도 없는 것 같아서 시어니는 거친 한쪽 벽면에 등을 붙인 채 동굴 안으로 들어갔다. 시어니는 품에서 꼼지락거리는 펜넬을 진정시키며 걸음을 옮겼다. 굳이 이 종이개가 상기시키지 않아도 시어니는 자신이 얼마나 바보 같은 짓을 하고 있는지 잘 알고 있었다.

동굴 뒷벽에 가까워지면서 심장이 쿵쾅거렸다. 맞은편 벽에 신발 한 켤레가 놓여 있었다. 누군가 여기에 왔던 모양인데, 리라가 세인의 집에서 신었던 신발과는 달리 꽤 새것이고 깨끗한 것으로 보아 최근에 온 듯했다.

쿠-쿵…… 쿠-쿵……. 심장이 뛰는 소리였다. 하지만 시어니의 심장 소리는 아니었다. 훨씬 더 느리게 뛰고 있었다.

시어니는 동굴 입구로 흘러드는 약한 빛에 의존해 눈을 가늘게 뜨고 조금씩 앞으로 걸어갔다. 뒷벽 아래가 약간 튀어나와 120센티미터 높이에 선반 같은 형상이 만들어져 있었다. 그 선반 위에서 무언가가 희미하게 빛을 내고 있었다.

시어니는 헉 하고 숨을 들이마셨다. 검은 바위 한가운데 살짝 패인 곳에 와인색 피가 담겨 있고 가장자리가 황금색으로 어른어른 빛나고 있었다. 그리고 세인의 심장이, 리라가 손으로 끄집어냈던 바로 그 심장이 그 한가운데서 침착하게 뛰고 있었다.

시어니는 심장을 향해 다가가면서 온몸에 소름이 돋았다. 저것은 세인의 심장이었다. 마침내 찾아낸 것이다. 그런데 너무 쉽게 찾은 느낌이었다.

펜넬이 씩씩거리며 시어니의 품에서 훌쩍 뛰어내렸다. 시어니는 두 손으로 권총을 쥔 채 뒤로 돌아섰다. 동굴 입구에서 몇 걸음 떨어진 곳에 누군가 있었다.

리라였다. 바지의 왼쪽 무릎 윗부분이 찢어지고 습기로 인해 머리카락이 무겁게 들러붙었다는 점 외에는 세인

의 집 식당으로 쳐들어왔을 때의 모습 그대로였다. 리라
는 시어니의 금색 눈썹과는 사뭇 다른 길쭉하고 검은 눈
썹 아래 검은 눈을 가늘게 뜨고 시어니를 쏘아보았다. 위
협적이면서도 아름다웠다. 세인과 비슷한 나이인 것 같았
는데, 얼핏 봐서는 시어니와도 나이 차이가 크게 나지 않
아 보였다.

"내가 널 세게 때리지 않기는 했어."

리라는 잠깐 시어니의 권총을 쳐다보았다. 리라는 총을
갖고 있지 않았지만 가죽 벨트 한쪽에 피가 담긴 유리병들
을, 다른 쪽에 긴 칼을 매달고 있었다.

"기껏 아량을 베풀어 살려줬더니 기어이 나한테 덤비는
구나." 리라는 농담이라도 한 것처럼 피식 웃었다.

"당신이 리라야?" 시어니는 그 여자에게 권총을 겨눴다.
권총을 쥔 두 손이 얼마나 떨리는지를 그 여자가 알아채지
못하길 바랐다. "내가 이 심장을 가져갈 거야. 방해하지 않
으면 쏘진 않을게."

저 여자를 쏴야 할까. 시어니는 표적만 쏴봤을 뿐 진짜
사람에게 총을 쏴본 적은 없었다. 리라가 한 걸음 앞으로
다가왔다. 시어니의 손바닥이 땀에 젖었다. 리라는 히죽 웃

으며 물었다.

"그걸 사용할 줄은 아니?"

시어니는 이를 갈며 총구를 겨누고 공이치기를 당겼다. 언제나 목표물을 찾아가는 마법 탄환을 장만할 여력은 없었지만 이대로라면 맞힐 자신이 있었다.

신체 마법사 리라는 한 걸음 더 다가와 멈춰 섰다. 그리고 벨트에서 피가 담긴 유리병 하나를 꺼내 들었다. 시어니는 권총이 흔들리지 않게 잡고 있으려고 안간힘을 썼다. 귓가에 요란하게 울리는 것은 세인의 심장 소리일까, 아니면 시어니 자신의 심장 소리일까?

"그거 내려놔." 시어니는 헛기침을 하고 다시 한번 경고했다. "안 내려놓으면 쏠 거야. 정말이야. 그리고 난 이 심장을 가지고 돌아가야겠어."

리라가 천천히 인상을 찌푸린 바람에 시어니는 표정 변화를 바로 알아채지 못했다.

"너 같은 애송이가 마땅히 내 것인 물건을 가져가게 둘 생각 없는데."

그러더니 엄지손톱으로 유리병 뚜껑을 열고 피를 손바닥에 쏟으면서 앞으로 다가왔다. 시어니는 뒤로 물러서며 소리쳤다.

"죽여버릴 거야!"

리라는 불가사의한 언어로 주문을 외우기 시작했다. 지금까지 배운 주문과는 전혀 달라서 시어니는 하나도 알아들을 수 없었다. 리라의 손이 황금색으로 빛나기 시작했다. 리라는 한 걸음 더 다가왔다.

탕!

시어니가 권총을 쏘았다.

권총은 시어니의 손 안에서 반동으로 되튀었다. 총 소리가 동굴 안을 가득 채우고 시어니의 귓속을 파고들었다. 화약 냄새가 코를 찌르고 입 안으로 훅 들어왔다. 시어니의 발목 옆에서 펜넬이 낑낑거렸다.

오른쪽 가슴에 마른 장미 꽃잎 같은 검붉은 피가 번져나가자 리라는 눈을 휘둥그렇게 떴다. 리라의 손은 여전히 황금색으로 빛났지만 리라는 신음을 흘리며 한쪽 무릎을 꿇었다. 그 와중에도 리라의 입은 시어니가 듣지 못할 정도로 나지막하게 어떤 주문을 계속 외우고 있었다.

시어니는 권총을 아래로 내렸다. 본인이 쏴놓고도 놀라서 눈이 튀어나올 지경이었다. 입 안이 바짝 마르고 두 손이 싸늘해졌다. 온갖 생각이 밀려들어 머리 위에서 빙빙 돌았다. 그러다 리라가 빛나는 손바닥을 가슴의 상처에 갖다 대자 시어니는 정신이 들었다.

리라의 손에서 소용돌이 모양으로 흘러나온 괴상한 빛이 아주 잠깐 번쩍이다가 사라졌다. 깊이 숨을 들이마시며 일어선 리라는 목을 왼쪽으로 한 번, 오른쪽으로 한 번 꺾고는 손에 쥔 작은 금속을 떨어뜨렸다. 그 금속이 동굴 바닥에 떨어져 딸그락 소리를 냈다.

총알이었다.

시어니는 놀라서 하마터면 권총을 떨어뜨릴 뻔했다. 방금 리라가 *자가 치유*를 한 건가?

시어니의 머릿속이 정신없이 돌아갔다. 신체 마법은 신체를 제어하는 힘인 만큼 이런 식의 치유도 가능한 모양이었다. 리라는 검은 셔츠에 얼룩이 남은 것 외에는 전혀 해를 입지 않은 모습으로 한 걸음 더 다가왔다. 시어니의 권총에는 총알이 하나뿐이었는데 그 하나가 지금 리라 뒤의 저 시커먼 바위에 떨어져 있었다.

리라는 시어니가 권총을 쏘기 전부터 치유 주문을 시작했다. 그리고 시어니가 총을 쏘기를 *바라고* 기다린 것이다. 두려움 때문에 시어니는 신체 마법사의 계략에 놀아나고 말았다.

이제 시어니에게는 종이가 잔뜩 담긴 가방뿐이었다. 종이는 마법사가 쓸 수 있는 재료 중 가장 공격성이 적었다. 이 상황에서는 차라리 고무가 종이보다 유용했을 것이다.

"이제 놀이는 끝이야."

리라는 으르렁대듯 말하며 한 발 또 한 발 다가왔다. 시어니는 뒷걸음쳤다. 손바닥이 땀에 젖어 권총이 미끌거렸다.

시어니의 등이 선반처럼 생긴 바위에 툭 부딪히면서 팔꿈치가 세인의 심장에 닿았다. 그 순간, 동굴이 빙글 돌면서 별안간 쉭 소리가 들리더니 시어니가 아래로 쑥 가라앉았다. 동굴 입구로 흘러든 햇살이 눈앞에서 흔들거렸다. 시어니는 따뜻하고 단단한 바닥으로 떨어졌다. 사방에서 요란한 *쿠웅- 쿠웅- 쿠웅-* 소리가 들렸다.

"그래, 이건 예상 못했지?"

보이지 않는 벽 너머에서 리라의 나지막한 목소리가 울려 퍼졌다. 곧이어 키득거리는 악랄한 웃음소리가 메아리를 박살냈다. 리라의 그 웃음소리에 시어니는 온몸의 신경이 곤두섰다.

"이제 에머리와 저 건방진 제자 계집애까지 다 없애버려야지."

8

일정하게 세 박자로 울리는 소리가 시어니를 감싸고 바닥에서부터 진동이 올라왔다. 어둠에 익숙해진 시어니는 이곳이 진홍색을 띤 방이며 벽이 직선이 아니라 곡선임을 알아챘다. 오른쪽 벽은 오목하고 왼쪽 벽은 볼록했다. 바닥도 편편하지 않았다. 시어니는 흐릿한 불빛을 통해 주위를 볼 수 있었지만 주변에는 초나 랜턴, 전선 하나 없었다. 방 안의 열기가 밀려들었다. 일어서려던 시어니는 휘청하고 말았는데, 꾸준히 쿠웅- 쿠웅- 쿠웅- 울리는 박동으로 인해 안 그래도 떨리는 다리가 더 후들거렸기 때문이었다.

옆에서 펜넬이 짖었다. 여기가 리라의 덫인지 무엇인지 모르겠지만 펜넬까지 같이 잡힌 듯했다.

오른쪽 벽과 바닥 사이로 흐르는 좁고 붉은 강을 흘끗 쳐다본 시어니는 놀라서 숨이 막힐 지경이었다. 이 방을 전에 본 적이 있었다. 그때는 방 크기가 훨씬 작았고 차가운 상태를 유지하게끔 마법을 걸어놓은 금속 탁자 위에 놓여 있었다. 바로 죽은 개구리의 몸에서 떼어낸 심장이었다.

여기는 세인의 심장이고, 시어니는 그 심장 안에 들어와 있었다.

쿠-웅-쿵. 쿠-웅-쿵. 고동치는 벽에서 나는 소리인지 시어니 자신의 심장에서 나는 소리인지 분간이 가지 않았다. 시어니는 숨을 크고 깊게 들이마시며 제자리에서 빙글 돌았다. 괴상한 방을 둘러보면서 이대로라면 공기가 모자라겠다는 생각이 얼핏 들었다.

한옆으로 시커먼 무언가가 보였다. 고개를 돌려보니 리라가 시어니의 권총을 마치 장난감처럼 손에 들고 방아쇠울에 검지를 걸어 관절로 휙휙 돌리고 있었다. 펜넬이 부드럽게 서걱서걱 소리를 내며 짖었다. 시어니는 겁먹은 티를 내지 않으려고 펜넬을 들어 올려 품에 안았지만 다리 근육이 이미 고드름처럼 굳어버렸다.

리라가 피식 웃었다.

"에머리 주변에는 바보들뿐이네. 혹시나 해서 심장으로 덫을 놓았더니 딱 걸려드는구나. 널 도망칠 수 없는 곳으로 유인하려고 한 거지."

리라는 그대로 권총을 부숴버릴 듯이 오른손에 꽉 움켜잡았다.

"겨우 이런 걸로 날 이길 줄 알았니?"

시어니는 어쩔 줄 몰라 하며 몸을 떨었다. 도망쳐야 했다. 이런 식으로는 리라에게 대적할 수 없었다. 무엇보다 준비가 돼 있지 않았다. 시어니는 어둠의 마법에 대한 지식이 없어서 어떻게 대비하고 어떤 식으로 싸워야 하는지 알지 못했다. 이런 상황까지 오리라고는 생각지도 못했다!

시어니가 한 걸음 물러서자 리라가 두 걸음 다가왔다. 시어니의 등에 식은땀이 흐르며 셔츠가 피부에 들러붙었다. 시어니는 뒤로 한 걸음 더 물러섰다.

그 순간 방 전체가 변하기 시작했다. 붉은 살로 된 벽이 몇 줄기 구름이 떠 있는 푸른 하늘로 변하고 핏물이 흐르는 강이 싱싱하고 푸른 풀밭으로 변하자 시어니는 놀라서 하마터면 펜넬을 떨어뜨릴 뻔했다. 세인의 심장 박동이 멀리서 조용히 메아리쳤다. 클로버와 햇볕을 듬뿍 받은 풀잎 향기가 코끝에 와 닿고 따뜻한 여름의 미풍이 얼굴을 스쳤다. 굵은 가지와 잎사귀가 무성한 나무 몇 그루가 약간 떨어진 곳에서 불쑥 나타났는데, 그중 한 그루에는 두 번째로 높은 나뭇가지에 암갈색 새 둥지가 달려 있었다. 그 나무들과 시어니가 서 있는 곳 사이에는 수많은 회색 상자들이 쌓여 있었다. 120센티미터에서 150센티미터 높이인 그 상자들 속에는 좀 더 길이가 짧고 낡은 상자들이 들어 있는 듯 보였다.

시어니는 두렵고 혼란스러워 앞뒤를 번갈아 쳐다보았다. 식은땀이 나서 손을 연신 치마에 문질렀다.

그때 아이들의 웃음소리가 들렸다. 고개를 돌리자 챙 넓은 캔버스 모자를 쓰고 촘촘한 그물을 얼굴과 목에 내린 채 팔꿈치까지 오는 긴 장갑을 낀 어린아이 넷이 보였다. 나이대는 세 살에서 열두 살 사이쯤으로 보였다. 시어니의 팔 밑에서 버둥대던 펜넬이 풀밭으로 뛰어내리더니 아이들에게 달려갔다. 인쇄용지로 만들어진 다리로 후다닥 뛰었다.

통통한 꿀벌 한 마리가 시어니의 옆에서 윙윙거렸다. 본

능적으로 그 벌을 쫓으려던 시어니는 그제야 회색 상자 주변에서 떼를 지어 윙윙거리는 반점들이 무엇인지 알아챘다.

놀라서 입이 딱 벌어졌다. 여기 양봉원이 있다고? 세인의 심장 한가운데에?

키 크고 건장한 체격의 남자가 아이들 뒤에서 회색 상자 쪽으로 걸어갔다. 남자는 온몸에 두른 튼튼한 캔버스 천의 끄트머리를 신발 옆 틈새로 쑤셔 넣고 턱 밑의 모자 끈을 당겼다. 꿀벌들이 들러붙어 기어 다니는 데다 모자에 드리워진 그물 같은 망사 때문에 남자의 얼굴은 잘 보이지 않았다. 눈앞에 보이는 것이 현실인가 싶어 시어니는 손으로 눈을 비비며 앞으로 다가가 캔버스 천을 몸에 두른 남자에게 소리쳤다.

"실례합니다!"

시어니가 한 번 더 불렀지만 남자는 돌아보지 않았다. 아이들 중 제일 나이가 많아 보이는 소년이 시어니 주변을 뛰면서 돌아다녔는데, 소년의 눈은 시어니를 보지 못하고 그 너머를 보고 있었다. 시어니의 존재 자체를 알아채지 못하는 듯했다. 그 소년뿐만 아니라 다른 사람들도 마찬가지였다.

리라는…… 리라는 어디 있지? 시어니는 벌통 주변을 돌아다니며 리라가 있는지 살펴보았다. 꿀벌들도 여기 있는 사람들과 마찬가지로 시어니의 존재를 감지하지 못했다. 시어니는 나무들 뒤쪽의 완만한 구릉까지 살펴보았지만 신체 마법사의 흔적은 보이지 않았다. 가방에서 흰 종이 한 장을 꺼내 두 손으로 쥐자 마음이 다소 놓이며 안전해진 느낌이었다.

그때 적갈색 머리카락을 양 갈래로 땋은 여덟 살쯤 되어 보이는 소녀가 머리부터 드리운 망사 아래로 빼꼼 얼굴을 내밀며 외쳤다.

"오빠가 술래야!"

상자 여섯 개에서 꿀벌들이 나오고 있었지만 소녀는 제일 나이가 많아 보이는 소년한테서 도망치며 웃었다.

"벌통 만지지 마라!"

남자가 벌통에 손을 얹으며 아이들에게 외쳤다. 그의 낮고 강한 목소리는 깊으면서 거칠었다. 남자는 벌통 위로 쟁반 같은 것을 쑥 뽑아 올렸다. 두툼하고 누런 벌집이 붙어 올라오자 시어니는 경탄하며 바라보았다. 남자는 그것을 외바퀴 손수레로 가져가 높은 들통에 꿀을 긁어 넣었다. 캔버스 천으로 덮은 그의 팔에 꿀벌들이 들러붙어 기어 다녔다. 시어니는 입 안에 침이 고인 채 의문을 품었다.

'내가 어떻게 여기 와 있지?'

하지만 더 중요한 질문은 이것이었다. '여긴 어디지?'

리라가 마법을 써서 시어니를 여기 처박은 것은 아닐 터였다. 금지된 마법을 쓰는 자가 굳이 시어니를 이런 외지고 행복한 양봉장으로 보낼 이유는 없지 않을까?

펜넬은 머리 위를 맴도는 통통한 꿀벌을 자세히 보려고 앞발을 들고 섰다. 또 다른 꿀벌 한 마리가 시어니 주변에서 붕붕거렸지만 시어니에게 내려앉거나 쏘려고 하지는 않았다. 아마 쏘았다고 해도 시어니는 느끼지 못했을 것이다.

"에머리, 거기 숟가락 좀 이리 가져올래?"

남자가 풀밭에 놓인 기다란 금속 숟가락을 가리키며 소리쳤다.

에머리라는 이름을 듣자마자 시어니는 두 번째로 어린 소년에게 시선을 보냈다. 여섯 살 정도로 보이는 그 소년은 숟가락을 가지러 벌통 사이를 달려갔다. 시어니는 종이를 손에 쥔 채 그 소년에게 뛰어가 연한 색 망사 너머 얼굴을 살펴보았다. 시어니가 바로 앞에 웅크리고 앉았는데도 소년은 시어니를 의식하지 못했다. 소년의 모자 밑으로 들쭉날쭉한 검은 머리카락이 삐져나왔고 그 아래 밝은 초록색 눈동자가 보였다.

"세인 마법사님이잖아!"

시어니는 나지막하게 내뱉었다. 눈을 보니 세인을 알아볼 수 있었다. 소년은 마치 유령처럼 시어니를 그대로 통과해 아버지인 듯한 남자에게 숟가락을 건넸다. 남자는 소년의 머리를 쓰다듬어주었다. 소년은 환하게 웃으며 다시 형제자매 곁으로 돌아가 놀았다. 상자 사이로 뛰어다니면서도 부딪치지 않고 정확하게 피해 다니는 모습을 보니 눈 감고도 알 수 있을 만큼 익숙한 장소인가 싶었다.

'이들이 세인 마법사님의 가족인가 보네⋯⋯.'

그런데 어째서 시어니는 세인의 이 기억을 보고 있을까? 혹시 기억이 아니고 꿈인 걸까? 그런데 세인은 외동이라고 하지 않았나?

"세인 마법사님!"

시어니는 그를 소리쳐 불렀다. 그런데 별통 뒤, 언덕의 그늘에 잠긴 풀밭과 키 큰 나무에 매단 타이어 그네가 있는 곳에서 그림자가 언뜻 보였다. 그림자 같은 형상의 검은 머리카락이 미풍에 휘날렸다.

리라였다.

시어니는 숨이 턱 막혔다. 손가락이 차가워졌지만 가까스로 손가락을 비벼 딱 소리를 내서 펜넬을 불렀다. 시어니는 신체 마법사 리라와 꿀벌들이 있는 곳에서, 어린 에머리 세인이 있는 곳에서 멀리 달아났다. 펜넬도 곧장 뒤따라왔다. 지금은 일단 도망쳐서 자가 치유를 해서 죽일 수도 없는 신체 마법사와 싸워 이기는 방법을 어떻게든 알아내야 한다.

눈앞이 휘어지면서 돌연 어두워졌다. 우레 같은 박수 소리에 휩싸인 시어니는 화들짝 놀랐다.

웨스트 런던의 로열 앨버트 홀처럼 생긴 강당 안이었다. 낯선 남자들과 여자들이 시어니 주변에 줄 지어 앉아 박수를 치고 있었다. 펜넬은 시어니의 발꿈치에 대고 짖어댔다. 비스듬히 기울어진 통로를 따라 진홍색 카펫이 깔려 있었다. 머리 위에는 전구가 아닌 초로 가득한 샹들리에가 불이 꺼진 채 매달려 있었다. 주변을 돌아보던 시어니는 가까운 의자에 앉아 박수를 치고 있는 모피 외투를 입은 체격 좋은 여자에 시선이 멈추었다. 시어니는 그 여자에게 다가가 물었다.

"무슨 일이죠?"

박수 소리에 묻히지 않게 목소리를 높여 물었지만 여자
는 대답하지 않았다. 심지어 쳐다보지도 않았다. 여기서도
시어니는 유령 같은 존재였다. 시어니의 입장에서는 눈앞
에 펼쳐진 풍경 속 사람들이 더 유령 같았지만.

시어니는 흘끗 뒤를 돌아보았다. 리라는 어디에도 보이
지 않았다. 시어니는 마음이 놓여 숨을 깊이 들이마셨다. 박
수 소리가 잦아들자 시어니는 종이 새를 더 접기 위해 좌석
사이의 통로에 웅크리고 앉았다.

"다음은 14구역의 종이 마법사 에머리 세인입니다."

뒤에서 외치는 목소리가 들렸다. 시어니는 양옆에 벨벳
커튼이 드리워진 환한 무대를 바라보며 눈을 깜박였다. 지
금보다 젊은 시절의 태기스 프래프를 꼭 닮은 콧수염을 기
른 남자가 무대 한옆에 놓인 연단 뒤에 서 있었다. 연단은
커다랗고 앞쪽에는 마법사 인장이 그려져 있었다. 그 남자
가 힘차게 박수를 치자 청중이 따라서 박수를 쳤다.

무대 위 연단 맞은편에는 의자가 열한 개씩 한 줄로 놓여
있었고, 높은 칼라와 금색 단추가 완벽히 갖춰진 하얀 마법

사 예복을 입은 청년이 홀로 앉아 있었다. 시어니는 종이를 접다가 손을 멈춘 채 자신과 거의 비슷한 나이로 보이는 에머리 세인 마법사가 무대를 가로질러 나아가 명판을 수령하는 모습을 바라보았다. 그의 집 작업실에 걸려 있던 바로 그 마법사 자격증이었다.

시어니는 얼굴이 달아올랐다. 예복을 입은 세인은 무척 멋져 보였다. 너저분한 남색 외투에 비해 어깨도 훨씬 편안하게 잘 맞았다. 잘록한 허리, 칼같이 잡힌 바지 주름 덕에 키도 더 커 보였다. 태기스 프래프보다 더 커 보일 정도였다. 곱슬인 티가 안 날 정도로 짧게 자른 머리 때문에 처음에는 그가 세인인 것을 못 알아볼 뻔했다. 시어니는 잠시 동안이지만 리라에 대해 잊고 그를 정신없이 바라보았다.

시어니가 반쯤 접다 말고 손에 쥔 새를 향해 펜넬이 코를 킁킁거렸다. 통로에 앉은 시어니는 연단으로 불려 나간 세인이 장갑 낀 손으로 태기스 프래프와 악수를 나누는 모습을 바라보며 펜넬에게 말했다.

"나는 지금 그의 심장 안에 있어. 이 심장 밖으로 나가지 못했으니까 여기도 심장의 일부일 거야. 나는 그의 심장 속을 *보고* 있는 거야……. 그런데 어떻게 나가지? 여기서는 그를 도울 수가 없어."

세인의 목숨을 구하는 것도 힘에 부칠 지경인데 리라에게 공격까지 받는 상황이었다. 시어니는 다시 한번 어깨 너머를 살펴봤지만 리라는 아직 여기까지 따라오진 않았다. 그래도 안심할 수 없었다.

'여기서 빠져나가지 못하면 죽을지도 몰라.'

연단에서 태기스 프래프가 우렁찬 목소리로 연설을 시작했다. 시어니는 종이 새 접기에 집중하면서 머리와 꼬리, 날개를 마저 접었다. 이 새로 무엇을 어떻게 할지는 아직 정하지 못했지만, 새는 시어니가 접을 줄 아는 몇 안 되는 동물 중 하나였다.

만약 지금 시어니가 목표물을 절대 놓치지 않는 마법 탄환이 장전된 권총을 보유한 금속 마법사라면 얼마나 좋을까. 마법 탄환이 장전된 권총만 있으면 리라와 한판 붙어볼 만할 것이다.

시어니는 흰 새를 가방에 넣고 무대 쪽으로 달려갔다. 세인이 연단 옆 계단을 밟고 청중석 쪽으로 내려오기 시작했다. 시어니는 그녀의 존재를 인식하지 못하는 청중들 앞을 지나 세인에게 다가갔다. 시도는 해봐야 했다.

"세인 마법사님!"

시어니가 불렀지만 그는 뒤돌아보지 않았다. 시어니는 그에게 달려가 팔을 잡으려 했지만 환영처럼 통과해버렸다. 그는 지정된 예복을 입은 다른 재료 마법사들과 함께 청중석 두 번째 줄에 가 앉았다. 시어니는 재차 그의 어깨로 손을 뻗었지만 소용없었다.

"세인 마법사님, 내 목소리 안 들려요?" 시어니는 그의 얼굴 앞에 대고 손을 흔들었다. "저 여기서 어떻게 나가요?"

청년 종이 마법사 세인은 이 행사에 돌연 진력이 난 듯 주먹에 뺨을 기대고 비딱하게 앉았다. 시어니는 입을 오므리고 있다가 강당 밖으로 향하는 문을 향해 진홍색 카펫이 깔린 통로를 달려 올라갔다. 펜넬이 뒤따라왔다.

시어니가 문을 나가자마자 여자의 비명 소리가 들렸다.

그 소리에 놀란 시어니는 뒤로 넘어졌는데, 로열 앨버트 홀의 대리석 타일 대신 낡은 나무 마룻바닥에 엉덩이를 찧으며 주저앉았다. 둔탁하고 무지근한 통증이 등으로 올라왔다.

"숨 쉬어, 레타! 들이쉬고 내쉬고!"

조산사 옷차림의 여자가 가구가 별로 없는 방에서 바닥에 누운 젊은 여자에게 호흡을 지시하고 있었다. 방금 비명을 내지른 사람은 그 젊은 여자였다. 여자는 임신으로 부른 배를 부여잡고 오므린 입으로 가쁘게 숨을 쉬었다. 두 팔꿈치를 바닥에 대고 상체를 일으킨 자세였다. 여자의 주변에 수건이 놓여 있었다. 발목 옆에는 핏물이 담긴 주석 통이 있었다. 여자의 금발 머리카락은 땀에 젖어 이마에 들러붙었다. 세차게 내리는 비가 줄기차게 창문을 두드렸다. 거의 다 탄 초 앞에 번개가 번쩍거렸다. 그리고 3초 후에 천둥이 집을 뒤흔들었다. 지붕을 두드리는 짧고 날카로운 빗소리가 멀리서 아득히 들려오는 세인의 심장 박동 소리를 압도했다.

"세인!"

시어니는 소매를 어깨까지 걷어 올린 채 임신부의 다리 옆에 무릎을 꿇고 앉은 세인에게 소리쳤다. 그는 마법사 자격증 수여식에서보다 조금 더 나이가 들었고 시어니가 아는 모습에 가까웠다. 그는 덩달아 힘을 주느라 이마에 주름을 잡았지만 밝은 초록색 눈은 희망으로 빛나고 있었다.

"그래요. 힘을 다해야 됩니다. 다시 힘줘요!"

그가 외치자 여자는 손톱으로 바닥을 긁으며 소리를 질렀다.

시어니는 분만 중인 여자를 흘끗 쳐다보았다. 이 여자는 세인과 어떤 사이일까?

시어니는 세인 옆으로 기어가 그의 코앞에서 손을 흔들었지만 그는 이번에도 시어니를 보지 못했다. 그는 오직 분만에 집중하고 있었다.

시간이 점점 흘러갔다. 시어니는 빗소리에 묻히지 않으려 소리를 질렀다.

"저를 도와주셔야 돼요! 저는 마법사님 심장 안에 갇혔다고요! 어떻게 해야 나갈 수 있어요?"

앞서 본 두 개의 환영과 마찬가지로 그는 시어니의 목소리를 듣지 못했다. 분만 중인 여자와 조산사도 마찬가지였다.

몸을 뒤로 젖힌 여자는 잠시 등을 바닥에 대고 숨을 들이마셨다. 조산사는 젖은 수건으로 여자의 이마를 닦아주었다. 그때 시어니는 여자의 배에 감긴 사슬을 알아보았다. 건강을 지켜주는 마법이 깃든 그 사슬은 현재의 진짜 에머리 세인이 가슴에 감고 누워 있는 것과 같은 종류였다. 그가 그 사슬을 뭐라고 불렀더라? 그래, 활력 사슬이라고 했다.

펜넬이 궁둥이를 바닥에 대고 앉아 낑낑거렸다. 웅크리고 앉은 시어니는 개의 목 뒤를 쓰다듬으며 생각에 잠겼다. 의사는 어디 있지? 왜 세인이 여기서 분만을 돕고 있을까? 종이 마법사는 출산에 대한 전문 지식을 갖고 있지 않을 텐데. 시어니는 세인의 셔츠가 땀이 아니라 빗물에 젖어 있는 것을 알아챘다. 그의 머리카락도 빗물을 뚝뚝 떨어뜨리고 있었다. 폭풍우가 치는 이곳에서 조산사 외에 이 여자를 도와줄 수 있는 사람은 세인뿐인 듯했다. 의사는 날씨 탓에 길이 막혀 못 왔을 것이다. 마침 가장 가까이에 있는 사람이 세인이었을 테고 조산사는 그를 신뢰하는 듯했다.

분만 중인 여자는 숨을 헐떡였다. 세인이 그 여자의 다리 사이에서 조그만 아기를 끄집어내자 시어니는 입이 딱 벌어졌다. 아기의 피부는 보랏빛을 띠었고 피투성이였다. 아기는 건강한 울음을 터뜨리며 제 엄마와 연결돼 있는 탯줄을 향해 미약한 발길질을 했다. 진한 파란색 눈동자에 머리털이 하나도 없는 남자 아기가 발버둥을 쳤다.

세인은 아기를 품에 안고 웃었다. 조산사가 가위와 젖은 스펀지를 들고 서둘러 다가오며 말했다.

"아들이에요, 토크 부인. 아들이요. 축하해요."

여자는 눈물과 땀이 범벅이 된 얼굴로 웃으며 두 팔을 뻗었다. 조산사가 탯줄을 자르고 끝을 묶은 뒤 여자의 가슴에 조심스레 아기를 안겨주었다.

세인은 그제야 어깨에 힘을 빼고 양수가 묻은 두 손으로 바닥을 짚으며 앉았다. 그는 지치고 힘이 빠진 모습이었지만 눈을 빛내며 행복하게 웃었다. 시어니는 그런 그의 모습을 바라보며 경탄했다.

"마법사님의 업적을 보여주는 건가요?" 시어니는 기억의 재현에 불과하고, 여전히 그녀의 목소리를 듣지 못하는 세인에게 물었다. "행복했던 순간인 거죠? 좋은 일을 했던 순간."

시어니는 뒤로 물러나 현재, 적어도 자신에게는 현재인 시점을 자각하며 가슴에 손을 얹었다. 심장 박동이 한층 빨라져 있었다. 시어니는 에머리 세인이라는 남자를 이루는 과거의 조각들을 연결해 그에 대해 더 알고 싶은 마음이 굴뚝같았지만, 여기서 *나갈* 방도를 찾는 게 우선이었다. 이 환영들은 대체 어디서 끝이 날까?

다시 번개가 번쩍인 순간 시어니는 창밖에서 리라의 실

루엣을 보았다. 두려움이 싸늘한 창처럼 시어니의 몸통을 관통했다. 자격증 수여식에서부터 여기까지 쫓아온 걸까?

시어니는 두려움에 굳어진 근육을 억지로 움직이며 펜넬과 함께 가장 가까운 문을 향해 뛰었다. 낡은 놋쇠 손잡이를 잡고 힘껏 돌렸다.

시어니는 빙글빙글 돌아가는 암회색과 감청색 회오리바람 속으로 쓰러졌다. 펜넬이 짖었다. 시어니는 소용돌이치는 다양한 색깔들 속에서 현기증을 느끼며 비틀거렸다. 색깔이 뒤섞이다 어두워지더니, 런던의 집과는 약간 다른 분위기의 작업실에 앉아 있는 세인의 모습이 보였다. 그는 종이 더미가 놓인 책상 앞에 있었다. 방금 전 아기를 받아낸 에머리 세인과 비슷한 모습이었다. 석양과 하나뿐인 등유 램프에서 흘러나오는 빛이 그를 비추었다.

"다 됐다."

세인이 한숨을 쉬며 말했다. 물론 시어니에게 한 말이 아니라 혼잣말이었다. 시어니는 전에도 그가 작업실 문을 닫아놓고 그 안에서 혼잣말을 하는 소리를 들은 적이 있었다.

그의 어깨 너머로 보니 종이 더미 맨 위에 '종이 생기 부여의 정반대 인식'이라는 제목이 펜으로 적혀 있었다. 책을 만들기 위한 원고였다. 세인이 책을 쓴 것이다! 그것도 엄청 두꺼운 책을. 시어니는 그가 왜 아직 그 책을 과제로 읽으라고 내주지 않았는지 의아했다.

시어니는 눈앞의 이미지가 목소리를 듣고도 돌아보지 않을 것임을 알면서도 말했다.

"지금까지 본 환영들은 다 똑같아요. 좋은 것들이죠. 행복했던 시절의 좋은 기억들. 저는 마법사님의 심장 속에서 제일 따뜻한 곳에 들어와 있는 거죠?"

시어니는 중등학교 시절 쿠퍼 선생님의 생물 수업이 떠올랐다. 불쌍한 개구리를 해부했던 수업이었다. 수년 전에 제출했던 숙제가 마치 어제 끝마친 것처럼 머릿속에 생생하게 떠올랐다.

"네 개의 방." 시어니가 조용히 내뱉었다. 해부학 책에서도 비슷한 내용이 나오지 않았나? "심장에는 방이 네 개 있어요. 저는 지금 마법사님의 심장 속 첫 번째 방에 들어와 있는 거 맞죠?"

세인은 의자에 앉은 채 두 팔을 머리 위로 쭉 뻗었다. 등이 두둑, 목이 우두둑 소리를 냈다. 원고를 들고 의자에서 일어난 그는 시어니를 그대로 통과해 문으로 향했다.

"맞죠?" 시어니는 그의 뒤에 대고 소리쳤다. "그게 대답이에요? 마법사님의 심장 끝까지 가면 나갈 길이 있는 거죠?"

시어니는 노란색 종이 한 장을 꺼내 물고기를 접기 시작했다. 물고기는 새보다 접는 횟수가 적어서 절반 정도의 시간에 완성할 수 있었다. 펜넬이 책상 옆에 발을 대고 킁킁 냄새를 맡았다.

시어니는 일종의 무기고인 가방에 다 접은 물고기를 추가로 넣고 세인을 따라 문을 통과했다.

이번에는 황금색 풀과 들꽃이 가득한 둔덕이었다. 세인의 방에서 찾은 책 속의 말린 들꽃과 같은 종류의 꽃이었다. 인동과 스위트피 향기를 머금은 따뜻한 바람이 솔솔 불어왔다. 여름 향기였다. 뜨겁게 녹은 거대한 태양은 검은 나무들이 점점이 박힌 지평선 너머 서쪽 잠자리를 향해 느긋하게 가라앉았다. 석양이 하늘과 저 앞 산등성이 아래 삼림지대의 윗부분에 자홍색과 보라색 빛을 흩뿌렸다. 런던에서 남쪽으로 하루 정도 거리에 있는 노스다운스산이었다. 몇 년 전 시어니는 아버지와 함께 그쪽 지역으로 도보 여행을 한 적이 있지만 저 언덕은 한 번도 본 적이 없었다. 저렇게 대단히 경건하고 아름다운 장소를 봤다면 아마 기억했을 것이다.

시어니는 그 풍경을 가슴에 담고 돌아섰다. 저 위에 세인이 있었다. 그는 넓게 펼쳐진 가지와 진한 적갈색 잎사귀를 가진 늙은 자두나무 아래 누워 있었다. 파란색과 노란색 헝겊을 잇대 만든 퀼트에 모로 누워 옆에 있는 여자와 나지막하게 얘기를 나누고 있었다.

그 여자를 알아본 시어니는 놀라 비명을 질렀다. 리라였다. 하지만 자세히 보니 약간 달랐다. 리라뿐 아니라 세인도 좀 더 젊은 모습이었다. 리라의 머리카락은 시어니가 아는 것보다 색깔이 옅고 그렇게 길지도 않았다. 굽슬굽슬한 머리카락 일부를 모아 뒤로 넘겨 은색 핀을 꽂았고 나머지는 어깨에 편안하게 늘어뜨렸다. 검은 바지가 아니라 발목까지 오는 길이의 수수한 여름용 흰색 민소매 원피스 차림이었다. 목에는 기다란 금색 로켓(사진이나 기념품, 머리카락 따위를 넣어 목걸이에 다는 작은 갑-옮긴이) 펜던트를 걸고 있었다. 펜던트 줄이 어찌나 가느다란지 미풍에도 끊어질 듯 아슬아슬해 보였다. 전에 본 다른 이미지들과 마찬가지로 이 리라도 시어니의 존재를 인지하지 못했다.

그들을 바라보고 있는데 심장에 싸늘하고 저릿한 느낌이 전해져왔다. 시어니는 이것이 과거의 기억일 뿐임을, 세인의 심장 속 첫 번째 방에 담긴 좋은 추억의 일부임을 상기했다.

"리라."

시어니는 나지막하게 그 이름을 불러보았다. 그리고 세인의 얼굴이 확실하게 잘 보이는 지점까지 언덕을 올라갔다. 그곳에 서자 그의 밝은 초록색 눈이 자두나무 그늘에 묻혀 녹갈색으로 보였다. 그의 눈에 사랑이 담겨 있었다. 숭배와 더없는 행복과 평온이 깃들어 있었다.

그는 리라를 사랑했다.

펜넬이 시어니의 다리를 발로 긁었지만 시어니는 꼼짝도 하지 않았다.

세인 마법사가…… *리라*와 사랑하는 사이였다고?

속이 울렁거려서 시어니는 손바닥으로 배를 문질렀다. 환영이든 아니든 이 심장의 벽 사이에 있자니 너무 답답했다. 속이 점점 안 좋아지고 있었다.

시어니는 세인을 바라보며 나이를 짐작해보았다. 스물넷이나 다섯 정도로 보였다. 그렇다면 수년 전의 일일 것이다. 그렇게 생각하니 기분이 조금은 나아졌지만, 저 행복한 커플의 모습을 보고 있자니 여전히 속이 쓰리고 기운도 쭉 빠지는 듯했다.

시어니는 고개를 절레절레 흔들며 두 사람에게서 시선을 떼고 관자놀이를 문질렀다. 정신을 똑바로 차리고 집중해야 했다. 상황을 객관적으로 판단해야 했다.

시어니는 깊게 숨을 내쉬었다. "좋아. 세인이 사랑했던 여자가 어째서 그를 죽이려고 할까?" 생각을 소리 내서 내뱉어보았다. "이미 세인의 마음을 가졌으면서 왜 그의 심장까지 훔친 거지?"

시어니는 행복한 커플을 뒤로하고 풀밭에서 텅텅 울리는 바닥으로 걸음을 옮겼다. 왔던 길을 되짚어가는데 들꽃 사이에 경첩이 언뜻 보였다. 경첩 사이의 낡고 변색된 놋쇠 손잡이가 곧 시야에 들어왔다. 시어니는 손을 뻗어 손잡이를 잡고 작은 문을 당겨 열었다.

석양에 물든 하늘, 들꽃, 자두나무가 주변에서 소용돌이치면서 정신을 몽롱하게 만들었다. 시어니의 감각이 빠르게 사라졌다.

시어니는 어느새 세인의 눈을 똑바로 바라보며 서 있었

다. 그는 방금 전과 마찬가지로 상대를 흠모하는 표정이었다. 새로 다림질한 듯한 흰색 마법사 예복의 왼쪽 가슴에 분홍색 장미가 꽂혀 있었다. 시어니의 두 뺨이 따끔거릴 정도로 달아올랐다.

시어니가 눈을 깜박이며 주변을 둘러보니 아까와 같은 장소인 듯했는데, 이번에는 벚나무로 가득한 공원 안이었다. 강과 다리 근처에 의자가 줄지어 놓여 있었다. 시어니는 그 의자들 옆에 서 있었다. 분홍빛 벚꽃이 바람결에 살랑거리며 발그레한 눈송이가 되어 흩날렸다. 관리인이 실수로 자르지 않고 둔 긴 풀밭에서 귀뚜라미들이 조용히 노래했다. 의자 사이의 통로를 따라 흰색과 노란색을 띤 고운 천이 깔려 있고, 커다란 나무 아치 아래 황갈색 예복을 입은 세인과 리라가 서 있었다.

조금 전 시어니가 있던 곳에 선 리라는 드레스를 뒤로 길게 늘어뜨리고 있었다. 리라는 사랑스럽게 손질한 머리카락에 진주가 박힌 황금 빗을 꽂았으며 짧은 베일을 썼다. 드레스는 하얀 구슬로 장식되어 있었다. 속이 비치는 얇은 천으로 된 소매와 - 유감스럽게도 시어니보다 훨씬 큰 - 풍만한 가슴이 돋보이도록 깊게 판 목둘레선이 인상적인 웨

딩드레스였다.

사제가 가죽으로 장정된 책을 펼쳐 들고 그 내용을 읽으며 결혼식을 진행하는 동안 시어니의 심장은 부서질 듯 아팠다. 리라는 세인의 아내였다. 적어도 예전에는 그랬다. 세인의 방에 있던 찬송가책에 '세인 가족'이라고 적혀 있던 이유를 이제 알았다.

시어니는 등을 타고 올라오는 열기를 가라앉히려고 목 뒤를 손으로 문질렀다. 세인이 리라를 바라보는 다정한 눈빛을 도저히 견딜 수 없었다.

시어니의 귓속에 맥박이 쿵쿵 울렸다. 저 여자는 시어니가 아는 그 리라가 아니었다. 리라가 맞긴 하지만 좀 더 젊은 시절의 리라, 지금과는 다른 리라였다.

시어니는 신체 마법사 리라, 세인의 아내였던 그 여자가 또 따라붙었을까 봐 주변을 둘러보았다. 하지만 양봉가인 세인의 아버지와 어머니를 비롯해 기분 좋게 모여 앉은 결혼식 손님뿐이었다. 양봉가를 제외하면 시어니는 다 처음 보는 사람들이었다. 시어니가 세인의 추억 사이로 너무 빨리 이동해 리라가 아직 따라잡지 못한 듯했다. 어쩌면 리라는 여기 오고 싶지 않았을 수도 있다. 시어니도 이 자리가 편치 않은데 리라는 오죽할까.

시어니는 제 몸을 꼬집었다. 정신을 바짝 차려야 했다. 휴즈 마법사에게 들은 바로는 신체 마법사는 타인의 몸을 한 번 만지기만 해도 그 사람의 몸에서 마법을 끌어낼 수 있다고 했다. 그 말은 곧 리라가, 그 정신 나간 여자가 시어니를 따라잡기만 하면 얼마 지나지 않아 죽일 수도 있다는 뜻이었다. 시어니는 도둑질한 심장 속에서 자신을 쫓아오고 있는 그 미친 여자에게 몸을 건드릴 기회를 주지 않을 작정이었다. 그러려면 서둘러 다음 방을 찾아야 한다.

시어니는 펜넬과 함께 결혼식장에서 달려 나갔다. 결혼식장으로는 두 번 다시 눈길을 주지 않았다. 그 결혼식은…… 어쩐지 기분이 나빴다. 시어니가 가는 길을 가로질러 날아드는 분홍색 벚꽃이 미묘하고 에로틱한 향기를 뿌렸다. 귀뚜라미들의 노래가 점차 먹먹해졌다.

점점 무성해진 벚나무가 어느새 빽빽한 숲을 이루었다. 키 작은 벚나무 두 그루 사이에 설치된 철로 된 울타리 부분 말고 다른 곳으로는 통과가 불가능할 정도였다. 시어니는 울타리의 좁은 문을 밀어 열고 잔디 깔린 바닥이 단단해질 때까지 달려갔다. 이윽고 책이 빽빽하게 꽂힌 벽에 가로

막혀 더는 달려갈 수 없었다. 막힌 길이었다.

그곳은 서재 한가운데였다.

세인이 현재 쓰고 있는 서재와 비슷했지만, 좀 더 아담하고 창문이 더 많았으며 탁자가 하나 더 있었다. 그 탁자 앞에는 조금 전 결혼식을 올린 세인보다 좀 더 젊은 세인이 구부정하게 앉아 있었다. 검은색 짧은 머리에 흰 셔츠 소매를 팔꿈치까지 걷어 올린 모습이었다.

탁자 위에는 다양한 두께의 백색과 황백색 종이가 깔끔하게 쌓여 있었다. 절반 접기와 절반 주름 넣기를 한 종이 무더기도 바닥에 꽤 많이 쌓여 있었고, 그 옆에는 중고 상반신 마네킹이 세워져 있었다. 세인은 상반신 마네킹의 몸통에 수십 장의 종이를 돌돌 말고 접어서 흉곽을 만들었고, 어깨를 가로질러 쇄골을 성형했으며, 뒤쪽에 척추를 세웠다. 시어니는 그 구조가 존토의 뼈대임을 알아보았다. 존토를 아니, 존토의 일부를 만들어놓은 것이었다.

복도 쪽에서 낯선 목소리가 들렸다.

"판지가 대문 앞에 있던데요. 배달부가 대문 앞에 놓아뒀나 봐요."

세인과 그가 작업 중인 종이 해골에서 시선을 돌린 시어니는 서재로 들어오는 남자를 쳐다보았다. 그 남자는 큼직한 판지 상자 두 개를 들고 들어왔는데, 시어니는 그중 하나만 들어도 근육이 결릴 듯했다.

하지만 그 상자들이 작게 보일 정도로 남자는 덩치가 컸고 상당한 동안이라 시어니보다 겨우 몇 살 많아 보였다. 키는 2미터에 가깝고 몸집이 워낙 커서 시어니 같은 사람은 그의 몸 안에 세 명쯤 너끈히 들어갈 듯했다. 그 남자는 모든 게 다 큼직큼직했다. 어깨도, 배도, 손도 다 컸다. 종아리 하나가 마을 축제 때 먹는 햄처럼 거대했다.

"잘했어, 랭스턴."

세인은 해골에서 잠깐 눈을 떼고 남자를 흘끗 올려다보며 말했다. 그는 손바닥 길이만 한 종이를 초승달 모양으로 구부러지게 말고 있었다. 시어니는 그가 해골의 어느 부분을 작업 중인지 명확히 알 수 없었다. 다행히 다음 말이 그 의문을 해결해주었다.

"여기에 맞게 두꺼운 종이와 얇은 종이를 합칠 생각이야. 턱 관절은 두껍게 하고 그 사이의 턱은 얇게. 그렇게 하면 될 것 같아."

"그렇겠죠." 랭스턴은 영국에서 자란 사람 같지 않게 느릿느릿 대답했다. "곧 알아내실 겁니다, 세인 마법사님. 저희 어머니는 늘 말씀하셨죠. '빌어먹을'이라는 말은 작대기 하나가 모자라 집 짓기를 포기하는 비버에서 비롯됐다고."

세인이 바로 받아쳤다.

"자네 어머니는 참 여러 가지 말씀을 하셨군. 거기 있는 골반과 똑같이 만들 수 있는지나 봐봐."

랭스턴이 체격에 비해 너무 작아 보이는 의자를 하나 끌고 와 세인이 작업 중인 탁자 맞은편에 갖다놓자 시어니는 어이가 없었다. 그 의자는 그의 거대한 팔꿈치 한쪽도 들어가기 힘들어 보였다.

"이 사람이 제자였어요?"

시어니는 이렇게 물었지만 대답을 기대하지는 않았다. 세인의 나이로 보면 이 랭스턴이라는 남자는 아마 첫 번째 제자였을 것이다. 어쩌면 '0.5명째'였다는 그 제자였을 수도 있다. 랭스턴 같은 제자라면 도중에 해고했을 수도 있겠다는 생각이 들었다. 손이 괴물처럼 커서 중급과 고급 단계에서 필요한 정교하고 복잡한 종이접기를 수행하기가 불가능해 보였기 때문이다.

하지만 랭스턴이 요정처럼 가벼운 손길로 존토의 오른쪽

골반을 집어 들고 뒤집어가며 구성요소를 살펴보자 시어니는 입이 딱 벌어졌다. 랭스턴은 오른쪽 골반을 내려놓고 중간 두께의 정사각형 종이 한 장을 집어 들더니 혀를 입가에 빼물었다. 그러고는 신중하게 종이를 접어 골반의 가장 작은 부분을 만들어나갔다.

"굉장해." 두 사람이 작업하는 모습을 보며 시어니가 말했다. "덩치가 저래도 저 정도 솜씨면 난 같이 일해도 불만 없을 것 같아." 시어니는 팔에 돋은 소름을 문지르며 중얼거렸다. "저 둘 중에 누구하고든 지금 같이 있으면 좋겠어."

펜넬이 시어니의 다리를 발로 긁었다. 시어니는 무심코 허리를 굽혀 펜넬의 머리를 쓰다듬어주었다.

지금쯤 랭스턴은 종이 마법사로 공인을 받았을 것이다. 세인 밑에서 견습한 기간이 얼마나 되는지 궁금했다. 세인의 집에 처음 도착했을 때도 저렇게 행복한 얼굴이었을지도 궁금했다. 스승을 처음 만났을 때 그는 예의 바르게 처신했을까? 품위 있게 행동했을까? 시어니도 그랬어야 했다.

"그만 가자."

시어니는 상념을 떨치며 펜넬에게 말했다. 마지막으로 한 번 더 존토를, 그리고 세인을 바라보고는 서재의 칠이 안

되어 있는 문으로 발걸음을 재촉했다. 잠금장치가 반쯤 녹이 슬어 있어서 어깨로 문을 밀어 열어야 했다.

시어니는 휘청하면서 멋진 베이지색 카펫을 밟고 섰다. 해는 완전히 저물었지만 보라색 페인트를 칠하고 두꺼운 금색 타일을 붙인 벽감 한가운데에서 수백 개의 전구가 빛을 발하고 있었다. 유리 마법사가 마법을 걸어놓은 그 전구들은 밝고 선명한 빛을 뿜어냈다. 와인 잔이 딸그랑거리며 부딪치는 소리, 수많은 사람이 한가롭게 웅성웅성 얘기를 주고받는 소리와 다양한 악기가 내는 부드러운 음악 소리가 시어니의 귓가에 와 닿았다.

시어니는 가만히 서서 새로운 환경을 눈에 담았다. 몇 미터 더 달려간 펜넬은 미끄러지며 멈춰 섰다.

시어니가 아는 곳이었다. 예전에 여기서 손님들에게 다양한 출장요리를 제공하는 일을 했었다. 스로그모턴가에 위치한 드레이퍼스 홀이라는 곳인데 영국 최고까지는 아니더라도 런던 최고 수준의 홀이었다. 적어도 시어니가 가본 곳 중에는 최고였다.

시어니는 몸통에 황금 잎사귀 조각이 새겨지고 기둥머리에도 첨첨 조각이 들어간 큰 기둥 사이의 발코니에 서 있었다. 발코니 너머에는 꽃에 둘러싸인 날개 없는 천사들이 그려진 거대한 벽화가 천장까지 이어졌다. 시어니는 황금 잎사귀 문양이 들어간 발코니 난간을 손으로 어루만졌다. 꿈과 다를 바 없는 환영에 불과했지만 촉감은 *진짜* 같았다.

시어니는 발코니 너머 1층을 내려다보았다. 하얀 테이블보를 씌운 둥근 테이블 여러 개가 깔끔하게 배치돼 있고, 검은 옷을 입은 직원들이 북동쪽 구석에 위치한 주방에서 테이블로 은쟁반과 유리 물주전자를 날랐다. 남서쪽 구석에서는 현악 사중주단이 부드러운 곡을 연주했다. 시어니의 머릿속에는 좀 더 앞쪽에서 본 기억이 저장돼 있긴 했지만 이 분위기는 보자마자 알 수 있었다. 시어니도 저 직원들처럼 검은 원피스를 입고 주름 장식이 달린 앞치마를 둘렀었으니까.

시어니는 출장요리 업체 직원으로 파견 나와 이 행사에서 일했었다.

난간에서 뒤로 약간 물러나 발코니를 둘러보았다. 네 명 이상 앉기 힘든 작은 테이블들이 중이층 가장자리를 따라 곡선으로 배치돼 있었다. 중이층의 테이블 중 4분의 1은 비어 있었는데, 시어니는 빠른 걸음으로 지나가며 사람들을 살펴보았다. 심장이 시어니를 여기로 오게 했으니 멀지 않은 곳에 세인이 있을 것 같았다.

그 생각이 맞았다. 남색 외투를 입지 않았다는 점만 빼면 현재와 크게 다르지 않은 모습의 세인이 시어니가 처음 보는 대머리 남자와 함께 작은 직사각형 테이블 앞에 앉아 있었다.

세인은 정식 마법사 자격증 수여식 때 그랬던 것처럼 턱을 손바닥에 괴고 지루해하는 표정으로 앉아 있었다. 대머리는 눈치가 없는 모양인지 버터나이프를 휘젓거나 머리를 이리저리 움직여가며 거리낌 없이 수다를 떨어댔다.

"…… 내 딸이 하는 얘기가 제대로 된 숙녀라면 새틴 스카프를 갖춰야 한다는 거야. 그러면서 농도가 다양한 파란색을 띤 새틴 스카프 세 장이 매리 벨에 있다고 알려주더군. 그러니 내가 돈을 안 주고 배기겠냐고."

대머리는 음료를 마시기 위해 잠시 말을 멈췄다. 시어니의 기억이 맞다면 그 음료는 상당히 비싼 생산년도의 멀베리 와인일 것이다. 바로 이 행사에서 저 음료를 손님들에게 내놓았던 기억이 생생했다.

"그 애가 5월에 사교계 데뷔 축하 파티를 하게 될 텐데 새틴 스카프도 없이 내보낼 수는 없잖아. 내가 여성 패션에 보조를 맞추려고 상당히 애를 쓰고 있거든. 아내가 크래프턴에서 만드는 옷에 흠뻑 빠져 있기도 해서."

세인은 중지 손톱을 접시 가장자리에 대고 톡톡 두드렸다. 음식은 절반밖에 먹지 않았지만 와인 잔은 이미 비어 있었다. 서빙 직원들은 대부분 1층에 있어서 아무도 그의 잔을 채워주러 오지 않았다. 세인의 멍한 눈빛은 술에 취해서라기보다는 지루함 때문인 듯했다. 그런데도 이 대머리는 눈치를 못 챘나?

"무슨 생각을 그렇게 하나, 에머리?"

세인은 눈을 껌벅였다. 그제야 그의 홍채에 잠깐 빛이 들어왔다.

"아, 예. 데뷔 파티에서 목선은 참 중요하죠. 목을 가리는 옷차림은 그런 행사의 성격과 맞지 않아요. 하지만 막내 따님이 파티에서 다른 여자들보다 못한 모습을 보이는 걸 원치는 않으실 테죠."

시어니는 그 말에 웃음이 났는데 대머리는 고개를 끄덕이며 맞장구를 쳤다.

"맞아. 그러면 좋지 않은 의미로 남들보다 눈에 띌 거야."

시어니는 웃고 말았다. 세인이 대머리와 이런 대화를 하고 있다니!

세인의 시선이 다시 1층 무도회장으로 향했다. 시어니는 그의 눈길을 받으려 애쓰는 게 소용없는 짓인 줄 알기에 조용히 옆으로 다가서서 그의 시선을 따라갔다. 그는 어서 여길 탈출하고 싶어서 북쪽 벽에 세워져 있는 대형 괘종시계를 줄곧 보고 있는 듯했다.

탈출······.

스승의 주변을 서성이던 시어니는 발코니에 기대어 리라를 찾아보았다. 이쪽에서 먼저 리라를 찾으면 그나마 유리한 입장에 서게 되지 않을까. 하지만 리라가 아니라, 1층에서 손님들의 식사 시중을 들고 있는 익숙한 오렌지색의 땋은 머리가 눈에 띄었다. 바로 자신이었다!

시어니는 이 행사에 왔던 기억이 있지만 여기서 세인을 만났던 것 같지는 않았다. 그의 얼굴을 봤으면 기억했을 것이다. 게다가 이 행사 - 모 교육 위원회 모금 행사 - 에서 시어니는 발코니가 아니라 1층에서만 서빙을 했었다. 1901년 7월 29일. 태기스 프래프의 새 학년이 시작되기 정확히 일주일 전이었다. 시어니가 이 업체에서 마지막으로 일했던 날이기도 했다.

시어니는 와인을 잔에 따르는 자기 모습을 눈을 가늘게 뜨고 바라보았다. 저 원피스를 입고 있는 모습이 영 별로였다. 모든 면에서 단점만 두드러져 보이게 했다. 그때 세인과 만나지 않아 다행이었다. 그와 만났으면 어땠을지 생각하자 귀가 달아올랐다.

시어니는 자신이 서빙 중인 식탁에 앉아 있는 남자를 알아보았다. 중년을 앞둔 그 남자는 희끗희끗한 머리가 제법 빠지면서 대머리가 진행 중이었다. 입가에는 기다란 회색 콧수염을 기르고 넓은 어깨에 잘 맞는 멋진 정장을 입었는데, 이 연회장에서 최고로 잘 만들어진 정장인 듯했다. 그리고 진짜 금으로 된 단추 세 개가 붙은 옷에 폭이 넓은 붉은 허리띠를 착용했다. 그래, 바로 그 남자였다. 이날 그는 시어니가 자란 밀 스콰츠 마을에 관해 돼먹지 못한 말을 지껄였다. 그 마을이 가난하다는 이유로 교육 수준이 형편없다고 멋대로 판단하면서 있지도 않은 매춘부 양성소까지 들먹였다. 시어니는 이날 저녁을 똑똑히 기억했다. 시어니는 그 남자가 혐오스러웠지만 분노를 억누르고 있었다. 그 일이 있기 전까지는.

시어니는 숨을 죽이고 지켜보았다. 그 순간이 오기를 조용히 기다리며.

마침내 그 일이 일어났다. 시어니―지금보다 어렸던 시어니―가 그 남자의 와인 잔을 채워주려고 피처를 쥔 손을 앞으로 뻗은 순간, 장갑을 벗은 남자의 손이 시어니의 치마 속으로 쑥 들어왔다. 시어니는 허벅지에 와 닿던 그의 축축한 손가락을 아직 기억했다.

어린 시어니는 화들짝 놀라 물러서 그를 노려보면서 그 비싼 멀베리 와인을 그의 무릎에 쏟아버렸다. 남자가 소리를 지르며 벌떡 일어선 바람에 그가 앉아 있던 의자가 뒤로 확 기울어지며 대리석 바닥에 쓰러졌다. 의자가 바닥에 부딪히는 소리와 남자의 욕설이 연회장 전체에 울려 퍼졌다.

그런데 바로 옆에서 세인이 소리 내어 웃었다.

그 소리에 놀란 시어니가 그를 흘끗 쳐다보았다. 세인은 그 식탁 쪽을 쭉 지켜보고 있었던 모양이었다. 그는 시어니가 이 연회장에서 옷을 가장 잘 차려입은 남자에게 피처에 담긴 빈티지 와인의 절반을 쏟아, 영국 최고의 정장과 와인을 모두 망쳐놓는 광경을 지켜보았다. 그리고 웃음을 터뜨렸다.

"뭐가 그렇게 우습나?"

식탁 맞은편에 앉은 대머리가 무슨 상황인지 궁금해하며 물었다.

"서빙 직원 중 하나가 피처에 든 와인을 사이나드 뮐러의 무릎에 쏟았네요."

세인은 회녹색 천 냅킨을 집어 들어 눈가의 눈물을 닦으며 웃어댔다.

시어니의 얼굴이 하얗게 질렸다. 방금 그가 사이나드 뮐러라고 했나?

그 이름을 듣는 순간 시간이 멈춘 듯했다. 사이나드 뮐러. *뮐러 학업 우수 장학금.* 시어니가 원래 받기로 돼 있었지만 마지막 순간에 영문 모를 이유로 취소되어, 마법사가 되고자 했던 그녀의 꿈을 박살낼 뻔한 바로 그 장학금의 이름이었다. 장학금을 못 받게 되면서 마법사의 길을 포기한 시어니는 요리사라도 되자 싶어서, 요리학교 진학을 위해 남의 집 가사도우미로 일하며 돈을 벌 생각을 했었다. 일이 어쩌다 그렇게 됐는지 이제 이해가 됐다.

어린 시어니는 주방으로 서둘러 들어갔고 그곳에서 해고를 당했다. 사이나드 뮐러는 계속 큰 소리로 욕을 해댔다.

밀러의 친구 두 명이 일어나 냅킨을 들고 그의 옷을 닦아주려 했지만 소용없었다.

시어니는 난간을 잡고 있던 손을 놓고 뒤로 한 걸음 물러섰다. 근육에 힘이 쭉 빠졌다. 시어니가 밀러 장학금을 못받은 이유는 바로 저 일 때문이었다. 그 장학금을 주기로 한남자에게 와인을 쏟아 부었기 때문이었다.

"저놈은 당해도 싸."

그 목소리에 시어니가 고개를 돌렸다. 테이블 앞에 앉아 있는 세인 옆에 또 다른 세인이 서 있었다. 두 번째 세인은 기다란 남색 외투를 입고 팔짱을 낀 모습이었다.

시어니는 똑같이 생긴 두 세인을 번갈아 쳐다보며 입이 딱 벌어졌다.

"세인?"

하지만 두 번째 세인도 1층에서 벌어진 소동을 내려다볼 뿐 시어니를 쳐다보지 않았다. 그도 앉아 있는 세인과 마찬가지로 시어니의 존재를 의식하지 못하는 듯했다. 하지만 마치 *시어니에게* 말하듯이 혼잣말을 하고 있었다.

"사이나드 밀러는 뒷구멍으로 온갖 비열한 짓을 하는 놈이야. 목소리와 말투, 여자들과 심지어 젊은 남자들을 쳐다보는 눈빛을 보면 알 수 있어. 저놈이 제가 쌓아둔 돈을 이 나라 최고의 인재들에게 조금씩 나눠주는 이유는 이 나라의 절반이 자신의 '자비로움'을 알게 하려는 거지. 교육 위원회를 멋대로 주무르면서 말이야. 졸업 시험 때도 커닝을 한 게 분명해. 저놈이 고무에 마법을 거는 솜씨는 타이어 파는 사람과 다를 바 없었는데 졸업을 한 걸 보면."

가방 끈을 손에 쥐고 선 시어니는 펜넬이 다리 주변을 빙글빙글 돌고 있음을 느끼며 중얼거렸다.

"세인은 내가 누군지 알고 있었어."

"저놈은 나중에 네가 누구인지 알아냈지." 세인은 시어니의 말에 대답을 한 듯했지만 어쩌면 독백의 연장일 수도 있었다. "그가 네 장학금을 취소한 걸 알고 내가 개입했어." 그는 싱긋 웃으며 엄지로 턱을 문질렀다. "그가 말한 '건방지고 성질이 불같은 계집애'가 그 더러운 돈 없이도 당당히 프래프에 입성해 그의 일처리 방식에 엿을 먹이는 모습을 보면 그가 어떤 표정을 지을지 궁금했거든."

시어니는 1층을 흘끗 내려다보았는데 사이나드 뮐러는 이미 그곳을 떠난 뒤였다. 시어니가 물었다.

"저 남자를 엿 먹이려고 저한테 장학금을 주신 거예요?

싫어하는 사람을 골탕 먹이려고 1만 5천 파운드나 쓰다니……. 저야 물론 고맙지만요. 그 돈이 저한테 얼마나 큰 의미가 있는지 모르실 거예요."

시어니가 옆을 돌아보자 두 번째 세인은 사라지고 없었다. 난간에서 물러나 고개를 이리저리 돌려보았지만 그는 구름 낀 날 밤의 달처럼 홀연히 모습을 감춘 뒤였다. 시어니는 장학금을 받아야 했던 이유는 물론이고, 그것이 그녀에게 얼마나 큰 의미가 있는지 제대로 표현하지 못했다. 세인의 작업실에 있는 감사 편지에도 시어니의 마음은 충분히 담겨 있지 않았다. 시어니가 이대로 세인을 죽게 내버려둘 수 없는 또 하나의 이유이기도 했다.

다시 1층을 내려다본 시어니는 현악 사중주단 근처에서 자신을 찾고 있는 리라를 발견했다. 리라는 피가 담긴 작은 유리병을 손에 쥐고 살살 흔들고 있었다. 목표물의 위치를 찾는 마법일까?

시어니는 리라의 시야에서 벗어나기 위해 뒤로 물러서면서 가방에 손을 넣어 몇 안 되는 빈약한 무기의 수를 헤아려보았다. 가방 안에 아무것도 없진 않았지만 종이를 접어 만든 동물들이 숙련된 신체 마법사를 상대로 하는 싸움에서 무슨 소용이 있을까? 종이 마법은 애초에 전투를 위한 용도도 아니다!

"여길 벗어나야겠어." 시어니는 나지막하게 말하며 다리 아래에 있던 펜넬을 들어 올렸다. "여기서 나가야겠어요. 세인, 어디 있어요?"

하지만 그는 대답하지 않았다. 방금 전에는 그가 시어니에게 말을 건 것 같았는데, 어떤 방법이었는지는 몰라도 지금은 가능하지 않은 듯했다.

침을 꼴깍 삼킨 시어니는 펜넬을 가슴에 끌어안고 발코니를 가로질렀다. 어디에 숨어야 할까? 종이를 접어 만든 동물들로 상대에게 어떤 타격을 줄 수 있을까? 이래서 시어니는 종이 마법사가 되고 싶지 않았던 것이다.

'여기서 나가야 돼!'

시어니는 머릿속으로 외쳤다.

점차 걷는 속도를 늦추다가 발코니 끝에서 완전히 멈춰 섰다. 이 연회장에 원래 없던 문이 하나 보였다. 손잡이가 없고 가장자리가 진홍색인 하얀 문이었다. 뒤를 흘끗 돌아보니 발코니로 이어지는 계단을 올라오는 리라의 머리가 보였다.

문을 밀어 열고 들어간 시어니는 피 웅덩이에 발을 딛고 휘청거렸다.

놀란 숨을 몰아쉬며 비명을 지르지 않으려고 입술을 깨문 순간, 등 뒤의 문이 사라졌다. 시어니는 부드럽고 두툼한 벽으로 이루어진 세인의 심장 속 방에 다시 들어와, 발목 높이로 꾸준히 흐르는 피의 강에 발을 딛고 서 있었다. 세인의 심장에서 비롯된 맥박 소리가 심실 벽을 통과해 울려 퍼졌다. 쿠-웅-쿵.

시어니는 관절에 힘을 주고 주먹을 꼭 쥔 채 호흡을 안정시키려 안간힘을 쓰면서 피의 강을 따라 걸어갔다. 강이 어느새 다리 높이까지 차올라 핏물을 헤치며 한 걸음 한 걸음 나아가야 했다. 너무 깊었다. 시어니는 핏물에 휩쓸리는 상상을 하지 않으려 애쓰며 이를 악물었다.

저 앞에 또 다른 문이 보였다. 살과 혈관으로 이루어진 그 문은 나머지 방의 리듬에 맞춰 고동치고 있었다. 창문이나 손잡이, 잠금장치나 경첩도 없는 문이었다. 마치 길게 베인 상처가 아물지 않고 부어 있는 듯, 살끼리 바짝 맞닿아 있는 듯한 그런 문이었다.

어쩐지 그 문을 통과해야 할 것 같았다.

저 위에서 리라의 목소리가 조그맣게 들려왔다. 그 여자의 모습은 보이지 않으니 마법 입자를 타고 흘러 들어온 소리가 분명했다. '환영 속 어딘가에 붙잡혀 있어라.' 시어니는 바랐다. 리라의 목소리가 말했다.

"널 여기 가둬놓으니까 기분이 좋긴 한데, 계속 처박아둘 생각은 없어. 이제 그만 끝내는 게 어때? 어서 끝을 보자. 네 시신은 한 덩어리로 온전하게 남겨줄게. 아니면 두 덩어리로라도."

방 안이 축축하고 뜨끈했지만 시어니는 그 말에 차가운 소름이 돋았다. 여기저기서 울려대는 심장 박동 때문에 호흡이 자꾸 끊겼지만 가방 끈을 손에 꼭 쥐고 억지로 숨을 들이마셨다. 아직은 리라와 맞서 싸울 수 없었다. 일단 계속 나아가는 게 최선이었다. 세인의 심장 끝으로 가면 출구를 찾을 수 있을 것이다.

"네 몸을 접어줘야겠어, 펜넬." 시어니는 들릴 듯 말 듯 속삭였다. "몸을 접고 내 가방으로 들어와. 그래야 당분간이라도 안전해."

펜넬은 고개를 살짝 갸웃했다.

"어서."

펜넬은 스스로 머리와 다리를 몸 안으로 접어 넣었다. 시어니는 몸이 접힌 펜넬의 옆구리를 두 손으로 살살 눌렀다. 그리고 펜넬을 한쪽으로 치우친 오각형의 두툼한 종이가 되도록 만든 다음, 가방 안의 두 종이 사이에 조심스럽게 끼워 넣었다.

시어니는 깊은 숨을 들이마셨다가 그대로 멈추고는 살로 된 벽 사이로 몸을 욱여넣었다. 그렇게 그녀는 세인의 심장속 두 번째 방으로 향했다.

9

· · · · · · ★ ★ 🍃 ★ ★ · · · · ·

심장 벽이 요란한 쿠-웅-쿵 소리와 함께 고동치며 사방에서 시어니에게 밀려들어 부자연스런 빛을 막아버렸다. 심장 벽이 더 바짝 밀려들자 마치 빈 택시 밑에 깔렸다가 택시 안에 점점 더 많은 사람이 탑승하는 바람에 바퀴 밑에서 온몸이 으스러지는 듯한 기분이었다. 물에 빠져 익사하는 것 같기도 했다.

온몸에 아드레날린이 솟구쳐 근육이 팽팽해졌다. 숨이 쉬어지지 않았다. 심장 벽에서 나오는 열기가 옷을 지나 피부로 전해졌다. 몸이 따뜻해지다 못해 뜨거워졌다. 원래 자리하고 있는 몸에서 분리된 심장은 차갑게 식을 거라고 보통 생각하겠지만, 에머리 세인의 심장은 시어니가 20년 가까이 알아온 모든 자연의 법칙을 거슬렀다. 여기서 빠져나갈 길을 찾아내지 못하면 시어니는 스무 살 생일을 맞이하지 못할 것이다!

질끈 감은 눈에서 눈물이 흘렀다. 시어니는 벽을 꽉 붙잡고 그 사이로 밀고 나가려 안간힘을 썼다. 숨을 쉬려고 공기를 찾아 헉헉거렸지만 바깥 공기를 찾을 수 없었다. 입술에서 피 맛이 났는데 시어니의 피는 아니었다. 단단히 버티는 심장 벽을 밀고 나아가며 가방을 잡아당겼다. 머리가 쿵쿵 울리고 눈앞이 흐려지기 시작했다.

그 순간 발치에서 흐르던 피의 강이 엉덩이까지 불어 시어니를 판막 쪽으로 밀어붙였다. 시어니의 손이 바깥 공기에 닿았다. 심장 벽에 발꿈치를 집어넣고 힘껏 밀고 들어간 시어니는 세인의 심장 안 두 번째 방으로 넘어갔다. 숨을 몰아쉬고 쌕쌕거리며 침을 뱉었다.

시어니는 이를 악물고 뜨끈한 공기를 입 안 가득 들이마시면서 몸의 떨림을 가라앉히려 안간힘을 썼다. 울음이 터져 나오려는 것을 가까스로 참았다. '끝났어, 이제 끝났어.'

속으로 되뇌자 약간 진정이 됐다.

'이건 내가 선택한 거야. 난 할 수 있어.'

'해야만 해.'

간신히 숨을 돌리고 있는데 뒤의 판막에서 무언가를 쭉 빨아들이는 소리가 들렸다.

얼른 뒤를 돌아보았다. 시어니를 판막 너머로 밀어붙여 첫 번째와 거의 똑같이 생긴 두 번째 방으로 넘어가게 했던 피의 강이 계속 시어니를 따라와 심장 가장자리를 둘러싼 배수로를 채우고 있었다. 이러다 범람하는 것은 시간 문제였다.

"안 돼, 안 돼." 시어니는 다시 정신이 번쩍 들었다. 피투성이 판막을 지나오면서 피가 묻은 옷이 축축한 피부에 끈적하게 들러붙었다. "멈춰, 멈춰. 제발 멈춰."

하지만 맑은 피로 이루어진 강물은 판막 너머로 계속 흘러나와 범람하더니 시어니의 발을 향해 점점 가까이 다가왔다. 시어니는 방 한가운데 제일 높은 지점으로 뒷걸음쳐 물러섰다. 첫 번째 피의 파도가 시어니의 신발에 닿았다. 겁에 질린 시어니는 피부가 얼음처럼 차가워지고 입술이 얼어붙었다.

"세인!" 시어니는 가방을 꼭 끌어안고 소리쳤다. "여기서 내보내줘요!"

시어니가 한 걸음 더 물러섰고 피는 발목까지 차올랐다. 이대로라면 수 분 내에 방 전체가 피로 가득 찰 것이다. 시어니는 헤엄을 칠 줄 모르는 데다가 도망칠 곳도 없었다. 여기 있다가는 핏물에 익사하고 말 것이다.

"세인!"

시어니는 턱부터 발목까지 바들바들 떨며 다시 소리쳤다. 울음소리조차 떨림으로 가득했다.

'이런 상황만 아니면 돼. 제발 익사만 아니면 돼.'

핏물은 계속해서 흐르고 심장의 고동 소리에 귀가 먹먹했다. 시어니는 눈을 질끈 감고 가방을 손에서 놓은 뒤 손바닥으로 귀를 틀어막았다. 너무 고통스러웠다.

"제발, 제발, 제발……."

어느새 발치에서 찰랑거리던 피가 사라지고 양말이 보송하게 말랐다. 시어니는 입술을 깨물며 눈을 떴다. 익숙한 책들이 꽂힌 책장, 햇빛 한 줄기 속에 자욱한 먼지가 보였다. 시어니는 긴 숨을 토해내며 신과 종이 마법사 세인에게 감사를 표했다.

주변에 이미지들이 깜박거리며 나타났다. 남색이 아닌 회색 외투를 입은 세인이 바닥에 앉아 종이를 접고 있었고, 시어니가 처음 보는 금발 남자가 책상 앞에서 공부를 하고 있었으며, 진홍색 옷을 입은 또 다른 세인은 책 여러 권을 앞에 두고 페이지를 획획 넘겨보고 있는 중이었다. 사람들의 이미지가 0.5초쯤, 때로는 1초쯤 나타났다 사라졌다. 누군가 또는 무언가가 시어니를 핏물이 넘치는 방에서 이곳으로 끌어온 것은 분명한데, 이 심장은 시어니에게 무엇을 보여줘야 할지 확신하지 못하는 듯했다.

시어니는 어깨 너머를 돌아보았다. 방금 전 지나온 탄탄한 판막은 더 이상 뒤에서 고동치고 있지 않았다. 판막 대신에 진짜 세인의 서재에 있는 것과 똑같은 높은 책장이 그 자리에 서 있었다. 다만 벽 전체를 차지한 책장에 색깔별로 책이 꽂혀 있다는 점이 달랐다. 시어니는 넋을 잃고 그 책들을 바라보았다. 문에서 가장 가까운 왼쪽 책꽂이에는 빨간 책들이 명암 순으로 꽂혀 있었고, 그다음에는 오렌지색 책들, 황갈색과 노란색 책들, 그리고 흰색 책들이 있었다. 오른쪽 책꽂이에는 초록색, 파란색, 보라색, 회색, 검은색 책들이 줄지어 자리하고 있었다. 심미적이면서도 우스꽝스러운 배치였다. 진짜 세인의 서재는 이런 모습이 아니었다. 이건 과거의 책 배치일까, 아니면 미래의 것일까?

방을 건너오면서 겪은 불쾌한 경험 때문에 여전히 몸이 떨리긴 했지만 시어니는 서둘러 일어섰다. 가방에서 펜넬을 꺼내 펼치고 다시 생기를 불어넣은 뒤, 리라에게 붙잡혔을 때 도움이 될 만한 것을 찾아 책 제목들을 살펴보기 시작했다. 싸움과 방어에 도움이 될 만한 정보가 필요했다. 드잡이를 할 때 무거운 책이라도 손에 쥐고 있으면 빈손보다는 나을 것이다.

시어니의 검지는 《크로커다일 악어의 짝짓기 습성》, 《살아 있는 종이 정원》, 《프랑켄슈타인》의 책등을 스치고 지나갔다.

"아!"

시어니의 손이 옅은 황갈색을 띤 얇은 두께의 책에서 멈췄다. 원래 오렌지색이던 표지가 누렇게 변해가고 있었다. 《기초 사슬 마법》이라는 책이었다. 다행히 손가락에 책이 단단하게 닿는 느낌이 있었다. 심장 속이라서 기억이나 생각보다 지식이 더 안정적으로 담겨 있는 듯했다. 작업실 창문에 걸려 있던 사슬들을 보더라도 세인은 종이 사슬에 대해 잘 알고 있는 게 분명했다.

시어니는 그 책을 펼쳐 목차를 훑어보았다. 멀리서 꾸준히 들려오는 쿠-웅-쿵 소리에 서둘러야겠다는 생각이 들었다. 이러다 리라가 세인의 심장에서 나가 그의 심장을 바다에 던져버리면 큰일이었다. 세인에게 남은 시간도 속절없이 흘러가고 있었다.

급한 마음에 목차를 대충 훑고 페이지를 휙휙 넘겼다. 기초부터 복잡한 단계에 이르기까지 흑백으로 그린 다양한 사슬 그림이 담겨 있었다. 그중 세인이 출산 중인 여자와 본인 몸에 사용했던 활력 사슬도 있었다. 시어니는 계속 페이지를 넘겼다.

그러다 '방패'라는 단어가 눈에 들어와 책의 중간쯤에서 멈추고 페이지를 빠르게 읽어 내려갔다.

세 겹 방패 사슬은 방어 사슬 중 가장 기본이 되는 사슬이다. 보호하려는 대상을 충분히 감쌀 수 있는 길이라면 두께는 중요하지 않다.

8×11인치 크기의 표준형 종이를 길게 절반으로 잘라서 그림 1과 같이 고리를 만들면 된다.

시어니는 그림과 그 밑의 설명을 눈에 담고, 페이지를 넘겨 그다음 내용도 기억에 차곡차곡 저장했다. 책을 내려놓은 뒤 가방 속을 급히 뒤져 책의 그림과 같이 잘라놓은 종이를 찾아냈다.

그리고 사슬을 접기 시작했다. 손이 떨리긴 했지만 세인을 위해 엉성한 종이 심장을 접었을 때만큼 떨리지는 않았다. 그 종이 심장이 아직 뛰고 있기를 속으로 기도했다. 만약 그가 죽으면…….

그런 생각은 더 하고 싶지 않았다.

종이의 가장자리를 맞춰 주름을 접고 있는데 또 다른 세인의 이미지가 뒤에서 나타났다. 그는 남색 외투를 입고 손에는 종이접기용 재단대를 들고 있었다. 그는 다양한 것을 손으로 접으며 모습이 보였다가 안 보였다가 했고 목소리가 들렸다가 끊겼다가 했다. 시어니는 그가 하는 말을 거의 알아듣지 못했지만 어렴풋이 자신의 이름을 들은 것 같았다. 그러다 돌연 견습생 앞치마를 입은 자신의 모습이 획 나타났다가 세인과 함께 사라졌다.

시어니는 사슬 접기에 다시 집중했다.

"저를 계속 가르치고 싶으시죠?" 두 번째 사슬을 접으면서 시어니는 혼잣말을 했다. 접는 방법을 손가락이 알게 되자 첫 번째 사슬을 접을 때보다는 약간 더 빨라졌다. 사슬 접기가 자연스러워지자 희미하게 찌릿한 느낌이 손가락에 전해져왔다. "마법사님이 원하시면 저도 그러고 싶어요."

시어니는 멀리서 꾸준히 들려오는 세인의 심장 소리에 귀를 기울이며 손가락으로 종이를 눌러 접고 손톱으로 주름을 만들었다. 사슬의 길이가 충분해지자 가슴에 두르고 그 끝을 비스듬하게 모아 고리로 걸었다. 그리고 정사각형의 종이 한 장을 더 꺼내 며칠 전 세인에게 배우고 연습한 종이부채를 접기 시작했다.

'잘 만들면 태풍 못지않게 강한 바람을 뿜게 할 수 있어.'
세인은 이렇게 말했었다.

시어니는 아직 종이부채의 힘을 제대로 시험해보지 못했지만 세인의 말이 괜한 허풍이 아니길 바랄 뿐이었다.

종이부채를 다 접어가는데 서재가 흔들리기 시작했다. 시어니의 작은 성소가 무너지고 있었다. 이대로라면 곧 주변 풍경이 또 바뀔 듯했다. 부채의 성능을 시험해보지도 못하고 가방에 집어넣은 시어니는 서재 문을 향해 달려갔다. 펜넬도 뒤따라왔다.

서재 문을 넘어간 시어니는 또다시 우레 같은 박수가 쏟아지는 어떤 공간으로 들어갔다. 이 심장 안에서 세인을 만난 후 두 번째로 듣는 박수 소리였다.

그곳은 로열 앨버트 홀이었다. 내부의 모습과 전구가 달려 있는 샹들리에로 판단컨대 확실했다. 환한 조명에 눈이 부신 시어니는 한 손을 눈 위에 얹었다. 지난번과는 달리 시어니는 강당 통로가 아닌 무대 위에 서 있었다. 수많은 사람이 모여 있는 것을 보고 펜넬이 숨을 헐떡였다. 시어니도 기절할 것 같았다.

환한 조명으로 인한 눈부심이 다소 가라앉은 후에야 주변 환경과 무대 바닥의 연한 나무 색깔, 무대 왼쪽의 연단 앞에 서 있는 좀 더 나이 든 모습의 태기스 프래프가 시야에 들어왔다. 시선을 내려보니 시어니는 솔기를 완벽하게 다림질한 마법사 예복을 입은 모습이었다. 그 하얀 예복은 지금까지 입어본 어떤 옷보다도 시어니에게 잘 어울렸다. 그런데 치마가 아니라 바지였다. 여성 마법사는 누구나 예복으로 치마를 입는 거 아니었나?

"시어니 트월."

태기스 프래프가 이름을 부르고 청중들은 계속 박수를

쳤다. 시어니는 청중석 맨 앞줄에 예복을 입고 앉아 있는 세인을 보았다. 세인은 자랑스러워하는 눈빛으로 시어니를 바라보며 미소 짓고 있었다. 시어니는 그 표정을 만끽하며 기억의 깊은 우물에 담아두었다.

태기스 프래프가 시어니에게 손을 흔들었다. 펜넬이 연단 앞으로 후다닥 달려갔다. 머뭇거리던 시어니도 펜넬을 따라 연단 앞으로 다가가 태기스 프래프의 손을 잡았다.

박수 소리가 잦아들고 조명이 꺼졌다. 시어니는 산뜻한 흰 예복 대신 끈적끈적한 원피스 차림으로 돌아왔다. 기온이 떨어지면서 태기스 프래프의 손도 사라지고 대신 돌로 된 기다란 복도가 그 자리에 나타났다.

시어니는 두어 번 눈을 껌벅인 끝에 이곳이 감옥 안임을 알아차렸다.

세인의 심장 속에 이렇게 을씨년스러운 공간이 있을 줄은 예상치 못했다. 시어니는 양옆에 큼직한 철문이 줄지어 있는 복도 끝에 서 있었고, 그 반질반질한 철문은 모두 마법에 걸려 있었다. 시어니는 진짜 감옥에는 한 번도 가본 적이 없지만 감옥에 관해서라면 책에서 읽은 적이 있었다. 책에 적힌 대로 문마다 잠금쇠가 붙어 있었다. 각 감방의 좁디좁은 창문으로 새어드는 가느다란 햇빛 외에 다른 조명은 없었다. 복도는 잿빛이었고 폭풍이 치기 직전 같은 분위기를 풍겼다. 창문이라고 해봐야 그 폭이 갓난아기의 주먹이 겨우 들어갈까 말까 한 정도였다.

목소리가 목 안에서 나오지 않고 폐와 위장 사이 어디쯤에서 떠다니고 있어서, 시어니는 따라오라는 뜻으로 펜넬에게 손가락을 튕겼다. 한 발 앞으로 나서는데 치맛자락이 종아리를 스치면서 차가운 기운이 느껴졌다. 이 방으로 넘어올 때 지나온 좁고 숨 막히는 길에서 치마가 핏물에 젖은 탓이었다. 또다시 그런 길을 통과하게 될 일은 없기를 바랐다. 그 길은 생각만 해도 소름이 돋았다. 하지만 이 감옥도 만만치 않게 오싹했다.

간수 한 명이 모퉁이를 돌아 이쪽으로 오고 있었다. 콧수염을 기른 건장한 체격의 남자 간수는 목까지 탄탄한 근육질이라 피부 아래 강철 끈이라도 들어 있는 듯했다. 허리 한쪽에는 권총을, 다른 쪽에는 곤봉을 찬 모습이었다. 그는 범죄자가 탈출은커녕 *재채기조차* 못할 것 같은 엄격한 표정을 하고 있었다. 시어니는 앞서 본 다른 환영 속 존재들과 마찬가지로 이 간수도 자기를 못 본다는 것을 알아차릴 때까지 그의 눈빛 아래서 꼼짝할 수 없었다. 그래도 확실히 해두기 위해 간수가 지나갈 때 얼굴 앞에 대고 손을 흔들어보았다. 이 환영 속에서 시어니가 따로 수행해야 할 역할은 없었다.

"일어나서 아침 먹어!"

간수가 허리띠에 차고 있던 곤봉을 손에 들고 감방 문을 차례로 두들기며 금속 덮개를 들어 올렸다. 덮개 안쪽에는 음식이 담긴 접시를 겨우 밀어 넣을 만한 폭의 창살이 설치돼 있었다.

"일어나든가 굶든가 알아서 해!"

시어니는 곤봉으로 철문을 두드리는 요란한 소리에 움찔했다가 감방 한 곳을 슬쩍 들여다보았다. 그 순간, 깜짝 놀라 뒷걸음질을 치다가 등 뒤의 벽에 어깨를 부딪혔다.

리라.

리라가 감방 안에 누워 있었다. 긴 머리카락 끝이 거칠게 갈라진 모습이었다. 갈색 죄수복을 입은 리라는 시선을 내리깔았다. 리라는 간수의 곤봉이 자기 감방에 와 닿기 전에 이미 일어나 있었지만, 간수는 멈추지 않고 곤봉으로 계속 철문을 두들겼다.

리라가 감옥에 갇혀 있다니. 제발 그렇게 되면 얼마나 좋을까!

시어니는 살그머니 뒤로 물러나 다음 감방을 들여다보았다. 콧잔등에 긴 상처 자국이 있는 키가 멀쑥하고 피부가 까무잡잡한 남자가 있었다. 시어니가 아는 사람은 아니었는데 얼굴이 낯익었다. 두툼한 턱, 작은 눈, 잔주름이 자글자글한 이마. 2년 전쯤 우체국에서 언뜻 본 수배 전단의 주인공이었다.

국사범 수배
그래스 코발트

시어니는 창살에서 떨어져 뒤로 물러섰다. 그 수배 전단에 적혀 있던 내용이 기억났다. 그 내용을 읽고 머리가 쭈뼛 섰으니까. 신체 마법 피의자. 그래스 코발트는 신체 마법사였다. 소문에 따르면 유럽을 통틀어 제일 위험한 신체 마법사라고 했다.

시어니는 사슬에 묶인 채 창살 박힌 감방 안에 갇혀 있는 강력한 신체 마법사를 바라보며 뒷걸음쳤다. 그러다 또

다시 뒤쪽 차가운 돌벽에 등이 닿았다. 간수의 곤봉이 문을 치고 지나간 순간 창살이 살짝 삐걱거렸다. 자세히 보니 그래스 코발트는 수배 전단에 실린 모습보다 체중이 줄어 있었다. 근육도 꽤 빠져서인지 인상이 조금 순해 보였다.

"이건 세인 마법사님이 바라는 모습이죠?"

시어니가 속삭여 묻는데 건장한 체구의 또 다른 간수가 적막한 복도를 따라 음식이 담긴 수레를 밀며 걸어왔다.

"이렇게 되길 바라는 거 아닌가요? 마법사님은 제가 마법사님처럼 계속 종이 마법을 배우고 연구하길 바라겠죠. 그리고 이 신체 마법사들, 마법사님이 추적해온 이 사람들이 결국 체포되어 사회로부터 격리되길 원하시는 거죠."

그때 복도 저쪽에서 역겨울 정도로 다정하게 구는 목소리가 들려왔다.

"그렇게는 안 되지."

시어니는 고개를 획 돌렸다. 검은 옷을 입고 오른손에 긴 칼을 든 리라가, 진짜 리라가 복도 끄트머리에 서 있었다. 리라는 왼쪽 어깨에 묵직한 가죽 자루를 둘러멘 모습이었다. 감옥의 환영이 흔들리며 흐려지기 시작했다. 리라의 존재로 인해 세인이 이 꿈을 붙잡고 있기가 힘들어진 듯했다.

잠자던 사람을 억지로 꿈에서 깨어나게 만드는 것 같았다.

긴장감으로 등이 팽팽해진 시어니가 뒤로 물러섰다. 덩치 큰 간수를 부르려고 했지만 보이지 않았다. 간수 두 명이 모두 사라졌다. 주변의 감방도 전부 텅 비었다. 물이 뚝뚝 떨어지고 휘어진 감옥 한가운데에 남은 이는 시어니와 리라, 펜넬뿐이었다.

펜넬이 종이 입술을 파르르 떨며 으르렁댔다.

"원하는 게 뭐야?"

시어니는 몸만큼 떨리는 목소리로 물었다. 손으로 방패 사슬을 만지작거리다가 후들거리는 손가락을 가방에 집어넣었다.

"나?"

새빨간 립스틱을 칠한 리라가 되물으며 힘차게 성큼성큼 다가왔다. 걸음을 옮길 때마다 어깨에 멘 자루가 뻣뻣하게 흔들렸다.

"나야 에머리의 창녀가 죽길 바라지. 난 공유하는 걸 좋아하지 않거든."

"난 그분의…… 창녀가 아니야."

시어니는 한 걸음, 두 걸음, 세 걸음 물러서다가 이를 갈며 버티고 섰다. 결국 리라를 마주해야 한다는 사실을 알고 여기로 온 것이다. 구석에 몰린 바퀴벌레처럼 밟혀 죽으려고 온 게 아니라 싸우려고 온 것이다.

시어니의 태도에 리라는 이맛살을 찌푸렸다. 어쩌면 깊은 인상을 받았을 수도 있었다. 아니면 재미있다고 생각했거나. 세인의 아내인 ― 헤어진 전부인이길 바라지만 ― 이 여자는 세인만큼이나 속내를 읽기가 쉽지 않았다.

"네가 뭐든 상관없어." 리라가 내뱉는 단어 하나하나가 어쩌나 가벼운지 웃음소리처럼 울려 퍼졌다. "에머리의 심장은 내 거야. 언제나 그랬어. 심장을 제외한 그의 나머지는 내가 믿는 모든 것을 거부했지만." 리라는 손톱을 길게 기른 손을 들어 올려 주먹을 꽉 쥐었다. "그의 심장은 여전히 내게 가치가 있어. 한번 사랑을 했던 심장은 그렇지 않은 심장보다 강하거든. 그건 알아?"

리라는 한 걸음 더 다가왔다. 그녀의 검은 눈이 시어니의 가슴을 쏘아보았다.

"에머리가 재미난 애완견을 만들었구나. 네가 사랑을 알까? 증오는? 네 심장은 얼마나 강한지 궁금하네. 어디 우리 같이 알아볼까?"

"싫어!"

시어니는 가방 안에서 손에 걸리는 대로 아무거나 잡았다. 그와 동시에 리라는 어깨에 메고 있던 가죽 자루를 바닥에 떨어뜨렸다. 리라가 빠르게 명령을 내리자 자루 입구에서 잘린 손 여섯 개가 기어 나왔다. 손목에 잘린 자국이 선연한 피투성이 손이었다. 창백한 보랏빛 손가락, 퍼렇고 삐쭉삐쭉한 손톱. 손들은 뻣뻣하고 역겨운 손가락을 꼼지락대며 보이지 않는 날개를 달고 둥실 떠올랐다. 리라가 손을 앞으로 뻗자, 잘린 손 부대는 마치 말벌 떼처럼 시어니를 향해 복도를 날아왔다.

시어니는 손에 쥔 마법 동물들을 꺼내 던지며 소리쳤다.

"숨 쉬어라!"

조금 전 시어니가 접어둔 노란 물고기와 하얀 새가 곧장 살아났다. 물고기는 마치 물속을 헤엄치듯 공기를 가르며 헤엄쳤고, 새는 뻣뻣한 날개를 퍼덕이면서 제일 시커먼 손의 손바닥을 향해 돌진했다. 그 시커먼 손은 시어니를 향해 곧장 날아오고 있었다.

하지만 리라가 부리는 손은 여섯 개이고 시어니가 가진 동물은 두 마리뿐이었다. 그나마도 종이 동물이었다. 손 두 개는 시어니의 섬세한 종이 동물들을 손바닥으로 붙잡아 바닥으로 함께 떨어졌고, 나머지 손 네 개는 계속 시어니에게 다가왔다.

"*세인!*"

시어니는 돌아서서 복도를 달리며 소리쳤다. 복도 끝의 문 앞에 다다랐지만 손잡이가 움직이지 않았다. 문이 잠겨 있었다.

숨을 가다듬으며 도움이 될 만한 것을 찾아보려고 가방 안을 뒤졌다. 접지 않은 종이들만 계속 손에 잡히다가 마침내 접어놓은 종이에 손이 닿았다. 종이부채였다. 시어니는 돌아서서 그 부채를 들어 올렸다.

시어니가 부채를 크게 펄럭인 순간, 선두에서 날아오던 잘린 손이 시어니의 목을 움켜잡았다.

부채가 일으킨 세찬 바람이 복도를 가득 채우며 나머지 세 개의 손들이 시어니에게 닿기 전에 밀어냈다. 바람에 밀려난 손들은 나선형을 그리며 나가떨어졌다. 그러나 강풍은 이미 시어니의 목을 움켜쥔 손에는 닿지 못했다. 그 손이 바짝 조여들자 시어니는 숨이 막혔다. 질식할 것 같았지만 부채를 부치고 또 부쳤다.

새로 불어온 강풍이 세 개의 손을 더 멀리 밀어내고 바닥에 떨어진 두 개의 손과 구겨진 새, 물고기까지 모두 날려 보냈다. 손들과 종이 동물들과 강풍이 리라에게 날아갔다. 손 하나가 리라의 손에 부딪혀 긴 칼을 떨어뜨리게 만들었다. 두 번째 강풍은 리라를 들어 올렸고, 세 번째 강풍은 리라를 돌바닥에서 미끄러뜨려 맞은편 벽까지 세게 밀어붙였다.

세인의 심장이 담고 있던 환영이 부서지면서 감방 벽이 녹아내리기 시작했다. 숨이 막혀 얼굴이 벌겋게 달아오른 시어니는 무릎을 꿇고 목을 파고드는 손가락들을 할퀴었다. 숨을 쉬려고 안간힘을 썼다. 얼굴이 뜨거워졌다. 두 눈이 튀어나올 듯했다. 시어니는 손가락 하나, 또 하나를 목에서 비틀어 뗐다.

펜넬이 그 손의 엄지로 돌진해 종이 턱이 할 수 있는 최대한으로 세게 물었다. 그리고 힘껏 고개를 돌려 시어니의 목에서 손을 떼어냈다. 쇠 냄새와 썩은 냄새가 섞인 뜨거운 공기가 시어니의 목을 타고 폐로 들어갔다. 기침이 어찌나 터져 나오는지 구역질이 날 것 같았다. 사라져가는 돌바닥에 나자빠진 피투성이 손을 보고 있으니 속이 더 안 좋았다.

비틀거리며 일어선 시어니는 그 손을 발로 두 번 세게 밟았다. 손은 더 이상 꿈틀대지 않았지만 시어니는 확실히 하기 위해 두 번 더 밟았다.

시어니는 바닥에 무릎을 대고 주저앉아 거칠게 숨을 몰아쉬었다.

"잘했어, 펜넬. 정말 잘했어."

가슴과 한쪽 어깨를 둘러 감아놓은 종이 사슬을 손으로 만져보았다. 방패 사슬이라고 만들었지만 잘못 접었는지 효과가 없었다. 자기도 모르게 그 사슬을 믿고 자만하다 당한 것이다.

하지만 리라는 사라졌다. 목의 통증이 가라앉으면서 시어니는 리라가 사라졌음을 알아챘다. 리라는 총을 맞고도 살아났지만 이번 판은 시어니의 승리였다. 간신히 이기긴 했지만 어쨌든 이긴 것이다. 세인도 자랑스러워할 것이다.

시어니는 묵직한 문에 등을 기대고 살짝 밀어 열었다. 푸크시아, 마리골드, 자수정 색깔의 들꽃이 발밑에 펼쳐지자 펜넬이 종이 꼬리를 신나게 흔들었다. 온통 회색이던 주위가 부분적으로 연어색이 섞인 진한 오렌지색으로 변했다. 따뜻한 여름 미풍이 불어와 시어니의 머리카락을 헝클어뜨렸다.

시어니는 종이부채를, 환상적으로 멋지게 성능을 발휘한 부채를 가방에 집어넣고 목을 문지르며 다시 일어섰다.

눈앞에 펼쳐진 풍경은 첫 번째 방에서 봤던 꽃으로 뒤덮인 둔덕이었다. 그 언덕에서는 해질녘의 하늘을 배경으로 빽빽한 숲이 내려다보였다. 그리고 바로 앞에는 잎사귀가 무성한 자두나무가 하늘을 향해 솟아 있고, 그 나무 밑에 세인이 누워 있었다. 더 젊은 시절이 아니라 시어니가 아는 모습 그대로였다.

시어니는 잠시 눈을 감고 인동과 흙의 기분 좋은 향기를 들이마셨다. 폐를 한껏 팽창시키고 심장의 두근거림을 가라앉혔다. 목에 남은 차가운 손자국을 문질러 없앤 후 다시금 눈을 떴다. 아름다운 풍경을 바라보며 자두나무를 향해 걸어갔다.

가까이 가면서 심장이 철렁했다. 조금 전 리라와 싸우며 거의 죽을 뻔했기 때문이라고 믿고 싶었지만 그건 사실이 아니었다. 세인 옆에 있는 새로운 여자를 보았던 것이다. 하지만 초점을 맞추려고 애를 쓸수록 그 여자의 이미지는 점점 흐릿해졌다.

시어니는 그들이 깔아놓은 담요 가장자리 앞에 멈춰 섰다. 그 여자는…… 정체를 알 수 없었다. 얼굴이 없고 윤곽만 보였다. 머리카락의 길이라든지 색깔도 명확하지 않았다. 몸의 선을 볼 때 여자인 것 같았지만 체중이나 키, 체형을 짐작할 수 있는 단서는 없었다. 평온한 얼굴로 눈을 빛내며 저무는 해를 바라보고 있는 세인. 지금 그의 곁에 있는 이 '여자'는 상상의 산물인 듯했다.

'상상 속 인물일 테지.' 또다시 불어온 미풍이 시어니의 치맛자락을 흔들고 눈앞에 꽃잎을 불어 날렸다. '이런 게 바로 세인이, 에머리가 바라는 모습인 거야.'

시어니는 평온하고 만족스런 그의 표정과 생기로 가득한 두 눈을 찬찬히 바라보았다. 그리고 그의 옆에 있는 형체뿐인 여자를 머리부터 발끝까지 훑어보았다.

'그는 다시 사랑에 빠지고 싶어 하는구나.'

그가 보지 못한다는 걸 알면서도 시어니는 에머리 세인의 눈앞에서 손을 흔들었다. 그가 눈을 깜박이며 쳐다봐주길, 그의 두 눈이 벚나무와 베일 사이에서 리라를 보았을 때의 시선으로 자신을 바라봐주길 기대하면서. 그의 도움이 필요했다. 세인의 심장에서 탈출하려면 그가 도와주어야 했다. 여기서 탈출하지 못하면 그를 구할 수도 없다. 이토록 생기로 충만한 눈빛을 세상에서 사라지게 내버려둔다면 시어니 자신은 물론 세상에도 큰 손실일 것이다.

게다가 만약 세인이 죽으면, 금속에 마법을 거는 꿈을 꾸어온 또 다른 학생이 종이 마법 쪽으로 배정되어야 할 것이다. 다른 누군가가 또 그런 운명을 짊어지게 할 수는 없었다.

시어니는 헝클어진 땋은 머리를 검지로 배배 꼬며 생각에 잠겼다. 희망. 지금 자신이 품은 희망은 어떤 모습을 하고 있을까.

담요 가장자리로 다가간 시어니는 목덜미를 문지르며 무릎을 굽히고 앉았다. 목에 멍이 든 건 분명했지만 그 정도로 그쳐 다행이었다. 견뎌내지 못할 일은 없었다.

'난 더한 고생도 이겨낼 수 있어.'

따뜻한 바람이 어깨 주변을 맴돌다가 무르익은 민들레 씨앗을 쓸어 올려 자두나무의 짙은 색 잎사귀를 향해 날려 보냈다. 그 바람 덕분에 시어니는 심장의 방 사이에 있는 판막을 통과하느라 머리카락이 피에 젖어 끈끈해지고 옷도 빳빳해졌음을 문득 깨달았다.

용기를 내려고 숨을 깊이 들이마시며 종이 사슬을 머리 위로 벗겨내 찬찬히 살펴보았다. 지금 곁에 있는 에머리 세인이 진짜가 아닌 줄 알면서도 그와 함께 있으니 안전해진 기분이었다. 지금 어디 있는지 모를 숙련된 신체 마법사 리라와 그의 심장을 공유하고 있긴 했지만 그래도 마음이 약간은 놓였다.

주변을 빠르게 둘러보았으나 리라는 보이지 않았다. 시어니는 손에 쥔 종이 사슬에 정신을 집중했다. 사슬 고리를 하나씩 천천히 넘기며 꼼꼼히 살펴본 결과, 고리 하나가 다른 것들보다 폭이 약간 넓었다. 이래서 제 기능을 못한 모양이었다. 시어니는 가방에서 종이 반 장을 꺼내 잘못된 고리를 대체할 새 고리를 만들기 시작했다.

웃음소리가 들렸지만 차가운 비웃음은 아니었다. 리라의 웃음소리는 아니다. 그것은 밝고 행복한 아이의 웃음소리였다. 펜넬이 그 소리에 반응해 짖었다.

시어니가 돌아보니 옆에 윤곽만 보이는 여자와 비슷하게 형체가 뚜렷하지 않은 아이가 한 명 있었다. 세 살이 채 안되어 보이는 아이였는데, 얼굴이 흐릿했고 색깔도 명확하지 않았다. 윤곽으로 봐서는 남자아이인 듯했다. 그 아이는 작고 흐릿한 두 손을 머리 위로 뻗어 올린 채 들꽃 사이를 달려갔다. 그리고 잠시 후 두 번째 아이가 그 남자아이 옆으로 다가갔다. 남자아이보다 약간 키가 큰 여자아이였다. 두 아이는 웃으며 서로의 주변을 빙글빙글 돌았다. 자기들만의 소소한 놀이를 하면서 언덕을 오르내렸다. 발치의 풀밭에서 자고 있던 주황색 나비 한 마리가 아이들이 노는 소리에 깨어나 날아올랐다. 저무는 햇살 속에서 나비의 날개는 마치 불붙은 듯 보였다.

사슬 고리를 마저 접으면서 시어니는 자기도 모르게 미소를 지으며 나지막하게 말했다.

"마법사님은 가족을 갖고 싶어 하시는군요. 저도 그래요. 언젠가는 갖고 싶어요."

시어니는 잘못 접은 고리를 사슬에서 빼내어 담요 밑에 집어넣었다. 만약 리라가 여기까지 쫓아온다고 해도 거기 넣어두면 못 찾을 것 같았다. 그러면 시어니가 여기 있었다는 사실도 알지 못하겠지. 고친 사슬을 다시 가슴에 감자 이번에는 허리띠처럼 빳빳해지면서 잘 조여지는 느낌이었다. 주문이 제대로 걸렸기를 바랄 뿐이었다.

일어서면서 시어니는 문득 이 환영을 떠나고 싶지 않다

는 생각이 들었다. 세인의 심장 속 깊은 곳에 담긴 이 희망은 너무도 생생하고 진짜 같아서, 꽃줄기 안쪽 깊은 곳에 담긴 당분의 달콤한 냄새도 코끝에 와 닿았고 저물다 만 태양의 열기도 고스란히 느껴졌다. 무척이나 평화로운 희망이었다. 시어니는 자신의 심장이 이런 아름다운 희망의 절반만큼이라도 품을 수 있을까 싶었다.

담요를 짚고 있는 세인의 손을 만져보았다. 이번에는 시어니의 손이 그의 손을 곧장 통과해 지나가지 않았다. 다만 유리를 만지는 듯한 느낌이었다. 시어니가 말했다.

"내가 지켜줄게요. 언젠가는 이런 날을 맞이하게 될 거예요. 약속드려요."

시어니와 펜넬은 담요에서 물러나 꽃으로 가득한 둔덕의 풀로 뒤덮인 문으로 되돌아갔다. 조금 전 시어니가 이 풍경으로 발을 들여놓을 때 들어왔던 문이었다. 시어니가 놋쇠 손잡이를 잡아당기자 석양이 녹으며 돌과 나무로 변했다.

시어니는 의회 광장 한가운데 서 있었다.

10

············ ★ ★ 🔸 ★ ★ ············

들꽃이 만발한 언덕이 순식간에 암회색, 회백색, 철회색 등 다양한 회색을 띤 자갈이 깔린 광장으로 바뀌었다. 북쪽 방향에 뾰족하게 높이 솟은 빅벤이 종을 울려 아홉 시 정각을 알렸다. 광장 중앙에는 광포한 군마의 고삐를 손에 쥔 라이언 월터스 경의 거대한 조각상이 서 있었다. 세밀한 곳까지 표현된 그 조각상은 어느 방향에서 봐도 곧 살아날 것처럼 보였지만 절대 살아날 일은 없었다. 라이언 월터스 경과 그의 군마는 돌을 깎아 만든 조각상이고, 사람은 돌을 창조할 수 없으므로 마법사도 돌에 마법을 걸 수 없기 때문이다.

의회 광장 사방에서 시어니 주변을 오가는 사람들은 시어니에게 어느 정도 거리를 두었지만 시어니의 존재를 알아챈 것 같지는 않았다. 그들은 조각상을 향해 문을 낸 수많은 상점 앞을 오갔고, 일부는 좁은 골목을 옆에 끼고 덤플링 가게와 우체국 사이에 있는 6층짜리 아파트 건물을 느릿느릿 드나들었다. 시어니는 그 아파트 건물에 들어가본 적은 없지만, 한 달 월세 청구서만 해도 눈이 아플 지경으로 0이 잔뜩 붙는 곳이란 사실은 알고 있었다.

　광장의 상점 대부분이 문에 '영업 전' 팻말을 걸어두었다. 양초 상점인 '위커스', 시어니가 종이가 아닌 다른 종류의 마법에 배정됐다면 아마 거래를 하고 지냈을 맞춤식 무기 중개점인 '귀부인의 무기', 작은 식당 '세인트 알반 새먼 비스트로' 등이었다. 하지만 술집인 '에일 포 유'와 시어니가 몇 번 옷을 맞춰 입은 적이 있는 맞춤 양복점 '파인 심스'만은 '영업 중' 팻말을 자랑스럽게 걸어두었다. 일요일인 듯했다. 일요일이면 상점 대부분이 이처럼 문을 닫았다.

　시어니는 일요일을 사랑했다. 일주일 중 제일 좋아하는 날이었다. 태기스 프래프가 축제일과 의회 기념일을 제외하고 학생들에게 허락한 유일한 휴일이 일요일이었다. 시어니는 당장 해야 할 숙제만 없다면 그날엔 시내로 놀러 갈수 있었다. 기분 좋게 산책을 하거나 생기 넘치는 소리를 즐기거나 간단한 샌드위치를 먹거나 의회 광장의 빅벤 맞은편에 있는 3단 분수 옆에서 책을 읽을 수도 있었다. 그 분수에는 마법이 걸려 있었다. 건축 당시에 플라스틱 마법사가 각 층에 특별한 판벽이 들어가도록 설계한 덕분에 분수에서는 5분에 한 번씩 다른 패턴으로 물이 떨어졌다. 시어니는 그 분수와 비슷한 것을 만들고 싶은 마음에 한때는 플라스틱 마법사를 꿈꾸기도 했었다.

시어니는 세인도 자신처럼 일요일을 즐겼을까 하는 한가로운 생각을 해보았다.

주변을 둘러보니 오른쪽으로 열 걸음쯤 떨어진 곳에 특이한 아치 길이 보였다. 나무로 된 그 아치 길은 붉은색으로 칠해져 있었다. 가까이 다가가 측면을 만져보았다.

눈을 한 번 깜박였을 뿐인데 어느새 시어니는 의회 광장의 다른 장소에 서 있었다. 그곳은 광장의 동쪽 끝이었고 바로 코앞에는 가장자리에 녹슨 쇠테를 두른 낡은 나무문이 있었다. 그리고 그 문에서 갈라져 나온 길쭉한 나뭇조각이 시어니의 두 눈 사이를 정확히 겨누었다.

화들짝 놀란 시어니가 뒤로 한 걸음 물러서는데 종소리가 울려 퍼졌다. 빅벤의 종소리가 아니라 바로 앞에 있는 건물 안 어딘가에 걸려 있는 놋쇠 종이 울리는 소리였다. 이 건물은 성당이었고, 나무문 위에는 '웨스트민스터의 세인트 피터 참사회성당'이라는 색 바랜 간판이 걸려 있었다. 시어니는 예전에 진짜 의회 광장을 지나가면서 이 건물을 봤던 기억이 어렴풋이 떠올랐다. 펜넬이 나무문 밑을 앞발로 북북 긁었다.

광장에 모인 사람들을 자세히 살펴봤지만 리라의 흔적은 보이지 않았다. 시어니는 종이로 어치를 접은 후 명령했다. "숨 쉬어라." 그리고 어치가 바로 날아가지 않도록 한쪽 날개를 손으로 붙잡고 덧붙였다. "긴 머리카락에 검은 옷을 입고 손톱에 피가 묻은 여자를 찾아봐. 그 여자의 모습이 보이면 창문을 부리로 쪼아줘."

어치가 손바닥 안에서 폴짝 뛰었다. 시어니는 어치를 광장 위로 높이 날려 보냈다.

시어니는 성당 문의 두툼한 쇠 손잡이를 당겨 열고 어둑한 통로로 발을 들여놓았다. 세 걸음 만에 또다시 어딘가로 이동했고, 네 걸음 만에 어느 넓은 성당 안 뒤쪽의 좁은 발코니에 서 있었다. 발코니 양옆에는 윗부분이 반원형이고 스테인드글라스로 장식된 창문이 있었다. 1층에는 Y자 모양의 백색 기둥이 두 줄로 뻗어나갔고 기둥 사이사이에는 갈색 래커 칠을 한 신도석이 두 줄로 배치돼 있었다. 1층에는 윗부분이 반원형인 창문이 더 있어서 그리로 햇살이 들긴 했지만, 고리 모양 팔이 달리고 3단으로 된 샹들리에가 더 많은 빛을 뿌리고 있었다. 앞쪽에는 벽 전체를 차지하는 가장 큰 창문이 있었다. 창문의 스테인드글라스에 세밀한 스텐실 그림이 들어간 것 같지만 시어니가 서 있는 쪽에서는 어떤 이미지인지 잘 보이지 않았다. 그래도 성당에 모여 앉은 사람들의 모습은 잘 보였다.

신도석의 절반가량이 차 있었다. 흰 예복을 입고 짙은 색의 긴 영대(領帶)를 어깨에 두른 신부가 묵직하고 낡은 성서를 손에 들고 신도들 앞에 서 있었는데 무슨 말을 하는지는 잘 들리지 않았다.

옆에서 익숙한 바리톤의 목소리가 말했다.

"저들이 부럽군."

시어니는 깜짝 놀랐다. 에머리 세인이 옆에 서 있었다. 그는 발코니 난간을 잡지 않고 팔짱을 낀 모습이었다. 시어니가 장학금과 일자리를 동시에 잃었던 연회장에 홀연히 나타났을 때와 같은 모습이었다. 그는 짙은 눈썹을 약간 찡그리고 있었지만 진짜 자신이 지금 느끼고 있을 경악, 분노같은 감정을 제대로 표현하기에는 턱없이 부족한 표정이었다. 눈썹 외에 나머지 얼굴과 자세는 차분하기만 했다. 그가 시선을 아래로 향하고 1층의 사제를 바라보고 있어서 시어니는 그의 눈빛을 읽을 수가 없었다.

부드러운 깃털로 목을 간질이는 것 같은 느낌이었다. 그의 모습이 그때처럼 보인다면 말을 걸어도 되지 않을까?

"세인! 도와주세요!"

하지만 세인은 대답하지 않고 1층만 내려다보았다. 시어니는 입술 안쪽을 깨물다가 다시 한번 시도해보았다. 그에게 조금 더 가까이 다가가며 물었다.

"누가 부러운데요?"

"저들."

그는 신도석에 앉아 있는 충실한 신도들을 향해 턱을 살짝 치켜들었다. 그가 대답을 했다는 것만으로도 시어니는 마음이 놓였다. 여기서 본 다른 환영들과는 달리 이 에머리 세인은 그의 진정한 자아의 일부인 듯했다. 심장의 두 번째 방에 존재하는 자아의 일부.

"저들 모두가. 저들의 믿음이 부러워."

시어니는 고개를 돌려 성당 안에 모여 있는 사람들을 흘끗 쳐다보았다.

"성공회 교인이 되고 싶어요?"

시어니의 친구 중에 애니스 해터라는 친구는 재료 마법의 사용을 포용하는 성공회 종파의 신자였다. 시어니는 딱한 번이지만 성공회 미사에 참석해본 적이 있었다.

"사람이 한 가지 확고한 믿음을 가질 수 있다면 훨씬……단순한 인생을 살 수 있겠지." 세인은 시어니를 쳐다보지 않고 대답했다. "여기저기서 끌어 모은 믿음의 파편들은 사람의 영혼에 별로 도움이 되지 않아. 어떤 게 전부 좋다거나 혹은 전부 나쁘다거나 하는 생각도 도움이 안 되긴 마찬가지지만. 마법사도 모든 재료를 다 다룰 수 없잖아. 평생 추구할 마법 재료를 하나 선택해야 하지. 하지만 어떻게 알수 있을까? 어떻게 한 가지 믿음을 확고하게 마음에 품고다른 믿음은 버릴 수 있을까? 그럼에도 불구하고 행복하게살고 있는 것은 또 무엇인지."

시어니는 그의 팔꿈치에 손을 대보았다. 단단하게 만져

졌다. 이 에머리 세인은 지금껏 본 환영들과 같지 않다는 또 다른 증거였다.

"어떤 믿음이 본인에게 맞는지 알 때까지 배우고 또 탐색하는 거죠."

생각에 잠긴 그의 초록색 눈동자가 시어니를 돌아보았다. 그는 궁금해하는 눈빛으로 조용히 물었다.

"자네는 어떤 것에 대해 분명한 믿음을 갖고 있나, 시어니?"

그가 이름을 부르자 시어니의 심장이 빠르게 뛰었다. 시어니는 그 질문에 대해 생각을 해본 뒤 대답했다.

"깊이 생각해본 적은 없어요. 안 해봤어요. 모든 종류의 신념에 좋은 점이 있다는 당신 말은 무슨 뜻인지 알 거 같아요. 어떤 종교나 어떤 믿음에도 좋은 점은 있죠. 생각해보니까…… 저는 저한테 맞는다고 느낀 이런저런 믿음을 모아서 제 나름의 신념을 만들었어요. 신념이란 상당히 개인적인 것이에요. 같은 믿음을 가진 사람들을 일주일에 한 번씩 꼬박꼬박 만나지 않는다고 해서 믿음이 없는 사람이라고 할 수는 없어요."

그는 고개를 끄덕일 뿐 표정에는 변화가 없었다.

시어니는 그의 얼굴을 바라보며 턱의 생김과 옆모습의 윤곽을 눈여겨보았다. 에머리 세인 같은 종이 마법사가 믿음을 갖고 싶어 하리라고는 짐작도 못 했다. 처음 만났을 때 시어니는 세인을 일차원적인 틀에 넣고 쉽게 판단했다. 랭스턴에 대해서도 마찬가지였다. 그동안 시어니는 얼마나 많은 이들을 멋대로 판단하고 밀어냈을까. 한쪽 주장만 편파적으로 싣는 신문처럼.

잠시 대화가 끊어진 사이, 멀리서 세인의 심장 소리가 쿠-웅-쿵 들려왔다. 그런데 다소 지친 듯한 소리였다. 시어니는 등이 오싹해졌다. 펜넬을 품에 안고 발코니에서 물러나 걸었다. 계속 움직이고 나아가야 했다. 어느 쪽 심장이든, 그의 심장이 멎어버리기 전에 진짜 세인 마법사 곁으로 가야 했다.

발코니에 연결된 계단을 밟고 빠르게 내려갔다. 소용돌이 모양의 계단은 1층까지 이어지는 것일 텐데 지나치게 길게 느껴졌다. 마치 4층 높이의 계단을 내려온 듯했다. 계단 맨 아래 칸을 밟고 선 시어니는 희미하게 빛나는 문을 보았다. 가장자리가 진홍색이고 손잡이가 없는 하얀 문이었다.

펜넬을 더욱 바짝 끌어안은 시어니는 한 손을 뻗어 문을 밀었다.

그 순간 성당은 물론 의회 광장도 함께 사라졌다. 시어니는 또다시 천장이 높고 벽이 살로 된 방에 서 있었다. 방 전체에 검붉은 정맥과 맥박 치는 동맥이 퍼져 있었다. 세인의 환영 전체를 통틀어 시어니의 귓속에서 꾸준히 울리던 쿠-웅-쿵 소리, 바닥까지 흔들리게 하던 그 진동이 어쩐지 약간 약해졌다.

열 걸음도 채 떨어지지 않은 곳에 얇은 피의 강과 판막이 보였다. 시어니가 통과했던 것과는 다른 판막이었다. 세인의 심장 속 세 번째 방으로 연결되는 판막일 것이다. 그래야만 했다.

불현듯 팔뚝의 털이 쭈뼛 서는 느낌에 시어니는 리라의 검은 머리카락을 찾아 주변을 둘러보았다. 어쩌면 더 많은 잘린 손들이 벌떡 일어나 시어니를 붙잡으려 할지도 모른다. 신체 마법사 리라를 떠올리자 시어니의 심장이 요란하게 뛰었다. 리라에게 따라잡히기 전까지 시간 여유가 얼마나 될까? 그 여자가 옆방에서 기다리고 있지 않을 거라는 전제하에.

시어니는 힘겹게 마른침을 삼켰다. 펜넬이 건조한 종이 혀로 시어니의 턱을 핥았다.

"몸 접어, 꼬맹아."

시어니는 떨지 않으려고 안간힘을 쓰며 펜넬에게 속삭였다. 평생 살면서 지난 24시간처럼 지독하게 몸을 떨어본 적이 없었다. 젠장, 에머리 세인을 구하는 일이란 정말이지 쉽지 않다!

펜넬은 시어니의 명령에 따라 한쪽으로 치우친 오각형 모양으로 제 몸을 접었다. 시어니는 가방 안의 종이 묶음 사이에 펜넬을 조심스럽게 집어넣었다. 그리고 다시 판막을 쳐다보며 욕을 내뱉었다. 숨도 쉴 수 없고 움직일 수도 없는 상태로 저 숨 막히는 벽을 통과할 때 어떤 기분인지 시어니는 *정확히* 기억하고 있었다. 지독하게 덥고 어두웠다. 벽을 통과할 때 느꼈던 쓰라린 두려움이 설익은 무의 쓴맛처럼 시어니의 혀 안쪽에 남아 있었다. 이 판막을 통과하지 못하면 어떻게 하지? 탄탄한 벽 사이에 바짝 끼어버리면…….

시어니는 두려움을 삼켰다. 두려움은 해로운 덩어리가 되어 목구멍에 턱 걸렸다. 그래도 완전히 실패하는 것보다는 나았다. 이대로 세인을 잃게 된다면 시어니는 자신을 용서할 수 없을 것이다. 여기까지 온 이상 물러설 수는 없었다.

이를 악물고 탄탄한 판막을 향해 슬금슬금 다가갔다. 두툼한 벽 사이로 팔 하나를 집어넣은 뒤 가방을 움켜쥐고 엉덩이 쪽으로 잡아당겼다. 머릿속으로 숫자를 셌다.

둘을 세면서 시어니는 소리쳤다.

"이 일이 끝나면 정말이지 급료를 받아야겠어!"

그 말이 맥박 치는 벽과 엇박자로 울려 퍼졌다.

셋을 세면서 시어니는 심호흡을 하며 벽 사이로 밀고 들어갔다. 가슴에 두른 방패 사슬이 시어니의 몸을 감쌌다. 판막의 뜨끈한 벽이 시어니에게서 몇 센티미터씩 물러나 숨쉴 공간을 만들어주었다. 시어니는 안도의 한숨을 내쉬었지만 곧 열린 판막이 심장의 나머지 부분에 어떤 역할을 하게 되는지 깨달았다.

시어니의 발목에서 찰랑대던 핏물이 순식간에 허벅지까지 차올랐다. 쿠-웅-쿵 하는 맥박이 쿠 – 소리를 낼 때마다 시어니는 몸이 얼어붙었다. 땋은 머리카락이 올가미처럼 목을 감쌌다. 혀를 깨문 자리에 피가 흘러나와 춤을 추었다.

숨을 쉴 수 없었다. *숨이 쉬어지지 않았다.*

억지로 발을 앞으로 움직이면서 무엇이든 붙잡을 것을 찾아 손을 휘저었다. 이마에서 흘러내린 땀이 눈으로 들어가자 시어니는 두 눈을 꽉 감았다.

폐가 터질 것 같다는 생각이 든 순간, 판막 너머에 빈 공간이 느껴졌다. 판막 가장자리를 손으로 붙잡고 컴컴한 방으로 몸을 끌어당기며 헉헉 공기를 들이마셨다. 지저분한 소매로 얼굴을 닦으면서 고개를 들고 주변을 둘러보았다.

시어니는 어두운 작업실 안에 서 있었다. 블라인드나 커튼이 달려 있지 않은 폭 60센티미터의 정사각형 창문의 유리창 두 장을 통해 흘러드는 빛이 유일한 조명이었다. 창밖에는 진청색 하늘에 별 몇 개가 반짝거렸다. 에머리가 책 집필을 끝마쳤던 바로 그 작업실일까? 시어니는 궁금해하며 가방에서 접혀진 펜넬을 꺼냈다.

그때 발을 끌며 걸어오는 누군가의 발소리에 시어니는 창문에서 시선을 돌렸다. 그 소리의 근원을 찾아 방 안을 면밀히 살폈지만 어둠에 가려 보이지 않았다.

시어니는 접혀진 펜넬을 가슴께에 끌어안으며 물었다.

"누구세요?"

누군가 날듯이 빠르게 다가와 기차처럼 시어니의 몸을

들이받았다. 시어니는 뒷벽으로 쭉 밀려나 벽판에 머리를
부딪혔다. 방금 전 들이마신 공기가 폐에서 쑥 빠져나갔다.
시어니를 공격한 자는 팔뚝으로 시어니의 목 아래를 눌렀
다. 어두운 방 안이 핑 돌았다.

'리라구나!'

하지만 눈이 어둠에 적응되자 시어니는 자신을 벽으로
밀어붙인 것이 다른 사람임을 알아챘다. 밝은 에메랄드색
눈으로 시어니를 노려보는 자는 리라가 아니었다.

에머리 세인이었다.

11

....★★★ 🌿 ★★★....

어둠 속에서도 시어니는 세인의 눈에 담긴 격한 분노를 느낄 수 있었다. 그 눈은 뾰족한 유리 파편처럼 시어니를 찔렀다. 세인은 팔뚝으로 시어니의 목 아래를 고통스러울 만큼 거세게 눌렀다. 방패 사슬은 그 압박감을 인지하지 못하는지 시어니에게 아무런 도움이 되지 못했다.

그러다 어느새 시어니는 작업실의 다른 쪽에 서 있었다. 목 아래를 짓누르던 세인의 팔뚝도 사라졌다. 시어니는 기다란 책상의 측면을 붙잡고 몸을 가눴다. 시어니의 위치는 바뀌었지만 세인은 방금 전 그 자리에 같은 자세로 서 있었다. 시어니 대신에 그가 벽으로 밀어붙이며 짓누르고 있는 것은 리라, 더 젊은 시절의 리라였다. 어깨에 넘실거리는 컬이 약한 검은색 곱슬머리는 지금과 사뭇 달랐지만, 얼굴만은 눈에 익은 무정한 표정 그대로였다.

"어떻게 이런 짓을 해!"

세인은 끓어오르는 분노를 고함으로 토해냈다. 그가 내뱉는 말 속에 담긴 독기가 망치처럼 시어니의 귀를 후려쳐 뼈까지 흔들리게 했다. 그의 입술에서 나오는 거친 말들에 시어니는 충격을 받았다.

"이게 무슨 의미인지 알고는 있어?"

"저리 가!"

리라가 악을 썼다.

세인은 약간 뒤로 물러섰다. 시어니는 접힌 펜넬을 손에 쥐고 그들에게 다가갔다.

"당신은 말도 없이 사흘 동안 사라졌어. 아무 말도 없이!"

세인은 공격에 나선 코브라처럼 두 손을 허공으로 뻗으며 낮게 소리쳤다. 목이 짧아 보일 만큼 어깨에 바짝 힘이 들어가 있었다.

"덕분에 지금 당신이 여성 실종 사건의 용의자가 됐어!"

리라의 눈이 휘둥그레졌다.

세인은 머리카락을 쥐어뜯으며 옆으로 시선을 돌렸다. 분노로 들끓는 그의 두 눈이 시어니 쪽을 향했으나 시어니를 보고 있지는 않았다. 성공회 성당에서 만난 세인과는 달리 지금 이 세인은 시어니의 존재를 인지하지 못하는 환영 속의 인물일 뿐이었다. 그는 리라에게 다시 눈을 돌렸다.

"그것도 모르고 있었나 보네. 어떻게 그 소식도 못 들었지, 리라? 어디에 가 있었길래?"

"그게 뭐가 중요해?" 리라의 목소리는 세인 못지않게 날카로웠지만 불처럼 격한 게 아니라 서리처럼 싸늘했다. "난 당신이 기르는 개가 아니야, 에머리."

"아내가 갑자기 흔적도 없이 사라졌는데 내가 상관할 바가 아니라고?"

세인은 어이없어했다. 쾅 하는 요란한 소리와 함께 세인의 주먹이 벽에 닿았다. 주먹 쥔 손의 관절에 페인트 조각이 묻어 나오는 것을 보고 시어니는 깜짝 놀랐다.

"에머리."

시어니는 나지막하게 그의 이름을 불렀다.

그는 주춤하며 손을 뒤로 빼고 리라를 돌아보며 물었다.

"그래스 코발트 때문이지?"

분노하고 상처받은 목소리였다. 두 가지 감정으로 세인은 온몸 안에서 천둥이 치는 것 같았다. 사나운 두 눈 뒤에서 번개가 번뜩였다. 그는 마치 자신의 심장을 보듬듯 욱신거리는 손가락 관절을 쥐고 문질렀다.

"그 사람 얘긴 할 필요 없어."

리라가 날카롭게 받아쳤다.

세인은 리라의 어깨를 잡고 흔들었다.

"당신은 신체 마법을 건드리고 있어, 리라! 맙소사, 신체 마법이라고! 대체 어떤 핑계를 대려고 그래? 세상의 선하고 옳은 모든 것에서 아주 등을 돌린 거야?"

그 순간 리라의 손이 세인의 뺨을 힘껏 갈기자 방 안이 함께 들썩였다. 시어니는 주춤주춤 물러나다 어깨를 작업실 문에 부딪혔다. 하나뿐인 창문으로 흘러드는 은색 빛이 그들을 오롯이 비추었다. 이 남자는 시어니가 아는 에머리 세인이 아니었다. 동작이 너무 날카로웠고 말투도 거친 명령조였다. 시어니는 겁이 났다.

축축한 손을 뒤로 뻗어 더듬더듬 손잡이를 찾아 돌린 순간, 시어니는 뒤로 나동그라지고 말았다.

차갑고 축축한 풀밭이었다. 구름으로 뒤덮인 흐릿한 하늘이 기다란 띠 모양으로 펼쳐져 있었다. 부드럽고 자잘한 빗방울이 얼굴로 후드득 떨어지자 시어니는 재빨리 옆으로 몸을 굴려 펜넬이 젖지 않게 보호했다. 차가운 공기에 오한이 일어 팔죽지까지 소름이 돋았다. 펜넬을 블라우스 안쪽에 집어넣고 무릎을 바닥에 대고 앉았다. 비와 땀에 젖은 머리카락을 이마에서 떼어내고 주변을 둘러보았다.

정원도 나무도 없는 편편한 잔디밭이었다. 종을 달고 있지는 않았지만 학교 건물처럼 생긴 빨간 벽돌 건물이 저 멀리 어렴풋이 보였다. 그곳으로 가는 길은 따로 없었다. 오른쪽으로는 머나먼 풍경으로 이어지는 구불구불한 자갈길이 있었고, 왼쪽으로는 창문이나 굴뚝이 없는 박공지붕의 회색 슬레이트 건물 몇 채가 서 있었다. 집이라고 하기에는 너무 작았다. 아마도 죽은 자들이 머무는 무덤인 듯했다.

시어니는 후들거리는 다리에 힘을 주었다. 어깨에 불편하게 걸치고 있던 가방을 다른 쪽 어깨로 옮겨 멨다.

일어나서 보니 묘비들이 깔끔하게 열을 지어 있었다. 시멘트로 된 각 묘비에는 고인의 이름과 생몰 연월일이 새겨져 있었다. 어떤 묘비 앞에는 빗물에 젖거나 이미 시든 꽃다

발이 놓여 있었고, 어떤 묘비 앞에는 시어니의 손바닥만 한 크기의 양 인형이 비에 흠뻑 젖은 채 놓여 있었다.

시어니는 묘지에 자주 와보지 않았다. 묘지는 너무 슬픈 공간이었다. 하늘도 그렇게 생각하는지 눈물처럼 꾸준히 빗방울을 뿌렸다.

무덤 사이를 걸어보는 건 거의 5년 만이었다.

시어니는 이미 사라진 줄 알면서도 작업실 문을 찾아 뒤로 손을 뻗었다. 팔에 돋은 소름이 가슴과 배 속으로 파고들었다. 시어니는 몸을 움츠리고 덜덜 떨며 나지막하게 중얼거렸다.

"여긴 싫어요. 여기 뭐가 있는지 알고 싶지 않아요, 에머리. 제발요."

하지만 풍경은 휘어지지도 바뀌지도 않았다. 보슬비가 꾸준히 시어니의 블라우스를 적시는 가운데, 묘지는 고요히 시어니를 기다렸다.

아랫입술을 깨물며 자갈 깔린 길로 나아간 시어니는 야트막한 언덕을 올라가기 시작했다. 피로감으로 다리가 무거웠다. 몇 시쯤 됐을까? 세인의 심장에 들어온 뒤로 시간이 얼마나 지났을까? 남은 시간은 얼마나 될까? 회중시계

가 없으니 이 질문에 대한 답도 알 수 없었다. 이렇게 지쳐
버린 걸 보면 꽤 늦은 시간인 듯했다. 리라를 피해 도망치
면서 심장 안의 저 방에서 이 방으로 힘겹게 옮겨오느라 용
을 썼으니 피곤한 게 당연했다.

가방에서 치즈를 조금 꺼내 천천히 씹어 넘겼다. 배가 땅
겨서 다른 것은 먹고 싶지 않았다. 마음 한구석에서 마치 축
음기에 걸어놓은 음반처럼 세인의 목소리가 맴돌았다. 배
신감과 분노로 치를 떨던 그 목소리. 이 방이 그런 감정들로
가득하다면 시어니는 가급적 빨리 떠나고 싶었다.

쭉 뻗어나간 자갈길이 작은 언덕 너머로 이어졌다. 길 왼
쪽에는 검은 옷을 입은 사람들이 모여 있었다. 검은 정장을
입은 남자 둘, 목에 성직자 칼라를 두른 사제 하나, 검은색
긴 원피스를 입은 여자 넷. 그 여자 중 셋은 챙 넓은 모자를
쓰고 얼굴에 망사를 드리웠다.

시어니는 지친 다리를 이끌고 비에 젖은 비탈을 터덜터
덜 힘겹게 걸어 올라가 그들에게 천천히 다가갔다. 한 남
자가 여자를 돌아보며 귓속말을 했다. 모습이 좀 달라 보
였지만 얼굴을 알아보았다. 세인의 아버지, 양봉가였다. 슬
픔 탓에 얼굴에 깊은 주름이 새겨졌기 때문일 수도 있지만

울적하고 지쳐 보였다. 그를 바라보며 시어니는 놀라고 당황스러웠다.

그래도 기운을 쥐어짜 묘지로 마저 올라갔다. 세인의 무덤일 리 없다. 어느 누구의 심장도 자신의 미래를 알 수는 없지 않나?

시어니는 묘지를 몇 걸음 앞두고 우뚝 멈춰 섰다.

'만약 이게 미래라면 어쩌지.'

'너무 늦었다면? 혹시 에머리가 이미…….'

시어니는 아랫입술을 깨물며 여자들 사이를 지나갔다. 그들은 시어니의 존재를 감지하지 못했다. 사람들 앞으로 가서 서자 땅을 파헤친 지 얼마 안 된 두 개의 흙무더기와 그 위쪽에 정갈하게 만들어놓은 무덤 두 개가 보였다.

두 무덤 사이에는 세 살 정도로 보이는 어린 소년이 작은 중절모를 가슴에 껴안고 서 있었다. 소년의 헝클어진 검은 곱슬머리가 비에 젖어 이마와 관자놀이, 귀에 들러붙었다. 소년은 작은 입술을 오므린 채 아무 생각이 없는 듯 무표정하게 앞만 바라보았다.

시어니는 소년 옆에 무릎을 굽히고 앉아 소년의 눈가에서 젖은 머리카락을 떼어내 뒤로 넘겨주려고 했다. 하지만 시어니의 손은 소년의 몸을 통과했다. 묘비에 새겨진 글귀가 시어니의 눈에 들어왔다.

헨리 세인, 1839~1874
멜로디 블라다라 세인, 1841~1874

두 묘비의 이름 밑에는 날아가는 비둘기, 그리고 겹쳐진 두 개의 결혼반지가 새겨져 있었다.

시어니는 두 손을 가슴에 모았다.

"부모님이구나."

시어니는 나지막하게 말하며 어린 소년과 뒤에 선 양봉가를 차례로 바라보았다. 생김이 닮은 것을 보면 그는 세인의 아버지가 아니라 삼촌인 듯했다.

분노. 배우자의 불륜. 죽음. 이 방은 세인의 어두웠던 시절에 관한 기억을 담고 있었다. 앞선 방에서 세인의 선함과 희망을 보았으니 이 방에서는 그의 어두움을 볼 차례인 것이다. 이곳에는 심장에 새겨진 상처와 독기, 빛나는 두 눈이면의 그림자가 담겨 있었다.

치맛자락을 바닥에 대고 무릎을 꿇고 앉아 있었더니 풀

잎에 떨어진 빗물이 치마로 스며들었다. 어린 소년은 커다란 눈을 내리깐 채 시어니의 몸을 지나 묘비 사이의 땅바닥을 쳐다보았다. 소년의 짙은 속눈썹에 매달려 있던 빗방울이 동그란 뺨에 툭 떨어졌다.

"내가 돕게 해줘요." 시어니가 속삭였다. "여기 어딘가에 있는 거 알아요, 에머리. 내가 이 아이를 돕게 해줘요."

시어니는 다시 한번 소년의 얼굴에 붙은 젖은 머리카락을 뒤로 넘기려 했다. 이번에는 손가락 끝에 유리처럼 단단한 질감이 느껴졌다. 소년의 피부에서 머리카락을 떼어낼 수는 없었지만 소년을 만질 수는 있었다.

시어니는 소년의 어깨를 두 팔로 감싸 안아주며 소곤거렸다.

"괜찮아질 거야, 약속할게. 난 네 미래를 봤어. 넌 많은 것을 성취하게 돼. 부모님도 자랑스러워하실 거야. 상황이 좋아지고 넌 다시 행복해질 거야."

'내가 꼭 그렇게 되도록 할게.'

시어니는 소년 세인의 이마에 입을 맞추고 작은 손가락이 쥐고 있던 중절모를 끌어당겨 소년의 머리에 씌워주었다. 그의 마음은 폭풍우를 맞고 있었지만, 그래도 모자를 쓰면 빗물이 눈을 적시지는 않을 것이다. 무릎을 펴고 일어서며 시어니는 자기 얼굴을 닦을 마른 천을 찾아보았지만 쓸만한 게 없었다. 일단 비를 피해야겠다는 생각이 들었다. 옷속까지 다 젖어버리면 펜넬도 젖을 것이다. 펜넬 없이 이 암울한 곳에서 여정을 이어갈 자신이 없었다.

시어니는 어깨와 목에 돋은 소름을 손으로 문지르며 세인의 삼촌과 사제 옆을 지나 장례식을 뒤로하고 걸었다. 묘지는 사방의 지평선 끝까지 이어졌고 회색빛 하늘마저 무덤으로 가득한 듯했다.

시어니는 계속 걸어갔다.

무릎 높이까지 오는 돌담에 다다른 시어니는 비바람에 풍화되고 허물어진 부분을 넘어갔다. 발밑에서 풀이 점점 짧아지고 성겨지더니 이윽고 시어니의 신발은 널찍한 검은색과 흰색 타일을 밟으며 또각또각 소리를 냈다. 구름과 빗방울 대신 3층 건물 높이의 아치형 천장이 머리 위를 뒤덮었다. 머리카락과 옷은 순식간에 말랐고, 공기도 실내 온도 수준으로 따뜻해졌다.

잠시 후 시어니의 뇌는 거대한 안마당, 아니 거대한 복도를 인식했다. 왼쪽과 오른쪽에는 구릿빛 기둥이 벽을 따라 줄지어 있고, 그 사이에는 그림이 그려진 꽃병, 유리 액자에 담긴 낡고 누르스름한 서류, 현 여왕의 초상화와 과거 여왕들의 반신상 등 다양한 보물을 품은 서양배 모양의 벽감들이 있었다. 반신상 중 하나는 특이하게도 코 부분이 심하게 닳아 있었다.

천장에 줄지어 뻗어 나간 정사각형의 창문을 통해 햇빛이 흘러들었다. 어쩐지 익숙한 장소라는 느낌이 들었지만 정확히 어디인지는 알 수 없었다. 전에 와본 적은 없는 장소 같았다. 아니면 이 각도에서 여길 본 적이 없거나.

블라우스 안쪽에 넣어두었던 펜넬을 다시 꺼냈다. 묘지에서 비에 젖었던 펜넬은 풍경이 바뀌면서 바짝 말라 있었다. 접은 몸을 펼쳐주자 펜넬은 즉시 다시 살아나 뒷다리로 귀 뒤를 긁었다. 그 모습에 시어니는 웃으며 펜넬의 턱을 쓰다듬었다.

"바짝 붙어서 따라와, 펜넬."

시어니는 다시 걷기 시작했다. 펜넬은 발소리가 거의 나지 않았는데 시어니의 발소리는 별나게 크게 들렸다. 펜넬은 기둥 옆에 있는 양치식물 쪽으로 후다닥 달려가 그것이 심긴 도자기 화분 가장자리에 코를 대고 냄새를 맡았다.

희미한 속삭임이 들려왔다. 시어니는 걸음을 멈추고 귀를 기울였다. 저 앞쪽 모퉁이 너머에서 들려오는 소리였다. 세인의 심장 속 인물들과의 만남을 떠올리며 시어니는 그 소리가 들리는 곳을 향해 신중하게 다가갔다.

두 명의 목소리였다. 첫 번째 목소리는 세인이었다. 두 번째 목소리는 귀를 쫑긋 세워 들어보니 알프레드 휴즈 마법사인 듯했다.

모퉁이 너머를 살그머니 살펴보았다. 두 남자는 쌍여닫이문 밖의 벽에 기대어 서 있었다. 그 문을 본 시어니는 여기가 의회 건물 내부임을 알아챘다. 수년 전, 아버지가 운전기사로 일하던 시절에 한 번 와본 적이 있었다.

"…… 이대로는 안 될 것 같습니다." 세인이 나지막하게 말했다. 그의 두 손은 팔꿈치를 감쌌고 두 눈은 맞은편 벽을 바라보고 있었다. 그는 남색 외투와 비슷하게 생긴 회녹색 외투 차림이었는데 이 옷에는 단추가 더 많이 달려 있었다. "그동안 그에 대해 잊고 있었어요. 그는 딱 한 번 그 문제를 거론했고 나는 자격증 부여를 여태 미루고 있었습니다. 에드워드는 똑똑한 청년이에요. 더 나은 대접을 받을 자격이 있습니다. 더는 미루지 않을 겁니다."

"그럼요. 미루면 안 되죠." 휴즈는 검지와 엄지로 짧은 흰 수염을 쓰다듬으며 말을 이었다. "하지만 그쪽에서 서류 이전을 안 해주려고 할 겁니다. 답답한 방식이죠. 학습 계획안을 바꾸고 재조정할 시간도 필요할 겁니다. 두 사람 모두 좋은 선례를 남겨야 될 텐데요."

"그건 그렇고, 지금 내 결혼생활이 끝장나고 있습니다, 알프레드."

세인은 긴 한숨을 토하며 주머니에 두 손을 집어넣었다. 그의 목소리가 어찌나 무거운지 시어머니는 벽에 기댄 채 말라붙을 것 같았다.

휴즈가 세인의 어깨에 한 손을 얹었다.

"유감입니다. 이 말을 세 번째 하는군요. 견디기 힘들겠지만 차차 시간이 흐르면……."

"아무래도 아내가 신체 마법사가 된 듯합니다."

세인이 조용히 내뱉은 그 말이 텅 빈 복도에서 심벌즈처럼 요란하게 울렸다.

휴즈는 바짝 마른 혀로 무어라 웅얼거리다가 더듬더듬 말했다.

"서, 설마 진심으로 하는 말은 아니겠죠?"

"나도 그랬으면 좋겠습니다. 하지만 직접 봤어요." 세인은 망설이다가 덧붙였다. "아내가 또 집을 나갔고 넉 달째 못 봤습니다."

두 남자는 한참 말이 없었다. 시어니가 그 자리를 벗어나려는데 휴즈가 입을 열었다.

"당신이 *아는* 정보가 꽤 유용할 것 같습니다, 에머리. 엄밀히 말해 경찰 소속은 아니지만 여왕 폐하의 영토 내에서 어둠의 마법을 없애기 위해 불철주야 애쓰는 사람들이 있습니다. 원한다면 그들에게 소개를 해줄 테니……."

휴즈의 입술은 계속 움직였지만 소리는 들리지 않았다. 마치 무언극을 보는 듯했다. 시어니는 휴즈와 세인을 번갈아 쳐다보면서 둘 사이에서 좀 더 자세한 정보가 나오기를 기다렸다. 하지만 이제 그들은 꼭두각시 인형처럼 소리 없이 입만 뻐끔거릴 뿐이었고 시어니는 독순술에 능하지 못했다. 시어니는 안타까운 신음을 내뱉었다. 발을 동동 구르고 싶은 충동을 간신히 눌러 참았다.

펜넬이 뒤에서 할딱거렸다. 시어니는 계속 그들을 쳐다보느라 눈이 따가워서 몇 번이나 눈을 깜박였다. 그러다 세인과 휴즈, 화강암 아치 길을 뒤로 하고 돌아서는데, 눈앞에 오돌토돌한 무늬가 있는 천장 아래 사람들이 붐비는 복도와 계단이 펼쳐졌다. 머리 위에서 날카로운 종소리가 울려 퍼졌다.

어느새 시어니는 그레인저 아카데미 중등학교의 본관 복도 끝에 서 있었다. 복도에는 수다를 떨며 걷거나 점심을 먹는 젊은이로 가득했다. 열정이 넘치는 한 커플은 테니스 트로피 진열장 – 시어니가 기억하는 것보다 진열장 안 트로피의 숫자가 훨씬 적었다 – 옆에서 키스를 하고 있었다. 스웨터 조끼를 입은 한 남자가 그들에게 다가와 남학생의 등짝을 자로 탁 치며 거기서 그러고 있지 말라고 한마디 했다. 뒤를 돌아보니 머리를 잔뜩 올려 묶고 밝은색 립스틱을 바른 여학생 세 명이 손으로 입을 가린 채 서로의 귀에 대고 속닥거리고 있었다. 그중 키가 가장 작은 여학생이 너무 심하게 웃다가 킁킁대는 콧소리를 내자 친구들도 함께 킥킥거렸다. 그 여학생들 뒤로 날씬한 몸매의 여자가 결재판을 들고 계단을 내려왔다. 코끝에 안경을 걸친 그 여자는 시어니나 옆에 서 있는 이들에게 눈길 한번 주지 않았다.

시어니는 사람들한테서 시선을 떼고 건물로 관심을 돌렸다. 이 건물은 시어니의 기억과 약간 다르기는 했지만 자기가 다닌 학교가 분명했다. 기억과 거의 똑같았다. 시어니가 4년 동안 교실들을 오가며 밟고 다닌 바닥에는 뻣뻣한 고동색 카펫 대신 리놀륨 타일이 깔려 있고, 계단의 난간 재질이 참나무가 아니라 색 바랜 소나무이긴 했지만. 세인도 이 학교를 다녔으니, 그가 재학 중일 때의 건물은 이런 모습이었던 듯했다.

애니스 해터에 대한 생각이 머릿속을 스쳤지만 시어니는 애써 밀어냈다. 오늘은 자신의 심장이 아니라 세인의 심장 속을 걷고 있음을 다시금 떠올렸다.

검은색 머리카락이 언뜻 보여 화들짝 놀랐지만 시어니와 나이 차이가 나지 않아 보이는 또 다른 여학생일 뿐이었다. 리라와 비슷한 분위기이긴 했지만 얼굴이 더 넓적하고 코가 더 높았다. 시어니는 이를 악물며 중얼거렸다.

"여기서 우리가 뭘 맞닥뜨릴지는 아무도 몰라, 펜넬."

학창 시절에 대한 태평스런 향수는 지금까지 이 방의 환영이 보여준 분위기와는 어울리지 않았다. 시어니는 경계를 풀지 않고 주변을 살피면서 자신이 보지 못한 특이한 점을 펜넬이 포착해주길 바랐다.

가슴에 둘러맨 방패 사슬을 손으로 만져보았다. 물과 피에 꽂혔던 종이 사슬은 의회를 지나 학교로 넘어오면서 원 상태로 회복돼 있었다. 다행이었다. 시간이 있을 때 단단한 학교 바닥에 앉아 종이 새를 더 접어둘까 하는 생각도 들었지만 그렇게 하지 않기로 했다. 시어니가 서툴게 접은 종이 심장으로 세인은 장시간 버틸 수 없었다. 이대로 방패 사슬 마법과 종이부채를 믿고 계속 나아가기로 했다.

시어니는 외투걸이, 책, 구겨진 보고서, 도시락통 등이 들어찬 사물함이 즐비하게 늘어선 복도를 따라 걸어갔다. 수업 시간이나 점심시간이 방금 전에 끝났는지 복도가 인파로 붐볐다. 사람들은 복도에 선 시어니를 그대로 통과해 지나갔다. 시어니는 이곳에서 자신이 변칙적인 존재임을 다시 한번 떠올렸다. 시어니와 펜넬 둘 다 그런 존재였다.

학생들이 한바탕 지나가고 예전에 시어니에게 대수학을 가르쳤던 굿웨더 선생님이 그 뒤를 따랐다. 시어니가 기억하는 것보다 더 통통하고 젊은 모습인 선생님은 몸에 착 붙는 보라색 치마를 입고 빠른 걸음으로 복도를 지나갔다. 그 뒤로 남학생들이 보였다. 세 명은 서 있고 한 명은 바닥에 앉아 무릎에 책을 얹고 있었다. 바닥에 앉은 남학생은 손에 접은 종이를 들고 있었다. 그의 검은 머리카락을 보고 시어니는 그리로 달려갔다.

"에머……."

시어니는 그를 부르려다 말았다. 바닥에 앉아 있는 남학생은 에머리 세인이 아니었다. 세인처럼 덥수룩한 검은 머리카락을 갖고 있긴 했지만, 여드름 자국투성이인 피부는 훨씬 희었고 코가 뾰족했다. 게다가 그는 테가 가느다란 안경을 착용하고 있었다. 주근깨가 점점이 박힌 시어니의 손처럼 그의 피부에도 주근깨가 있었고, 눈동자는 초록색이 아니라 연갈색이었다.

그가 손에 들고 있는 반쯤 접은 종이가 시어니의 눈에 띄었다. 동서남북을 접기 위해 초기 작업을 해놓은 듯 보였다.

"넌 종이 말고는 손댈 수 있는 게 없지?" 옆에 서 있던 남학생 중 한 명이 이죽거리자 그 옆의 친구들이 키득거렸다. "거기서 자리 차지하고 있는 것 말고 다른 일은 못 하냐, 프릿?"

남을 괴롭히는 짓을 혐오하는 시어니는 화가 났다. 혹시 이 환영들과 말을 주고받을 수 있을지도 모르니 한마디 해야겠다 싶었다. 매섭게 쏘아붙이려고 입을 열었으나 입천장과 혀 사이에서 말이 막히면서 날숨만 입 밖으로 흘

284

러 나갔다.

프릿이라는 아이를 괴롭히며 비웃은 소년 때문이었다. 짧은 흑발에 밝은 초록색 눈동자를 가진 그 소년은 바로 *에머리 세인*이었다.

지금보다 훨씬 어리고 키가 멀쑥해서 영 달라 보였다. 이제 겨우 열일곱 살쯤 됐을 텐데, 어렸을 때 키가 다 컸는지 또래들보다 머리 반 개쯤 더 컸다. 지금보다 얼굴에 살이 더 없고 턱 근육이 덜 발달했으며 눈가에는 미성숙한 기운이 엿보였다. 눈에 동정심이라곤 담겨 있지 않았다. 여느 사춘기 소년들이 그렇듯 그저 '재미'만 있으면 그만이라는 눈빛이었다.

"귀 먹었어?" 세인의 친구 중 하나가 물었다. 각진 얼굴에 체구가 큰 그 남학생은 세인의 왼편에 서서 프릿을 발로 툭 찼다. "다른 일은 할 거 없냐고? 여긴 우리가 지나다녀야 하는 공간이란 말이야."

프릿은 눈을 내리깔고 인상을 썼다. 천문학 교과서에 대고 동서남북을 반듯하게 펼치고 접으려는 참이었는데, 세인이 프릿의 다리와 책 사이에 발가락을 쑥 넣어 책을 뒤집어버렸다. 책이 프릿의 무릎에서 바닥으로 떨어지면서 먼

저 떨어진 동서남북을 뭉개놓고 말았다. 마법 결합이 없이
는 어차피 효과가 없었겠지만 망쳐놓기는 매한가지였다.

세인과 친구들이 왁자하게 웃는 가운데 프릿은 조용히
책을 챙겨 일어섰다. 그는 괴롭히는 아이들을 상대하는 일
반적인 방법대로 세인 패거리를 뒤로 하고 돌아섰다. 시어
니의 엄마도 그런 경우 '무시하라'고 늘 조언했는데, 시어
니는 경험상 무시만으로는 사람을 괴롭히는 못된 것들을
물리칠 수 없다는 걸 알고 있었다. 7학년 때 시어니를 바
다코끼리라고 부르며 놀렸던 어깨가 떡 벌어지고 뚱뚱한
체격의 미켈 필스턴이 생각났다. 당시 시어니는 유치가 빠
지고 이가 제대로 나기 전이었다. 시어니는 2년 동안 그놈
을 무시했지만 괴롭힘은 점점 집요해졌다. 그러다 중등학
교 학년 첫날에 시어니는 미켈에게 벌컥 화를 내면서 분노
에 찬 온갖 욕을 쏟아 부었고, 그제야 미켈은 괴롭힘을 멈
췄다. 그 일을 계기로 시어니는 괴롭히는 것들은 똑같은 방
법으로 되갚아줘야 그게 잘못임을 깨닫는다고 생각하게 됐
다. 뻔하고 단순한 진리였다. 미켈은 그 뒤로 시어니를 슬
슬 피해 다녔다.

"네 권리를 지켜."

시어니는 어느새 프릿에게 조언하고 있었지만 프릿은 대답하지 않았다.

세인은 프릿의 어깨를 밀쳐 휘청하게 만들었다.

"좀 더 빨리 움직이라니까, 종이접기나 하는 꼬맹아!"

프릿은 걸음을 빨리해 학생들로 붐비는 복도 저편으로 사라졌다.

시어니는 인상을 쓰며 세인을 돌아보았다.

"진짜 못된 놈이었네요. 알기는 해요?"

세인은 프릿이 앉아 있던 자리로 걸어가 종이봉투를 집어 들었다. 프릿이 제 점심을 그만 거기 두고 간 것이었다. 세인이 봉투 안에 손을 넣어 뒤적거리자 오른쪽에 있던 친구가 세인의 팔뚝 너머로 그 안을 같이 들여다보았다.

세인의 하인처럼 구는 그 녀석이 말했다.

"쿠키는 나 줘."

세인은 빨간 사과 하나를 꺼내 들고 친구에게 봉투를 건넸다. 그리고 미끄러지듯 바닥에 앉아 비쩍 마른 두 다리를 앞으로 뻗더니 소매에 사과를 쓱 문질러 한입 베어 물었다.

옆으로 몸을 기울인 세인은 엉덩이 밑에서 종이로 만든 개구리를 끄집어냈다. 프릿이 직접 접은 것이었다. 세인은 입 안 가득 사과를 문 채 피식 웃으며 종이 개구리를 손으로 구겨버렸다.

"멍청한 자식!"

세인은 이렇게 말하며 구긴 종이 뭉치를 지나가는 흑인 소녀에게 던졌다. 소녀는 인상을 쓰며 세인을 쳐다보았지만 상대하지 않고 가던 길을 계속 갔다.

"가자, 펜넬."

시어니가 말했다. 세인의 모습이 눈앞에 보이지 않자 비로소 깊은 숨을 들이마셨다. 어차피 과거에 있었던 일이었다. 지금 와서 속상해할 필요는 없었다. 시어니는 소리 내어 말했다.

"어떤 계기로 종이접기에 대한 생각이 바뀌었는지 나중에 꼭 물어봐야겠어요. 저 소년에게 사과했길 바랄게요."

복도에 있던 학생들이 각자의 교실로 들어가면서 오가는 인원이 줄자 건물 밖으로 통하는 쌍여닫이문이 시어니의 시야에 들어왔다. 그 문으로 나가면 에머리 세인의 심장 속에 담긴 또 다른 어두운 과거를 맞닥뜨리거나, 또는 아직은 보이지 않는 세 번째 방으로 나갈 수 있을 것이다. 시어니는 후자이길 바랐다. 리라의 덫에서 빨리 벗어나야 했다.

이 상황에서 유일하게 그럴 듯해 보이는 탈출 방법은 이 심장의 끝에 다다르는 것이고, 그러려면 심장 속 이야기를 하나씩 보고 들으며 방을 통과해야 했다.

문을 열자 익숙한 작업실이 보였다. 이 방에 들어왔을 때 보았던 작업실인데, 지금은 네모난 창문으로 흘러드는 어둑한 황혼의 빛과 책상과 주변 선반에 놓인 초의 불빛이 내부를 밝혔다. 바늘로 뇌를 할퀸 듯한 최근의 충격적인 기억 때문에 시어니는 선뜻 들어가지 못하고 문간 앞에서 망설였다.

세인은 책상 앞에 앉아 종이 몇 장을 들여다보고 있었다. 접으려고 놓아둔 종이가 아니라 서류였다. 그는 한 손에 펜을 들고 다른 손으로는 머리카락을 배배 꼬며 그걸 들여다보는 중이었다. 머리카락은 지금보다 짧았다.

펜넬은 세월에 변색된 마룻바닥에 깔린 연보라색 깔개 주변을 돌아다니며 킁킁거렸다. 시어니가 작업실로 들어가자 등 뒤로 문이 닫혔다.

이 작업실은 런던의 노란색 벽돌집에 있는 것에 비해 규모는 작았지만 세인의 취향을 여실히 보여주었다. 선반, 트렁크, 가구 들을 네 개의 벽에 바짝 붙여놓았고 허투루 낭비

되는 공간이 전혀 없도록 순서대로 물건을 배치해놓았다. 체리우드로 만든 멋진 선반 위에는 담황색, 연초록색, 장미색을 띤 다양한 크기의 직사각형과 정사각형 종이가 종류별로 쌓여 있었다. 금속 꺽쇠로 벽에 고정시킨 또 다른 선반 위에는 오래된 책이 잔뜩 놓여 있었다. 시어니가 기억하기로 그중 몇 권은 세인의 침실에 있는 선반 위에 실제로 있었다. 어쨌든 이 선반 위에는 선명한 색색깔의 모래가 담긴 다양한 유리병도 겹겹이 놓여 있었고 그 옆에는 빈 액자가 있었다. 예전에는 그 안에 사진이 있었을 것이다. 시어니는 노란 벽돌집에서 이 액자를 본 기억은 없었다.

세인의 책상 끄트머리에 찻물이 반쯤 담긴 잔이 놓여 있었다. 만져보니 차가웠고 페퍼민트 향기가 살짝 났다. 생각해보니 세인의 주방에서 커피를 본 적이 없었다. 어쩌면 그는 커피 향을 안 좋아할 수도 있었다. 혹은 커피를 마시면 초조해져서 커피를 멀리하는 것인지도 몰랐다. 물론 시어니는 세인의 성격을 이루는 특성들 중에 '초조함'은 없다고 느꼈지만.

세인이 서류를 읽고 있는 직사각형의 공간을 제외하고 다양한 문방구류와 나침반이 담긴 병, 연중 일별로 각기 다른 품종의 나무 그림이 그려진 작은 달력, 색 모래가 담긴 유리병 등 온갖 물건이 책상 위에 나름 신중하게 배치되어 있었다. 책상 한옆에는 또 다른 종이와 서류철 들이 있고, 역시 온갖 종이와 서류철이 놓은 작은 선반이 있었다. 방 안을 둘러보던 시어니의 시선은 종이로 만든 서리 극장 모형에 꽂혔다. 극장의 현관 양옆에 서 있는 기둥들, 돔 형태의 지붕에 튀어나온 첨탑에서 휘날리는 영국 깃발. 시어니는 그가 이렇게 세밀한 모형을 만들기 위해 얼마나 많은 시간과 공을 들였을지 생각하며 감탄에 찬 눈으로 잠시 그것을 바라보았다. 손이 만지는 것을 통과해버리니 어차피 별다른 영향을 주지도 못하겠지만 시어니는 그 모형을 감히 건드릴 수조차 없었다. 모형의 현관문이 건물의 전면 벽에 붙은 생쥐 모양의 경첩과 연결되어 실제로 여닫을 수 있게 되어 있는 듯했지만 말이다.

시어니는 흘끗 세인을 쳐다보았다. 그는 무척이나 아름다운 것들을 창조해내는 남자였다.

그는 서류를 넘기고 그다음 페이지 하단에 무어라고 적기 시작했다. 그제야 시어니는 그 서류를 주목했다. 위아래 양옆의 2.5센티미터쯤 되는 여백마다 작은 글씨로 법률 용어가 빽빽하게 적혀 있었다. 단락마다 번호가 붙어 있었고 전부 대문자로 타이핑된 문장들은 굵은 선으로 구분이 되어 있었다. 세인은 서명을 했다. 그의 필체는 무척 아름다웠다. 소문자를 전부 일정한 너비로 쓰고 그의 이름(Emery Thane)에 들어가는 대문자 E와 T에는 멋을 최소화했다. 시어니는 그 글씨를 베껴 쓰며 필체를 반만이라도 배우고 싶다는 생각이 들었다.

세인은 그 페이지를 넘기고 다음 페이지를 집중해서 읽었다. 입술을 찡그리고 눈가에 주름을 잡아가며 집중하는 모습이었다. 시어니는 그 페이지의 상단에 적힌 제목을 보았다.

버크셔 카운티 서기 | 이혼 신고서

태양이 마침내 세상 뒤로 사라지자 작업실 안의 빛도 더욱 어두워졌다. 시어니는 세인이 두 번째 서명을 한 곳 옆에 적어놓은 날짜를 흘끗 보았다. 그날 이후 정확히 2년 5개월이 흘렀다. 그 기간 동안 그는 이 집에서 혼자 살았을까?

집 안 어딘가에서 똑똑 소리가 들렸다. 긴장한 시어니는 종이부채를 꺼내려고 가방에 손을 넣었다. 하지만 세인도 긴장하는 기색이었다. 그도 들었다는 건 시어니를 쫓는 리라가 낸 소리가 아니라는 뜻이다. 세인의 심장 속 사람들은 시어니를 인지하지 못했고, 마찬가지로 리라에게도 반응을 보이지 않았다. 이 환영 속에서 저 소리를 낸 것이 무엇이든 간에 진짜 리라는 아니었다. 비록 신경이 곤두서는 오싹한 기분이 느껴지긴 했지만.

세인이 의자에서 일어섰다. 의자가 낡은 마룻바닥을 긁으며 책상에서 밀려났다. 세인은 단단히 결심한 듯 셔츠 목 깃 위로 입을 꾹 다물었다. 책상을 빙 돌아 나온 그는 시어니를 통과해 문으로 향했다.

잠시 후 그는 팔짱을 끼며 말했다.

"당신을 다시 보게 될 줄은 예상 못 했는데."

상대는 아무런 대답이 없었다. 세인은 길게 한숨을 쉬었다. 시어니는 그의 손을 잡으려다가 그만두었다. 그가 말했다.

"내가 결계를 쳐놨어."

잠시 후 작업실 문이 삐걱 열렸다. 문 밖에 서 있는 리라를 보고 시어니는 그게 진짜 리라, 현재의 리라가 아님을 알면서도 종이부채를 쥔 손에 힘을 주었다. 이 리라의 머리카락은 현재보다 짧았고 얼굴에 서린 독기도 덜했다. 리라는 길 잃은 개처럼 세인을 애처롭게 바라보면서 야단맞는 아이처럼 아랫입술을 물어뜯었다. 그녀는 얇은 원피스를 입고 날씬한 허리에 어울리는 가느다란 허리띠를 착용했다. 목깃이 가슴 중간까지 내려온 원피스라 가슴 위쪽의 부드러운 곡선이 고스란히 드러났다.

펜넬이 컹컹 짖었고 시어니는 이게 환영임을 알면서도 속이 부글부글 끓었다. 종이부채를 자칫 꽉 쥐었다가 마법을 깨뜨릴까 봐 손에 힘을 주지 않으려 안간힘을 썼다. 리라는 상처받은 척 가식을 떨고 있었다. 딱 봐도 알 수 있었다. 시어니는 저게 진심 어린 표정이라고는 절대 믿지 않았다.

세인도 마찬가지였다. 그는 마치 자식에게 실망한 부모처럼, 속으로 화가 나지만 겉으로는 완벽하게 침착함을 유지했다.

리라가 조그맣게 속삭였다.

"날 좀 도와줘."

"왜 내가 전신기로 가서 당신을 신고하면 안 되는지 그 이유를 한 가지라도 말해봐."

세인은 차분하게 응수했다. 시어니는 지난번에 본 작업실의 환영 이후로 리라가 또 몇 가지 법을 위반한 모양이라고 추측했다. 어쩌면 리라는 신체 마법 결합을 했을지도 몰랐다. 어떤 식으로 결합을 할까 궁금해하다가 움찔했다. 시어니는 신체 마법사가 되는 방법에 대해 알지 못했고, 누구한테서든 그 방법을 전해 듣고 싶지도 않았다.

리라의 진한 속눈썹에 눈물이, 진짜 눈물이 그렁그렁 맺혔다. 이 여자는 거짓으로 둘러대는 데 꽤나 재능이 있었다.

"하룻밤만 부탁할게, 에머리. 아침에 떠날 거야. 오늘 밤에 머물 곳만 있으면 돼."

"당신이 밤을 보낼 만한 괜찮은 감옥을 내가 몇 군데 알고 있어."

"난 죄가 없어!" 리라가 소리쳤지만 세인은 믿을 수 없다는 듯 한쪽 눈썹을 치떴다. 리라는 두 뺨이 벌겋게 달아오른채 이마에 깊은 주름을 잡으며 쏘아붙였다. "내가 당신한테 준 모든 걸 생각해봐, 에머리! 내가 붙잡히면 그들이 날 어떻게 할지 몰라서 이래? 난 죄가 없단 말이야!"

세인은 콧방귀를 뀌면서 양옆으로 손을 내렸다. 그가 팔을 내리자 심장이 있는 가슴을 리라에게 고스란히 노출한 자세가 되었다. 시어니는 몸이 절로 움츠러들었다. 리라가 그를 식당 벽에 매달아놓고 날카로운 손톱으로 가슴을 후벼 파던 기억이, 자신이 막지 못했던 그 일이 생생하게 떠올랐다. 시어니는 간신히 그 기억을 밀어냈다.

"당신 정체가 뭔지 난 알고 있어, 리라! 모두가 알아! 이제 와서 무고한 척을 할 수 있다고 생각해?"

"당신은 그 자리에 없었잖아."

시어니는 리라에게 가까이 다가갔다. 이 여자의 표정을 살펴 비밀을 캐보려 했다. 리라를 세인한테서 멀찍이 밀어내고 싶었지만 시어니의 손은 동화책으로 불러낸 환영처럼 리라의 상체를 통과해버렸다. 시어니는 이 기억의 환영에 개입할 수 없었다.

리라는 울며 내뱉었다.

"당신은 이해 못 해."

"이해해보려고 했어." 책상 가장자리에 몸을 기대고 서 있던 세인이 뻣뻣한 손가락으로 책상을 부여잡으며 받아쳤다. "진짜 노력했어. 리라, 그만…… 가."

"못 가." 리라가 나지막하게 말했다. "그들이 날 잡으러 올 거야."

"당신 동료들은? 그래스? 메니언? 사라즈는?"

리라는 절망적인 표정으로 고개를 저었다.

"혼자 왔어. 이 모든 일에서 벗어나고 싶어, 에머리. 날 믿어줘! 그래스와 그의 똘마니들이 이미 내 이름에 먹칠을 해놨는데 어떻게 나 혼자 결백을 증명해? 파란 모자를 쓴 경찰들이 나를 잡으려고 혈안이 돼 있는 지금 내가 어떻게 새 인생을 시작할 수 있겠어?"

세인은 고개를 절레절레 흔들며 관자놀이를 손으로 문질렀다.

"당신보다 덜한 죄를 저지른 범죄자들도 더 심한 벌을 받아, 리라. 벌써 잊었나본데……."

"난 죄가 없다니까!" 리라는 앞으로 다가와 세인의 소매를 움켜잡으며 소리쳤다. "난 그들이 내세운 마스코트일 뿐이었어. 희생양에 불과하다고! 내가 바보였다는 거 알아. 하지만 누구에게나 잘못을 만회할 기회는 줘야 하잖아! 그리고 아……! 내 실수는……."

시어니는 인상을 쓰며 말을 뱉었다.

"이 여자는 지금 당신을 가지고 놀고 있어요. 이 여자의 눈을 봐요. 연기하는 거라고요. 제가 중등학교에서 연극 수업을 받아서 잘 알아요."

하지만 이 환영은 이미 과거에 일어난 일이었다. 시어니가 바꿀 수는 없었다. 이 여자가 세인에게 가하게 될 심적 고통을 막아줄 수도 없었다. 이 여자가 그의 심장을 뜯어내지 못하게 막을 수도 없었다.

하지만 꼭 막아주고 싶었다.

세인의 눈빛을 보니 이미 누그러지기 시작했다.

"이 여자를 믿으면 안 돼요!" 시어니가 소리치자 펜넬도 맞장구치듯 뒤에서 컹컹 짖었다. 종이 개가 차라리 이 남자보다 분별력이 있었다. "이 여자가 어떤 부류인지 아시잖아요! 앞으로 어떤 부류의 인간이 될지도요!"

"내가 저지른 가장 큰 실수는 당신을 잃은 거야." 리라는 짙은 속눈썹을 깜박거리며 속삭였다. 그리고 마치 반쯤 채워진 모래주머니처럼 세인의 가슴에 힘없이 안겼다. "당신은 내 전부야, 에머리. 내가 다 망쳤어. 내가 그들이 내 머릿속에 그런 생각을 집어넣게 놔뒀어. 당신을 생각하면……."

리라는 극적인 효과를 노리기 위해 뜸을 들이며 뒤로 살짝 물러섰다.

"하지만 이제 와서 무슨 소용이 있겠어. 당신이 날 안 믿는데."

"리라……."

"우리 예전으로 돌아갈 수 없을까?" 리라는 촉촉해진 큰 눈으로 그를 바라보았다. "함께 달아나서 이 모든 일을 가죽 벗기듯 잊어버리면 안 될까?"

기분 나쁜 비유였다. 세인은 다시 표정이 굳어졌다.

"알다시피 난 그 모임의 일원이야. 내가 그들을 도와 당신을 추적하게 했어."

"알아."

시어니는 리라의 얼굴을 뚫어져라 쳐다봤지만 이번에는 속내를 읽을 수가 없었다. 리라의 도자기같이 완벽한 이목구비가 그저 저주스러웠다.

"나도 알아. 당신의 멸시를 받아도 싸. 난 당신을 이미 잃었다고 생각했어……."

리라는 세인의 눈을 그윽하게 바라보았다. 세인의 눈빛이 꽤 부드러워진 걸 확인한 시어니는 자신이 이 신체 마법사를 과소평가한 게 아닌가 싶었다.

"혹시 아직 잃지 않은 거야?"

'여길 떠나야겠어. 떠나고 싶어.'

시어니의 속에서 신물이 올라와 요동쳤다. 이 환영의 뒷부분을 보고 싶지 않았다. 리라의 뒤에 있는 문을 향해 손을 뻗었으나 그 문 너머는 복도였다. 복도와 이 집의 나머지 부분만이 존재했다. 새로운 이미지나 살로 된 심장 벽은 보이지 않았다. 멀리 어딘가에서 쿠-웅-쿵 뛰는 심장 소리가 희미하게 들려왔다. 이렇게 기절할 것 같은 기분이 드는 이유가 기억 속에 갇힌 부작용 때문이길 바랐다.

시어니는 리라와 세인 쪽으로 돌아섰다. 이 집 어딘가에서 또다시 똑똑 소리가 들렸다. 그리고 잠시 후 현관문을 두드리는 소리가 확실히 들렸다. 두 번은 천천히, 두 번은 빠르게. 세인의 이마에 깊은 주름이 잡히는 걸 보니 그도 들은 모양이었다.

세인은 입을 꾹 다물었다. 리라가 그의 셔츠를 잡고 매달리며 나지막하게 애원했다.

"제발, 제발 날 믿어줘. 내가 어떤 사람인지 누구보다 잘 알잖아, 에머리. 내 말을 들어줘야 해."

세인은 잠시 망설이다가 리라의 손목을 잡고 그녀의 손을 셔츠에서 떼어냈다. 그리고 시어니를 통과해 복도를 지나 현관문 쪽으로 향했다. 세인의 걸음걸음을 따라 그 주변에 집의 모습이 드러났다. 세인의 존재가 어둠에 잠긴 환영의 나머지 부분을 시어니에게 보여주는 듯했다.

시어니는 그를 따라 복도를 걸어갔다. 현관문에 작은 유리창이 있긴 했지만 바깥이 너무 어두워서 노란색 불빛 외에는 아무것도 보이지 않았다.

세인이 현관문을 열자 랜턴을 각각 손에 든 경찰관 두 명이 보였다.

"무슨 일입니까?"

"늦은 시간에 성가시게 해드려 죄송합니다, 세인 마법사님." 둘 중 키가 큰 경찰이 말했다. "리라 홉슨이 이 도시에 있는 것으로 파악돼서요."

"리라요?"

"안 돼요." 시어니가 세인의 뒤에서 중얼거렸다. "그러지 말아요, 에머리. 경찰들에게 거짓말하지 마요. 그 여자를 보호하면 안 돼요."

경찰이 고개를 끄덕였다.

"저희는 그 여자가 마법사님이나 본인 모친에게 연락할 것으로 생각했습니다. 혹시 연락이 왔습니까?"

몇 초간 어색한 침묵이 흘렀다. 시어니도 덩달아 숨을 죽였다.

"연락 온 게 없네요. 죄송합니다. 경고해주신 것은 고맙습니다. 이 집에 결계를 쳐놓도록 하겠습니다."

두 번째 경찰이 말했다.

"저희가 그 여자의 소재를 파악할 때까지 다른 곳에 머무시는 게 좋을 듯합니다. 혹시 어떤 얘기라도 들으시면⋯⋯."

세인은 고개를 끄덕였다.

"바로 알려드리겠습니다. 당연히 그래야죠. 고맙습니다."

경찰들은 고개를 숙여 인사한 후 현관에서 물러섰다. 시어니는 심장이 위장까지 철렁 떨어져 속이 뒤집힐 듯했다.

벽을 붙잡고 기대어 서 있는데 삐거덕 하고 경첩이 닫히는 소리가 들렸다. 이 집을 이루는 어두운 색깔들이 주변에서 물결쳤지만 다른 환영으로 바뀌지는 않았다. 대신 시어니는 펜넬, 리라와 함께 다시 작업실에 서 있었고 세인이 들어와 등 뒤로 문을 닫았다.

리라가 속삭였다.

"고마워."

세인은 바닥을 내려다보며 중얼거렸다.

"당신에겐 과분한 대우지."

리라가 머뭇거리며 다가가 두 팔로 그의 허리를 감았다. 그리고 그의 목깃에 얼굴을 묻고 또다시 소곤거렸다.

"정말 고마워."

시어니는 피가 날 때까지 입술을 깨물었다. 그 자리에서 움직일 수조차 없었다. 세인이 기회가 있었을 때 리라를 경찰에 넘겼다면 미래가 어떻게 달라졌을까? 그가 이 끔찍한 여자를 감옥에 보내지 않았기 때문에, 지금 시어니가 그의 목숨을 구하려고 그의 심장 안에 갇힌 채 고군분투하고 있다!

얼굴이 달아오르고 눈 뒤가 시큰해지면서 눈물이 차올랐다. 시어니는 맞은편 벽으로 걸어가며 속으로 애원했다.

'나가게 해줘요. 다른 곳으로 가게 해줘요. 여기 말고 다른 곳으로요.'

세인이 나지막하게 무어라 말했지만 시어니의 귀에는 들리지 않았다.

리라는 야릇한 자세로 그에게 몸을 밀착했고 시어니의 얼굴은 더욱 빨개졌다. 리라가 속삭였다.

"사랑해, 에머리. 당신도 내가 사랑하는 거 알지. 분명히 알 거야."

"리라……."

"그걸 몰랐다면, 아직 나에 대한 사랑이 남아 있지 않았다면, 경찰들을 돌려보내지 않았을 거야."

리라의 기다란 손가락이 거미 다리처럼 그의 목 뒤를 타고 내려가 그의 몸에 점점이 독을 찔러 넣었다. 그녀는 그의 입술을 가까이 끌어당겼다. 세인은 처음에는 저항했지만 독침에 찔린 곤충처럼 이내 저항을 포기하고 리라의 거미줄에 끌려 들어갔다.

시어니는 눈물을 흘렸다. 여기서 나가고 싶은데 저들이 문을 막고 있었다.

시어니는 벽 쪽으로 물러나 주먹으로 벽을 쳤다. 아무것도 바뀌지 않았다. 두 번째 눈물을 떨구기 전에 시어니는 바닥에서 펜넬을 안아 올리며 소리쳤다. "나가게 해줘요!" 고막이 터질 만큼 크게 악을 썼다. "에머리 세인, 나가게 해 달라고요!"

작업실이 흐릿한 그림자로 바뀌고 이윽고 무(無)의 공간이 되었다. 사방에서 들려오는 쿠-웅-쿵 소리는 마치 미친 듯이 뛰고 있는 시어니의 심장 소리를 약하게 흉내 내는 듯했다.

'이제 방은 하나 남았어.'

그 생각을 하며 애써 침착하게 마음을 추슬렀다.

'딱 하나 남았어.'

하지만 세 번째 방의 어둠은 아직 끝나지 않았다. 네 번째 방으로 데려갈 붉은 벽과 피의 강, 탄탄한 판막 대신 시어니의 눈앞에는 낯선 도시의 풍경이 펼쳐졌다. 구름으로 뒤덮인 황혼 무렵의 하늘 아래, 경찰의 날카로운 호각 소리가 울려 퍼졌다.

12

·····★ ★ 🌰 ★ ★·····

한 번도 와본 적 없는 도시였다.

비에 젖은 좁은 자갈길이 쭉 뻗어 있고 도로 옆 배수로에
는 며칠째 쌓여 단단해진 눈과 시커먼 진흙이 뒤섞여 있었
다. 구름이 잔뜩 낀 하늘 때문에 만물은 푸른 잿빛이었다.
땅거미가 지는 저녁 같기는 한데 구름이 해를 완전히 가리
고 있어 시간을 짐작하기 어려웠다. 입에서 하얗게 입김이
뿜어져 나왔다. 펜넬이 주춤주춤 뒷걸음질 치더니 시어니
의 다리 사이로 파고들었다. 시어니의 목 혈관을 타고 피
가 요동치며 흘렀다. 양옆에 짙은 색 벽돌로 이루어진 벽이

있었는데, 그것은 2층짜리 건물의 일부였다. 둘 중 한 건물은 가운데가 뻥 뚫린 아치 형태의 길로 이어졌는데, 시어니가 런던에서 본 적 없는 구조였다. 좁은 길 끝에는 시멘트 계단이 있고 그 주변에 사무용 건물이 서 있었다. 아치 길을 품은 건물 맞은편에 서 있는 또 다른 벽돌 벽은 주변의 다른 건물 사이로 파고 들어가다시피 잔뜩 물러나 있었다.

경찰의 높고 날카로운 호각 소리가 벽에 되튀며 밴시(구슬픈 울음소리로 가족 중 누군가가 곧 죽게 될 것임을 알려준다는 아일랜드 민화 속 여자 유령 - 옮긴이)처럼 왕왕 울어댔다. 시어니는 귀를 틀어막고 눈을 감았다. 여기 있고 싶지 않았다.

'다른 곳으로 보내줘요. 다른 곳으로요. 어서요.'

하지만 시어니의 애원만으로는 풍경을 물러가게 할 수 없었다. 오싹한 한기가 손가락 밑으로 기어 들어와 옷 속으로 스며들고 콧속을 따끔거리게 했다. 호각 소리가 점점 커지더니 익숙한 군홧발 소리가 묵직하게 들려왔다.

시어니는 달리기 시작했다. 펜넬이 뒤따라오며 컹컹 짖어대자 시어니는 잠시 걸음을 멈추고 펜넬을 안아 올려 종이 발이 젖지 않게 했다. 벽돌로 된 아치형 구조물을 지나 쪼개진 자갈이 드문드문 박힌 또 다른 길로 내달렸다. 시어니의 발이 탁한 물웅덩이를 밟는 순간, 얼음처럼 차가운 물이 치마까지 튀어 올라와 스타킹을 적셨다. 창문에 불이 꺼진 은행, 셔터를 내린 레스토랑 등 건물 사이에서 들리는 호각의 개수가 점점 불어나더니 사방에서 울려댔다. 시어니의 부연 입김 사이로 침묵을 메우던 희미한 쿠-웅-쿵 소리마저 호각 소리에 묻혔다.

다음 교차로에서 급하게 모퉁이를 꺾어 달리던 시어니는 경찰관 두 명과 맞닥뜨렸으나 곧장 그들의 몸을 통과해 지나갔다. 그 순간 미끄러운 돌을 밟고 휘청거리다 펜넬이 축축한 길바닥에 떨어져 젖지 않도록 얼른 몸을 옆으로 틀었다. 덕분에 엉덩방아를 찧었고 꼬리뼈와 다리에서 으드득 소리가 나며 통증이 전해졌다. 입에서 비명이 터져 나왔다.

품 안에서 꿈틀대며 낑낑거리던 펜넬은 시어니의 헝클어진 머리카락을 입으로 물고 마치 밧줄 장난감처럼 대롱대롱 매달렸다.

시어니는 아파서 움찔하면서도 힘겹게 다시 일어나 옆구리에 묻은 진흙을 털어냈다. 울지 않으려고 이를 갈면서 눈을 깜박거렸다. 더 많은 경찰들과 군인 두 명이 시어니 쪽으로 달려왔다. 시어니는 눈을 질끈 감고 펜넬을 품에 안은 채 그들이 몸을 통과해 지나가기를 기다렸다.

이 일은 현실이 아니었다. 적어도 *시어니에게는* 그랬다. 하지만 느낌은 그렇지가 않았다. 이건 세인의 기억일 뿐이라고 수차례 상기했지만 여전히 너무나도 현실 같았다.

얼굴에 붙은 머리카락을 훅 불어 걷어내며 시어니는 길을 따라 달려가는 경찰들의 모습을 바라보았다. 경찰들은 알아들을 수 없는 말을 외치면서 오므린 입술과 빵빵한 볼로 연신 호각을 불었다. 여우를 쫓는 사냥개처럼. 여기서 여우는 누굴까?

"에머리."

시어니는 조용히 그의 이름을 부르며 뛰기 시작했다. 발을 뗄 때마다 오른쪽 엉덩이가 욱신거렸다. 지금이 이른 아침이 아니고 저녁이라면 내일 아침쯤 엉덩이에 상당한 멍이 들어 있을 듯했다.

어깨에 멘 가방이 다섯 배는 더 무거워진 느낌이었다. 시어니는 펜넬을 품에 안고 달리면서 가방을 다른 쪽 어깨로 바꿔 멨다. 현실 세계에서보다 다리의 움직임이 조금 더 빨랐다. 시커먼 건물, 잠든 부랑자, 반쯤 녹은 눈 더미 같은 칙칙한 이미지가 옆으로 스치고 지나갔다.

시어니는 짙은 콧수염이 난 경찰서장이 부하들에게 팔을
휘저으며 지시를 내리는 곳까지 다가갔다. 경찰들은 세 명
씩 짝을 지어 각각 다른 길을 통해 도시의 깊숙한 곳으로 수
색을 이어갔다. 그때 시어니가 섬까지 타고 온 글라이더와
비슷하게 생긴 작은 종이비행기가 날아와 시어니의 코앞을
스치더니 경찰서장의 팔뚝을 쿡 찌르고 바닥에 떨어졌다.

시어니가 눈이 휘둥그레져서 그 종이비행기를 집어 들려
고 하는데 서장이 먼저 낚아챘다. 시어니는 발꿈치를 들고
서서 서장의 어깨 너머로 내려다보았다. 종이비행기에 적
힌 간격이 일정한 글씨를 보고 세인의 필체임을 곧바로 알
아보았다. 서명은 없었지만 확실했다.

그들은 포장재 공장 창고에 숨어 있습니다. 북쪽으로 부하들
을 보내세요. 거기서 뵙겠습니다.

"이런 일을 하고 계셨군요. 이제 알겠어요." 시어니는 상
대에게 목소리가 들리지 않는다는 걸 알면서도 말을 걸었
다. 서장의 초췌한 얼굴을 보니 두려움이 깃들어 있었다. 시
어니의 짐작이 맞는 듯했다. "그들을 추적하고 있었던 거네

요. 신체 마법사들과 리라를요. 하지만 이게 언제 있었던 일이죠? 여긴 언제예요? 어느 시점이에요?"

'당신은 지금 안전한 상황인가요?'

서장은 시어니의 귀가 왕왕 울리도록 세게 호각을 불고는 북동쪽으로 달리기 시작했다. 다음 교차로에서 경찰 두 명이 서장과 합류했다.

시어니는 그 뒤를 따라가려고 한 발 내디뎠다가 걸음을 멈추고 방금 종이비행기가 날아온 쪽으로 고개를 돌렸다. 세인이 그쪽에 있을 것 같았다. 온몸이 아프고 폐가 바짝 말랐지만 시어니는 다시 뛰기 시작했다.

그 공장이라는 곳이 어디인지 알 수도 없었고 알 필요도 없었다. 심장 안에서 본 다른 환영들과 마찬가지로 이 도시도 시어니에게 에머리 세인이 있는 곳으로 가는 길을 보여 줄 것이다. 시어니가 그의 *심장* 속 비밀들 사이로 달리고 있으니까. 시어니는 황록색 물이 느릿하게 흐르는 수로 위에 놓인 다리를 건너, 색 바랜 간판을 달고 널빤지로 못을 박아 창문을 막아놓은 빵집을 빙 돌아갔다. 길이 좁아지는 곳에서 또다시 눈 더미를 맞닥뜨리자 펜넬을 팔꿈치 안쪽에 조심스럽게 끼우고 넘어갔다. 아파트 건물과 술집 너머에

판판한 지붕과 원통형 굴뚝이 하나 있는 크고 네모난 건물이 보였다. 황갈색 벽돌로 된 그 창고 건물은 창문이 다 깨져 있었고 내부는 캄캄했다. 창고 끄트머리 튀어나온 곳에는 버려진 새 둥지가 매달려 있었다.

손잡이와 경첩에 녹이 슬어 있는 묵직한 미닫이문 앞에 세인이 서 있었다. 이 도시, 이 하늘과 어울리는 회색 옷차림이었다. 얼굴은 때에 절고 수척했으며 다른 환영에서 봤을 때보다 머리카락이 길고 너저분했다. 그는 특이하게 생긴 복잡한 종이 구(球)를 품에 한가득 안고 있었고, 단단히 접은 종이 별로 가득 채운 벨트를 찬 모습이었다. 그는 묵직한 문을 끼익 소리가 나게 열고는 그 안의 어둠 속으로 사라졌다.

경찰들이 곳곳에서 불던 호각 소리도 어느새 그쳐 있었다. 호각 소리만 잦아든 것이 아니라 사방이 고요해졌다. 발소리도, 새소리도, 사람들 떠드는 소리도, 자동차나 바람 소리도 들리지 않았다. 품에 안은 펜넬이 무겁게 느껴졌다. 어깨에 멘 가방도 마찬가지였다.

시어니는 세인의 이름을 부르거나 그의 뒤를 쫓아 창고 안으로 무작정 달려 들어가지 않았다. 주변을 가득 채운 완벽한 정적을 함부로 깨뜨리면 안 될 것 같았다. 젖은 자갈길을 짧은 보폭으로 밟으며 신중하고 소리 없이 걸어갔다. 녹슨 문이 너무 멀리 있다고 생각했는데 어느새 믿을 수 없을 만큼 가까워졌다. 시어니가 앞에 서자 문이 저절로 열렸다.

창고 안에서 축축하게 젖은 고기 냄새가, 신선한 고기와 상한 고기 냄새가 섞여 차가운 노래처럼 싸늘하게 흘러나왔다. 창고 안이 바깥의 겨울 공기보다 차가워서 시어니는 몸이 덜덜 떨렸다. 시멘트 바닥에 흩어진 암염을 으드득 밟으며 걸어가다가 펜넬을 바닥에 내려놓았다. "가까이서 따라와." 시어니는 이를 딱딱 맞부딪치며 펜넬에게 속삭였다.

점판암 색깔의 탁한 빛이 높은 벽에 뚫린 창문을 통해 흘러들었다. 창문 대부분이 금이 가고 깨져서 판지와 목판으로 덧대져 있었다. 창문으로 흘러든 빛을 받아 저 위쪽 벽에 설치된, 바닥이 격자 모양 강철제로 된 연결통로가 어렴풋이 보였다. 시어니는 오른손에 종이부채를 쥐고 왼손으로는 가방 끈을 꼭 쥐었다. 여긴 리라가, 진짜 리라가 복수를 하기에 완벽한 환경이었다. 시어니는 창고 안으로 깊이 들어갈수록 더욱 진해지는 고기 냄새에 자신의 시신 냄새를 보탤 일은 없기를 바랐다.

조금 더 큰 두 번째 공간으로 들어가자 그곳에도 아까와 같은 연결통로가 머리 위에서 구불구불 이어져 있었다. 어둑한 빛이 고기 고리가 걸린 강철 시렁 수십 개를 비추었다. 고리 세 개 건너 하나 꼴로 돼지의 몸통 절반이나 소의 긴 옆구리 살이 걸려 있었다. 간간이 발굽을 제거한 발도 보였는데, 그렇게 걸려 있으니 더 이상 동물 같지가 않았다. 흰색과 진홍색 무늬가 들어간 근육 덩어리가 냄새 나는 배수구 위에 줄줄이 걸려 있었다.

펜넬은 꼬리를 흔들며 고기 주변에서 코를 킁킁거렸다. 쥐 한 마리가 후다닥 지나갔다. 시어머니는 쉭 소리를 내고 손을 흔들어 펜넬의 시선을 자신 쪽으로 끌었다. 그런데 실수로 종이부채를 쥐고 있던 오른손을 흔들고 말았다. 그 순간 부채 끝에서 악취 나는 바람이 쏟아져 나와 윙 소리를 내며 펜넬의 머리 위를 지나 방 안을 가득 채웠다. 시어머니는 얼른 왼손으로 부채를 접었는데, 고리에 걸린 채 끼익끼익 흔들리던 쇠고기가 등을 툭 치는 바람에 비명이 터져 나올 뻔한 것을 겨우 참았다.

금속 시렁에 매달린 고기가 전부 앞뒤로 흔들리며 끼익 끼익 소리를 냈다. 그렇게 움직이고 있으니 마치 살아 있는 듯했다. 황량한 풍경이었다.

시어니는 하얀 입김을 뿜으며 앞으로 나아갔다. 눈을 가늘게 뜨고 어둠 속을 응시하며 걸어가다 저 앞에 문이 살짝 열려 있는 것을 보았다. 내장과 소시지가 걸려 있는 곳 너머였다. 그쪽으로 서둘러 걸어가는데 시어니의 발소리가 너무 요란하게 나서 무서울 정도였다. 문 너머 작은 방에는 어스름한 회갈색 빛이 감돌고 있었다. 저장고인 듯한 그 방 안에 세인이 등을 보이며 서 있었다. 숨을 쉴 때마다 그의 축 처진 어깨가 들썩였다. 경찰서장이 옆에 서서 찡그린 얼굴로 수염을 쓰다듬고 있었다. 시어니의 뒤에서 랜턴을 든 경찰들이 창고로 들어오자 마치 스위치라도 켠 듯 환해졌다. 마치 세인의 심장이 저 경찰들을 환영에 포함시키기 위해 이 순간까지 기다린 것처럼. 경찰들은 아무도 호각을 불지 않았고 입을 여는 이도 없었다. 다들 조용히 돌아다니며 현장 조사를 했는데 일부는 뭘 어떻게 해야 할지 갈피를 못 잡는 듯했다.

펜넬이 세인의 다리 사이로 머리를 집어넣고 으르렁거렸다. 시어니는 서장과 세인 옆을 지나 그들이 보고 있는 현장으로 다가갔다.

현장을 본 순간, 시어니의 몸은 충격으로 굳어졌다. 목 안에 담즙이 차올라 견딜 수 없었다. 고개를 옆으로 돌릴 새도 없이 시멘트 바닥에 구토를 하고 말았다. 담즙이 목구멍과 부비강으로 치솟았다. 위장이 밑에서 위로 계속 내용물을 게워냈다. 더 이상 한 방울도 쥐어짜낼 수 없을 때까지.

　만약 다른 이들이 시어니를 볼 수 있는 상황이었다고 해도, 시어니의 구역질 정도로는 앞에 펼쳐진 광경에서 시선을 떼지 않았을 것이다.

　시체들.

　잘게 잘리고 반토막 난 시체들. 옆방의 도축된 고기와 비슷했지만 이건 *사람의 시체*였다. 시어니는 그쪽으로 다시 눈길조차 돌릴 수 없었으나 끔찍하게 좋은 기억력 때문에 한 번 본 것만으로도 그 장면을 머릿속에 생생하게 담고 말았다. 머리가 잘린 남자들, 몸이 반으로 잘린 여자들, 심장을 뜯겨 가슴 속에 구더기가 득실대는 아이들……. 그 이미지는 시어니의 머리에서 영원히, *절대로* 지워지지 않을 듯했다. 목 안이 바짝 말라 따갑고 까끌까끌하지 않았다면 아마 울음을 터뜨렸을 것이다.

　그 시체들은 냄새가 달랐다. 도축된 고기와는 다른 냄새를 풍겼다. 시어니는 혀에 토사물이 묻어 있어, 저 망가지고 가여운 시신들의 냄새 대신 토사물 냄새를 입에 담을 수 있는 것이 차라리 다행이다 싶었다.

서장이 중얼거렸다.

"거의, 거의 잡을 뻔했는데. 놈들은 이미 자취를 감췄습니다. 이 시신은 죽은 지 얼마 안 됐군요. 저 시신도요. 안타깝네요."

시어니는 몸서리를 치며 세인의 얼굴을 올려다보았다. 휘둥그렇게 뜬 눈은 퀭했고 피부는 창백했으며 입술은 갈라져 있었다. 그는 아무 말도 하지 않았지만 시어니는 그의 생각을 들을 수 있었다.

'나 때문이야. 내가 그녀를 놓아줘서. 내가 마음이 너무 약해서 이 사람들이 죽었어.'

그 생각은 세인의 내면을 갈기갈기 찢어놓고 있었다. 이마에 새겨진 지친 주름, 팽팽하게 긴장한 목, 촉촉하게 젖은 두 눈. 시어니는 숨을 내쉬며 침을 뱉고 입을 닦았다. 세인의 죄책감은 뜨겁게 고동치는 판막처럼 시어니에게 고스란히 전달되어 숨통을 조였다. 공기가 답답하고 불쾌해졌다. 세인은 그동안 내내 이 방을 마음 안에 담고 살아온 것이다. 완벽한 기억력을 갖고 있지 않다 하더라도 이런 사건 현장은 쉬이 잊히지 않는다. 이런 방에서 느낀 감정은 절대 잊을 수 없다.

시어니의 시야 한구석에서 허연 증기가 피어오르고 축축한 쇠 냄새가 부비강으로 파고들었다. 눈앞에 펼쳐진 끔찍한 광경과 세인의 심적 고통에도 불구하고 시어니는 그리로 눈길을 돌렸다.

진홍색 핏물이 부글부글 끓어오르며 시어니의 주변에서 휘몰아치기 시작했다. 뱀처럼 다가온 핏물은 별안간 방향을 틀어 저장고 안 대학살의 현장으로 흘러 들어왔다. 그 핏물에 닿은 시체와 선반, 상자가 증발했다. 벽과 서장, 세인을 제외한 모든 것이 사라졌다. 세인은 여전히 입을 벌린 채 퀭한 눈에 힘을 주고 서서 시체들이 있던 자리를 응시하고 있었다. 그의 바짝 마른 입술에는 현실을 부정하고 싶은 마음과 자기혐오가 담겨 있었다. 그는 시어니를 볼 수 없었고, 손가락에서 부글거리는 피를 뚝뚝 흘리며 저장고 문을 지나 시어니에게 다가오는 현재의 *진짜* 리라도 볼 수 없었다. 리라는 지옥에서 올라온 악마의 현신이었고, 한때 아름다웠으나 갈기갈기 찢겼다가 다시 봉합해놓은 듯이 끔찍한 모습을 한 이야기책 속의 악당이었다.

시어니는 피를 떨어뜨리는 리라의 손을 보며 리라의 마법이 어떤 식으로 작용하는지 생각했다. 신체 마법사가 저렇게 피를 끓게 만들려면 어린아이의 심장을 뜯어내는 소름끼치는 짓 정도는 해야 하리라는 생각에 낯빛이 창백해졌다. 피는 시어니를 노리는 게 분명했지만 그녀에게 닿지 못했다.

가슴에 둘러맨 종이 방패 사슬에 손을 얹고 시어니는 까마귀처럼 새까만 머리카락을 가진 여자한테서 주춤주춤 물러섰다. 그 여자는 자신의 마법이 효력을 발휘하지 못하자 잔뜩 분노한 얼굴이었다.

리라는 시어니를 건드리지 못했다. 다행히 아직까지는 그랬다. 앞으로 어떻게 될지는 생각하고 싶지 않았다.

허리춤에서 긴 칼을 꺼내 든 리라는 그 칼로 손바닥을 그어 시커먼 피를 두 손에 모았다. 그리고 역겨운 주문을 중얼중얼 외우며 핏방울을 앞으로 뿌렸다. 진홍색 핏방울은 보이지 않는 불길과 함께 증기를 뿜으며 날아왔지만 시어니의 가슴에 감긴 방패 사슬이 요동치면서 핏방울의 방향을 주변의 벽 쪽으로 휘어지게 했다. 피는 벽돌 사이의 모르타르와 시멘트 바닥의 색깔을 점점이 빨아들여 환영의 세밀한 부분을 흐릿하게 만들었다. 세인의 모습도 희미해지기 시작했다.

사라져가는 세인 옆, 시어니의 오른쪽에 문이 하나 나타났다. 가장자리가 진홍색인 하얀 문이 아니라, 가장자리에 그림자가 진 붉은 문이었다.

"안 돼!"

리라가 바닥에 피를 뚝뚝 떨어뜨리며 소리쳤다. 그러면서 시어니를 향해 피에 젖은 붉은 손을 한껏 뻗었다.

시어니는 리라에게 붙잡히기 전에 쏜살같이 문을 향해 달렸고 펜넬도 곧장 따라왔다. 하지만 문 너머는 세인의 심장을 이루는 붉은 벽이 아니라, 별이 총총한 창문이 있는 어두운 작업실이었다. 다시 처음의 그 방으로 돌아온 것이다. 눈앞에서 그림자들이 사납게 움직였다. 시어니는 심장이 철렁했다.

또다시 이 방에 갇히고 말았다.

13

· · · · · ★ ★ 🪨 ★ ★ ★ · · · ·

바짝 다가온 세인은 시어니의 목을 팔뚝으로 누르며 붉은 문이 있던 벽으로 밀어붙였다. 시어니는 눈을 감고 세인이 자신의 몸을 어서 통과하길, 과거의 환영이 재생되길 기다렸지만 생각대로 되지 않았다. 세인의 팔뚝은 시어니를 확고하게 짓눌렀다. 눈을 뜬 시어니는 초록색 불처럼 이글이글 타오르는 세인의 두 눈과 마주쳤다.

그의 차가운 땀방울이 시어니의 피부에 뚝뚝 떨어졌다. 펜넬이 옆에서 조그맣게 컹컹 짖으며 종이 이빨로 세인의 다리를 물었다. 시어니는 벗어나려 버둥거렸지만 세인은 꿈쩍도 하지 않았다.

"넌 여길 헤집고 다닐 권리가 없어!"

그는 낮고 거친 목소리로 날카롭게 내뱉었다. 시어니가 아는 에머리 세인 같지 않았다. 아까 이 작업실에서 본, 분노와 비통함에 어쩔 줄 몰라 하던 그도 이렇게 차갑게 말하지는 않았다. 그가 이렇게 벽으로 바짝 밀어붙이지 않았다면 시어니는 아마 몸을 덜덜 떨었을 것이다.

"죄송해요. 전 그럴 의도가……."

그림자처럼 어두운 모습의 세인은 뒤로 물러나 시어니의 어깨를 움켜잡았다. 그리고 별 힘도 들이지 않고 한쪽 구석에 꼼꼼하게 쌓아둔 상자와 책 더미를 향해 시어니를 거칠게 던졌다. 판지 상자의 모서리가 시어니의 갈비뼈와 척추를 찌르고, 문고판 소설책들이 머리 위로 비처럼 쏟아졌다.

"전 당신을 구하려고 애쓰고 있어요!"

시어니가 소리쳤다.

그림자 세인이 망가진 파이프오르간처럼 킬킬 웃자 시어니의 팔뚝에 싸늘한 소름이 돋았다.

"아무도 날 구하지 못해. 넌 멋도 모르고 위험한 물속에 뛰어든 거야, 트월 양."

펜넬이 웅크리고 앉아 사납게 짖었지만 그림자 세인은 펜넬을 보지도 듣지도 못했다. 분노로 이글거리는 그의 눈은 오직 시어니에게 고정돼 있었다. 필사적으로 도망치려는 쥐를 지켜보다가 급강하해 뾰족한 발톱으로 낚아채려는 올빼미처럼.

시어니는 차분한 목소리를 내려고 했지만 덜덜 떨리는 음성이 흘러나왔다.

"제발 놓아줘요. 그래야 제가 당신을 도울 수 있어요."

"나를 돕는다고?" 그는 독한 식초라도 뿌린 듯 날카로운 말투로 물으며 비웃었다. "그럼 누가 그들을 돕지?"

환영이 반쯤 흐려졌다. 작업실의 나무 벽은 그대로인데 가구와 선반, 바닥이 사라졌다. 그리고 그 자리는 뜯기고 잘린 시체들이 널브러진 창고 저장고 바닥으로 바뀌었다.

시어니는 다른 곳으로 시선을 돌리고 손으로 입을 틀어막으며 구역질이 나오지 않도록 속을 진정시켰다. 그리고 손가락 사이로 외쳤다.

"제가 이걸 다시 볼 필요는 없어요!"

"그래?" 그림자 세인이 목소리를 높였다. "네 기억력이 어디가 좋다는 거야, 트윌 양? 저들에 대해 벌써 잊었나 본데, 저들을 죽인 건 나야."

"아니에요!" 시어니는 눈썹에 눈물이 맺힌 채 소리쳤지만 시체들이 즐비한 곳으로는 눈길을 돌리지 않았다. "신체 마법사들이 죽인 거지, 당신이 한 짓이 아니에요!"

"내가 신체 마법사들을 막지 못해서 저들이 죽었어."

"막으려고 노력했잖아요." 시어니는 거의 자신에게 말하는 듯했다. "노력하시는 걸 제가 봤어요. 저들을 구하려고 하시는 걸 제가 봤다고요."

"아니야."

그가 이렇게 말하는 동안 죽음의 환영이 희미해지고 다시 작업실 풍경으로 바뀌었다. 어질러진 책상과 바닥에 떨어진 상자들과 짙은 색깔의 책들이 다시 눈앞에 보였다.

"나를 구하려고 한 거지. 난 신체 마법사들을 쫓는 데만 정신이 팔려 있었어."

시어니는 그를 올려다보았다. 흩어진 상자들과 책들이 시어니를 찔러댔다.

"저들과 개인적으로 아는 사이도 아니잖아요? 저들은 사건의 희생자일 뿐이지 당신이 죽인 게 아니에요. 저들의 이름이라도 아세요?"

그는 옆으로 시선을 피했다.

"그러니까 당신 탓이 아니라는 거예요. 신체 마법사들이 사람들을 해쳤기 때문에 당신은 그들을 추적했어요. 당신과 개인적으로 아는 사이도 아닌 사람들을 다치게 했다는 이유로요. 그런 당신이 어째서 잘못을 했다는 거죠?"

그가 소리 내어 웃었다.

"나도 그 여자와 다를 바 없어. 리라와 똑같아."

시어니가 일어서서 조목조목 따졌다.

"그 여자는 당신을 조종했어요, 에머리 세인. 당신은 또 다시 그 여자를 사랑하게 된 거고요. 제가 봤어요."

시어니는 팔짱을 끼고 피부를 문질러 소름을 가라앉혔다. 마음을 진정시켜야 끔찍한 광경이 이 환영 속으로 파고들지 않을 것 같았다.

"그런 사랑을 해본 적이 없어서 완전히 이해는 못 하겠지만, 그래도 만약 제가 사랑에 빠졌고 상대를 구할 수 있는 기회가 있었다면 저 역시 그 기회를 잡았을 거예요."

'제가 지금 당신을 구하려고 애쓰고 있는 것처럼요⋯⋯.'

그림자 세인이 갑자기 뒤에서 모습을 드러내며 시어니의 머리카락을 움켜잡았다. 그가 머리를 옆으로 잡아당기자 시어니는 깜짝 놀라 숨을 헉 들이마셨다.

"여기에 사랑 따윈 없어."

그가 으르렁대듯 내뱉었다.

시어니가 나지막하게 반박했다.

"여긴 없을 수도 있죠. 이 방에는요. 하지만 여긴 당신 심장의 일부일 뿐이잖아요? 심장 전체의 작은 일부요."

그는 시어니를 놓아주었다. 그의 모습이 몇 발자국 떨어진 곳에서 나타났다 사라졌다를 되풀이했다. 펜넬이 네 발로 펄쩍펄쩍 뛰면서 요란하게 짖어댔다. 펜넬을 노려보던 그림자 세인은 펜넬을 확 낚아채더니 종이로 된 골격을 구기고는 몸을 반으로 찢어놓았다.

시어니는 비명을 지르며 펜넬에게 몸을 던졌다. 하지만 펜넬의 몸에 깃든 마법은 이미 파괴됐다. 그동안 시어니의 동반자가 되어주었던 종이 개는 세인이 손을 펼치자 조각으로 찢긴 채 마룻바닥으로 훌훌 떨어졌다.

충격을 받은 시어니는 종잇조각들을 바라보며 무릎을 꿇었다. 눈물이 흘러내렸다.

세인은 시어니를 위해 펜넬을 *만들어주었다.* 시어니가 비지를 그리워하니까, 그런 시어니의 마음을 헤아려준 것이었다. 펜넬은 심장 바깥의 세상과 연결된 유일한 현실의 끈이었다. 이 어두운 곳에서 유일한 친구였고, 계속해서 변하는 환영 속에서 유일하게 변치 않은 존재이기도 했다.

시어니는 찢어진 종잇조각들을 어루만졌다. 처참하게 구겨져 생명을 잃은 펜넬의 머리처럼 시어니의 마음도 구겨지고 상처를 받았다.

"이건 당신답지 않아요." 시어니는 펜넬의 생기 없는 형체에서 차가운 손가락을 떼며 속삭였다. "전혀 당신답지가 않아요!"

"하!" 그림자 세인이 소리쳤다. "*내가* 어떤 인간인지 알기나 해?"

그의 손가락이 또다시 시어니의 머리카락을 부여잡고 끌어당겨 일으켰다.

"넌 어둡고 위험한 물속에……."

갑자기 또 다른 웃음소리, 리라의 웃음소리가 방 안을 가득 채웠다. 시어니는 차가운 눈 더미에 던져진 뜨거운 유리 팬처럼 온몸에 금이 가는 느낌이었다. 그 여자의 모습은 보이지 않았다. 그림자 세인은 그 여자의 웃음소리를 듣지 못하는 듯했다. 그 소리에 반응을 보이지 않는 걸 보면 그랬다.

"이렇게 될 줄 몰랐니, 애송아?" 리라의 아득한 목소리가 어두운 작업실에 메아리쳤다. 마치 리라의 후두가 그곳 벽에 박힌 듯했다. "신체 마법의 규칙은, 특히 심장에 관한 규칙은 아주 명백한데 말이야."

"무, 무슨 소린지 모르겠어."

시어니는 바짝 마른 혀로 대꾸했다. 시어니의 시선은 그림자 세인에게 붙박여 있었다. 그가 머리털을 뜯어내지 못하게 막느라 시어니는 손가락으로 그의 손을 붙잡고 있는 중이었다.

리라가 이번에는 다소 작아진 소리로 웃어댔다.

"자신의 심장 안에서 진정한 사랑을 다치게 할 수 있는 남자는 없어. 그게 무슨 의미인지 모르겠니? 그는 널 사랑하지 않아, 이 멍청한 것아!"

리라는 우스워 못 견디겠다는 듯 또다시 깔깔 웃었다. 하지만 웃음소리는 점차 희미해졌다. 리라가 어디로 갔는지는 알 수 없었다. 웃음소리는 비 맞은 불더미처럼 잦아들고 있었다. 시어니를 이렇게 완벽하게 붙잡아놓았으니 자신이 계획했던 바를 마무리짓기 위해 이 심장을 떠나버렸을 수도 있었다. 또다시 섬뜩한 마법을 펼치기 위해 세인의 심장을 가지고 바다를 건너 탈출하는 중일 수도 있었다.

만약 그렇게 되면 세인은 죽게 될 것이다.

시어니의 얼굴을 타고 눈물이 계속 흘러내렸다. 시어니는 그림자 세인의 손목을 부여잡고 나지막하게 말했다.

"나도 알아요."

'당신이 날 사랑하지 않는다는 걸 나도 알아요.'

'아직은 그렇겠죠.'

이 생각을 하자 다시금 힘이 났다.

"당신만 실수를 저지른 줄 아나 보네요? 이 세상에 당신 말고는 다들 실수를 저지르지 않고 사는 줄 아세요? 시야가 너무 좁아져서 이 방 밖의 세상을 보지 못하는 건가요?"

그가 고함을 쳤지만 시어니는 움찔하지 않았다. 손톱으로 그의 손목을 찔러 그가 머리카락을 놓게 만든 후 뒤로 밀쳐냈다. 시어니는 쫓겨 다니다 덫에 걸리는 생쥐 노릇을 할 생각은 없었다.

"리라가 한 짓은요?" 시어니는 리라가 문 뒤에 서 있기라도 한 것처럼 문을 손으로 가리키며 물었다. "리라가 한 짓은 어떻게 생각하세요?"

그의 눈빛은 더욱 암울해졌다.

"저는 어떨까요?" 시어니는 두 손을 가슴에 대고 심장을 진정시키며 작아진 목소리로 물었다. "저는 실수를 안 저질렀을 것 같아요? 저도 물론 제 실수를 떠올리며 살아요. 하지만 줄곧 그 생각만 하면서 어떻게 살 수 있었겠어요? 실수에 정신이 매몰돼버리면 제가 어떤 인간이 되겠냐고요? 예전에 엄마가 발 수술을 받으셔야 해서 제가 어린 여동생을 학교에서 데려오기로 했던 적이 있었어요. 1월 중순쯤이었는데, 저는 다음 날 수업 시간에 제출해야 하는 입체 모형을 만들던 중이라 그 일을 마저 끝내고 싶었어요. 그러느라 약속 시간이 세 시간이나 지나버렸죠. 그 추운 겨울에 여동생은 세 시간이나 저를 기다려야 했어요. 결국 여동생은 폐렴에 걸려 거의 죽을 뻔했고요. 동생보다 숙제를 더 신경 썼던 저 때문에요! 그리고 도둑질도 해봤어요." 시어니는 앞으로 살짝 다가가며 말을 이었다. "길을 가다가 어떤 할아버지가 길가에 6파운드를 떨어뜨린 걸 보고 얼른 주워서 주머니에 넣었죠. 그리고 그 할아버지가 눈치채지 못하게 먼 길을 돌아서 집으로 갔어요."

그림자 세인은 킬킬 웃었다.

"그런 자잘한 실수가 이 난장판과 비교가 된다고 생각해? 여동생을 추위에 떨게 만든 일과 좀도둑질이 내가 저지른 일과 비교가 돼?"

"제 실수와 당신의 실수 중 어떤 것이 무거운지 판단할 권리를 누가 당신에게 줬죠?" 시어니는 지지 않고 받아쳤다. 예전 기억이 떠오르면서 시어니의 심장은 죄책감으로 조여들고 비틀리는 기분이었다. "제가 왜 그렇게 오랫동안 밀 스콰츠 마을에서 살게 됐는지 말해드릴까요? 우리 아버지는 원래 수상 가족을 위해 차를 모는 운전기사였어요. 번듯한 일자리였죠. 그런데 제가 열두 살 때 그 차를 훔쳐 타고 가다가 여왕님이 머무는 건물 벽을 들이받았어요. 그 일로 아버지는 일자리를 잃었고 자동차 값을 물어주느라 그동안 저축한 돈도 다 써야 했어요. 땡전 한 푼 없게 된 우리 가족은 그 음침한 동네로 이사를 해야 했죠. 전부 저 때문이었어요. 제가 차를 운전하고 싶어서, 부모님이 안 된다고 했던 말을 무시하고 멋대로 운전대를 잡았기 때문이에요. …… 애니스 일은 또 어떻고요." 시어니의 눈에서 눈물이 펑펑 쏟아졌다. "혹시 애니스 해터에 대해 아세요? 들어보셨어요?"

그는 대답하지 않았다.

"애니스는 제 친구였어요! 가장 친한 친구였는데, 중등학교 1학년 때 무척 힘든 일이 있었나 봐요. 물어본 적이 없어서 어떤 일 때문이었는지는 지금도 몰라요. 어느 날부터 애니스가 기운이 빠지더니 우울해하면서 안색이 안 좋았어요. 그러다 겨울방학이 시작되기 전날 저한테 연락해서 자기를 보러 와달라고 했어요. 하고 싶은 얘기가 있다면서요. 하지만 전 늦고 말았어요. 이유는 중요하지 않아요. 어쨌든 늦었어요. 애니스의 방에 도착해서 보니까 애니스가 손목에서 팔꿈치 안쪽까지 칼로 그은 채 욕조에서 죽어 있었어요."

시어니는 울음을 참느라 손으로 입을 막았다. 그 기억은 지독히 생생해서 그동안 세월이 흘러 온갖 세상사에 시달리면서도 좀처럼 지워지지 않았다. 그 사건이 있고 나서 시어니는 몇 날 며칠을 뜬눈으로 지새우며 그 일을 되풀이해 생각했다. '늦지 않고 삼십 분만 일찍 도착했으면 상황이 달라지지 않았을까?' 하는 후회 때문이었다. 어떤 이에겐 흐릿한 기억으로 남았을 사건이지만 시어니는 그 일로 수많은 날을 슬픔과 눈물로 보내야 했다.

완벽한 기억력을 가진 시어니는 자신이 며칠 동안 밤을 새우며 그 일을 곱씹었는지 알고 있었다. 정확히 17일이었다. 자신이 몇 시간을 울었는지를 기억했고, 애니스의 창백한 얼굴과 피투성이가 된 팔, 아무것도 보고 있지 않던 멀건 눈을 기억했다. 그 후에 받은 모든 심리 치료와 뒤따른 성적 하락도 기억에 생생하게 남았다.

그렇게 모든 것을 알고 기억하면서, 정작 친구가 그런 선택을 한 이유는 모른다는 사실이 가장 힘들었다. 애니스는 유서 한 장 남기지 않았다. 애니스의 부모님은 딸의 장례식에서 아무 말도 하지 않았다.

"그게 제 잘못일까요?" 시어니는 속삭이듯 물었다. "애니스가 자살을 한 게 제 탓일까요?" 시어니는 그가 대답하길 기다리지 않고 말을 이었다. "리라와 그 일당이 그 가족을 죽인 게 당신 탓인가요?"

시어니는 길게 숨을 들이마시며 조용히 말했다.

"제가 당신을 용서할게요."

그림자 세인이 움찔했다.

"제가 용서할게요, 에머리. 어떻게 된 건지 다 봤어요. 참 유감이에요. 물론 일부러 보려고 한 건 아니었어요. 여기서

333

일어난 일 중 제가 의도한 것은 없으니까요." 시어니는 눈을 깜박여 눈물을 참고 목구멍 깊은 곳에 도사린 울음을 삼켰다. "제가 용서할게요. 그러니까 이제 괜찮아요."

그의 모습이 흔들렸다. 시어니의 가슴 속에서 따뜻한 희망의 불꽃이 피어났다. 시어니의 말에 그가 영향을 받은 듯했다. 시어니는 그에게 한 걸음 다가섰다.

그는 고함을 지르며 시어니의 팔죽지를 잡고 바닥으로 쓰러뜨렸다.

"네가 뭔데 나를 용서해!"

낮고 부자연스러운 목소리였다.

"그럼 본인이 직접 스스로를 용서하세요!" 소리치며 일어선 시어니는 손바닥으로 벽을 짚으며 말을 이었다. "누구나 마음에 어두운 면을 품고 살아요! 그 어두운 면을 키워나갈지 말지는 본인이 선택하는 거예요. 모르겠어요? 리라는 자신의 어두운 면을 활용해 그렇게 살고 있지만 당신은 아니에요. 당신은 아니라고요, 에머리 세인. 당신은 좋은 사람이에요!" 조금 전 리라의 목소리가 울려 퍼졌던 벽에 시어니의 목소리가 메아리쳤다. "당신을 안 지 한 달도 되지 않았지만 당신이 좋은 사람인 건 분명히 알 수 있어요!"

334

그는 어두운 그림자 속으로 물러섰다.

"마음에서 털어내요. 증오와 분노, 슬픔을 털어내 버려요. 그리고 저를 놓아줘요. 당신이 저를 놓아주지 않으면 제가 당신을 도울 수가 없어요!"

주위가 붉은색과 복숭아색으로 번쩍였다. 힘겹게 쿠-웅- 쿵 뛰는 심장 소리가 들려오는 가운데 점점 온도가 높아지고 습기가 차올랐다. 시어니는 눈을 깜박였다. 어느새 시어니는 세인의 심장 속 방 안에 다시 와 있었다. 점점 힘이 빠지는 심장 박동 소리 외에 사방이 적막했다. 그곳에는 시어니, 그리고 발치에 떨어진 찢긴 펜넬 말고는 아무것도 없었다. 시어니는 바닥에 주저앉아 펜넬의 흩어진 몸을 조심스럽게 모았다. 구겨진 모서리를 펴고 원래 구김살이 있던 자리를 부드럽게 쓰다듬었다.

"넌 착한 개야."

시어니는 종잇조각들을 모아 속삭였다. 울음이 터져 나오지 않도록 있는 힘껏 숨을 들이마셨다. 이제 우는 것에는 신물이 났다. 엄마가 늘 했던 말처럼, 운다고 해결되는 일은 없었다.

펜넬을 가방에 넣은 후 뱃속을 쥐어짜는 허기를 면하기

위해 빵 한 조각을 꺼내 반쯤 씹어 삼켰다. 그리고 피부와 혈관으로 이루어진 바닥 저편의 판막을 바라보며 스스로를 다독였다.

"이제 하나만 더 지나면 끝이야. 여길 벗어날 문이 없다고 해도 적어도 노력은 해봐야지. 한 번 더 해보자, 시어니."

14

········ ★ ★ ★ ◈ ★ ★ ★ ········

시어니는 지친 몸을 이끌고 무작정 판막 속으로 들어갔
다. 런던 동물원에서 본 커다란 뱀처럼 판막이 온몸을 조여
왔다. 하지만 그림자 세인과 대면하며 결심했듯이 시어니
는 여기서 생쥐 노릇을 할 의향이 전혀 없었다. 끙 소리를
내고 왼쪽 다리에 힘을 주면서 판막 너머로 밀고 나아갔다.

세 번째 방과 마찬가지로, 네 번째 방도 열리자마자 곧
바로 환영을 보여주었다. 그런데 이 방의 환영은 좀 달랐
다. 시어니는 어떤 방이나 정원, 도시에 와 있지 않았다. 여
긴 기억이 담긴 곳이 아니라는 느낌이 들었다. 이런 풍경

은 본 적이 없었다. 오로지 세인의 심장 속에만 존재하는 곳인 듯했다.

눈앞에는 건조한 땅이 끝없이 펼쳐져 있었다. 사막은 아니지만 사막 못지않게 바짝 마른 땅이었다. 사방으로 지긋지긋하게 뻗어나간 구릿빛 땅에는 산이나 강, 숲이라곤 없었다. 잡초 한 포기, 언덕 하나도 솟아 있지 않았다. 연분홍색이 섞인 청회색 하늘, 일출 직전의 순간에 영원히 멈춰버린 하늘에 맞닿을 때까지 대지가 끝없이 뻗어 있었다. 하늘에 구름 한 점도 어떤 색깔을 띤 가느다란 조각 하나도 떠있지 않았다. 바람에 떠다니는 새나 땅 위에 선 묘목도 없었다. 바람조차 불지 않았다.

먼지와 흙냄새는 물론이고 아무 냄새도 나지 않았다. 시어니 자신이 내는 소리 외에는 아무 소리도 들리지 않았다. 기어 다니는 생물도, 호각도, 천둥도, 신음도, 위협도 없었다. 울음소리도, 빗소리도 없었다. *심장 박동 소리도 들리지 않았다.* 사방이 고요했다. 끝없는 면에 펼쳐진 무한한 정적이었다.

그 무한함을 방해하는 요소는 딱 하나였다. 심장 속을 여행하는 자라면 모험 중에 절대 놓칠 수 없을 만큼 거대

338

한 요소.

바로 골짜기였다. 건조하고 단조로운 땅의 왼쪽에 지그
재그 형태로 파여 있는 거대한 틈새. 아마 북쪽인 것 같았
는데, 어느 쪽이든 상관없었다. 그 골짜기에는 가로놓인 다
리도 없고 골짜기를 타고 흐르는 강도 없었다.

시어니는 바닥이 탄탄한지 확인해가며 신중하게 골짜기
쪽으로 다가갔다. 땅과 똑같은 구릿빛 모래가 골짜기 저 아
래의 깊은 곳을 채우고 있었다. 모래가 쌓인 것을 감안하면
한때는 지금보다 더욱 깊게 파였던 듯했다. 그 생각을 하고
있는데 허공에서 모래 한 줌이 나타나 골짜기 바닥을 향해
비처럼 떨어져 내렸다.

시어니는 거대한 틈새의 가장자리를 손으로 더듬으며 웅
크리고 앉았다. 바위 면을 손톱으로 긁어보았지만 손가락
에 흙먼지 한 점 묻어나지 않았다. 바닥을 이룬 바위는 단
단하고 견고했다. 잠시 후 또 한 줌의 모래가 골짜기 바닥
으로 떨어졌으나 워낙 깊은 골짜기라 별 차이를 만들어내
지 못했다. 하지만 그렇게 계속 한 줌 한 줌 뿌리다보면 언
젠가는 채워지지 않을까. 심장 속 상처를 치유하려면 시간
이 걸리게 마련이다. 하물며 이렇게 망가진 심장을 치유하

려면 충분히 오랜 시간이 필요할 것이다. 그래도 조금은 치유된 것 같기는 했다.

"지금 내가 죽어가고 있는 건가?"

시어니는 목소리가 들려온 쪽으로 고개를 돌렸다. 에머리 세인이 눈앞에 서 있었다. 연회장과 성당에서 입었던 것과 똑같은 남색 외투 차림이었는데 얼굴은 더 지쳐 보였다. 어깨는 구부정하게 축 처졌고 눈 주변이 어두웠다. 몸 색깔이 약간 반투명했는데 시어니는 굳이 그 점을 지적하진 않았다.

그는 진짜 세인의 일부였다. 시어니가 말을 주고받을 수 있는 이미지이기도 했다.

"맞아요."

시어니의 대답에 그는 침통하게 고개를 한 번 끄덕였다.

"하지만 저를 여기서 나갈 수 있게 도와주시면 제가 마법사님을 구해드릴 수 있어요." 시어니는 일어서며 덧붙였다. "맨 끝 방까지 오면 출구가 있을 거라 믿고 여기까지 왔거든요."

세인은 광대한 땅을 둘러보았다.

"리라는 너무 강해. 난 리라는 물론이고 다른 신체 마법사들도 제대로 막은 적이 없어."

"우리 둘이 힘을 합하면 리라를 막을 수 있어요."

시어니는 이렇게 장담했는데, 말을 하면서 뭔가 깨닫는 바가 있었다.

'의심이구나!'

두 번째 방이 희망으로 채워진 방이었다면 여기는 의심과 후회의 방이었다. 심장 안에는 빛이 있는 만큼 어둠도 존재했다. 꿈과 불확실함이 균형을 이루며 공존했다. 모든 요소가 심장 안에서 세세하게 균형을 잡고 있는 가운데 시어니가 여기 붙잡혀 있는 것이었다.

"절 도와주셔야 해요, 에머리. 전 견습생에 불과하잖아요. 그나마 훈련된 견습생도 아니에요."

"흐음." 그는 동의인지 반대인지 모를 소리를 내면서 시어니의 가방을 쳐다보았다. "내가 좀 봐도 될까?"

시어니는 잠시 생각을 해본 뒤에야 그 요청의 의미를 알아들었다. 시어니는 가방에서 펜넬의 찢어진 몸을 조심스럽게 꺼내 그에게 건넸다.

세인은 입술을 약간 찡그리며 그 파편을 들여다보았다. 그러고는 손을 내밀었다. 시어니는 이번에는 곧 그가 원하는 바를 알아채고, 가방에서 종이를 꺼내 그에게 주었다. 손가락을 통해 전해지는 찌릿한 느낌이 반가웠다.

그는 구겨진 부위에 걸려 있던 청록색 개목걸이를 벗기고 종이를 다시 접은 뒤 연결시켰다. 시어니는 그에게 두 번째, 세 번째 종이를 건넸고, 가슴에 두 손을 얹은 채 그가 작업하는 모습을 바라보았다. 세인은 전과 완전히 똑같은 형태로 펜넬의 머리를 다시 접었다.

그가 완성된 종이 개를 건네자 시어니는 속삭이듯 주문을 외웠다.

"숨 쉬어."

고개를 흔들며 깨어난 펜넬은 바닥으로 내려달라며 시어니의 손안에서 꼼지락거렸다. 시어니는 웃으면서 개를 품에 안았다. 펜넬은 시어니의 뺨을 두 번 핥은 후 계속 꿈틀거렸다. 바닥에 내려주자 펜넬은 다리를 쭉 한 번 뻗고는 시어니의 주변을 맴돌며 폴짝폴짝 뛰었다.

"고마워요." 시어니는 활짝 웃으며 눈가의 눈물을 닦았다. "정말 고마워요."

감사 인사를 받은 세인은 고개를 끄덕이며 광대한 평지 너머 분홍빛 지평선을 바라보았다. 그는 옆에 있는 골짜기는 별로 신경 쓰지 않는 듯했다.

"자네는 여길 통과해 살아남지 못할 수도 있어. 자네가 못 빠져나간다면 내 잘못이겠지."

"아까도 말했듯이 저는 당신을 구하려고 스스로 온 거예요."

"하지만 자네는 저주에 붙잡히고 말았어."

그는 무의 공간을 손으로 가리켰다.

시어니는 잠시 생각해본 다음 입을 열었다.

"에머리."

그가 흘긋 쳐다보았다.

"당신은 저를 여기 붙잡아둔 마법을 깰 수 있을 거예요." 시어니는 약간 망설이다 덧붙였다. "여긴 당신 심장 속이잖아요? 그러니 다른 누구보다, 특히 리라보다 이 심장에 대한 확실한 권리를 갖고 있어요. 그렇지 않다면 어떻게 지금 저랑 이렇게 얘기를 나눌 수 있겠어요?"

시어니는 그의 입술 끝이 살짝 올라가는 것을 보았다. 거의 미소로 이어질 뻔했지만 대기를 무겁게 짓누르는 의심으로 인해 그는 제대로 웃지 못했다.

그가 대답하지 않자 시어니가 다시 물었다.

"혹시 보이세요? 리라의 마법이요. 어떤 식으로 작용해요?"

"나도 몰라. 하지만 느낄 수는 있어. 깰 수도 있겠지. 그렇게 하면 아마 지치겠지만."

"지친다고요?" 그 말을 들으니 시어니는 자신도 많이 녹초가 돼 있음을 깨달았다. "그럼 몸에 많이 무리가 가겠죠?"

또다시 그는 희미한 미소를 지었다. 눈앞에 있는 이 세인은 비록 비관적인 태도를 보이긴 했지만 다른 환영 속 세인들에 비하면 훨씬 실제에 가까웠다.

"그래도 해봐야지."

시어니는 펜넬에게 손짓해 가까이 불렀다. 이미 마지막 방에 와 있었지만 마치 여기 오기 전처럼 몸 안에 빛과 기운이 느껴졌다. 시어니의 심장 속 희망의 방이 이 순간에 영향을 미친 것 같기도 했다. 할 수 있다는 생각이 들었다.

"새로운 마법을 가르쳐주세요. 도움이 되지만 시간이 많이 걸리지 않는 마법으로요. 그동안 제게 많은 것을 가르쳐주시긴 했지만……."

"신체 마법사를 상대로 싸우는 데는 큰 도움이 되지 않는 것들이었지." 그는 고개를 끄덕였다. "맞아."

세인은 손가락을 구부려 턱 밑에 괴고 잠시 생각을 한 끝에 물었다.

"종이가 몇 장이나 남았지?"

시어니는 많이 줄어든 종이 더미를 가방에서 꺼내 보여주었다.

그는 눈을 위아래로 움직여가며 종이의 수를 헤아리더니 어깨를 축 늘어뜨리며 한숨을 쉬었다.

"자네에게 가르쳐서는 안 될 것을 가르쳐줄 수밖에 없겠어."

"상황이 상황이니만큼 어쩔 수 없죠."

그는 고개를 끄덕이며 입꼬리를 슬쩍 올렸다.

"상황이 상황이니만큼. 이 일이 끝나고 나면, 이 일을 다 끝마친 후에는, 우리 둘 다 이 마법에 대해 잊은 척하기로 하자."

"그래야죠." 시어니는 웃으며 자신감 있게 말했다. "우린 둘 다 잘 해낼 거예요. 저도 아이디어가 있긴 한데 잘 될지는 모르겠어요."

시어니는 흙 묻은 치맛자락을 무릎 밑에 깔고 앉아 단단한 흙바닥에 종이 더미를 내려놓았다. 깨끗한 종이든 지저분한 종이든 마법 효과에는 차이가 없었고, 여기엔 당장 가져다 쓸 테이블도 없었다.

세인은 잠시 시어니를 바라보았다. 평소 빛이 나던 그의 눈동자는 흐릿했다. 그래도 표정은 읽을 수 있었다. 호기심 어린 표정이었다. 의심을 품고 있으면서도 궁금해하는 표정. 마침내 그가 물었다.

"자네는 왜 이런 일을 하고 있지?"

시어니는 한 손을 종이 더미에 얹고 가만히 들었다. 펜넬이 시어니의 팔꿈치에 대고 코를 비볐다.

"무슨 일이요?"

그는 주변의 넓게 트인 땅을 가리켰다.

"여기. 이 모든 일. 왜 나를 돕겠다고 여기까지 왔어?"

두 뺨이 달아오른 시어니는 괜히 펜넬을 두 손으로 쓰다듬으며 시선을 옆으로 돌렸다. 에머리 세인의 일부인 이 이미지에게 사실대로 말해도 탈 날 것은 없었다. 어쩌면 진짜 세인에게는 영원히 이 말을 전할 수 없을지도 몰랐다. 어차피 이 세인은 고통받고 있는 그의 심장이 시어니에게 용기를 주기 위해 기억의 조각조각을 결합해 보낸 이미지에 불과했다.

"제가 당신을 사랑하게 된 것 같거든요." 시어니의 두 뺨은 떠오르는 태양처럼 붉게 물들었다. "당신을 안 지 얼마 되진 않았지만 이 모든 것을 보고 나니까……." 시어니는 고개를 들어 하늘과 땅이 맞닿은 지평선을 바라보며 말을 이었다. "마치 아주 오랫동안 당신을 알아온 것 같아요. 남자의 심장 속을 걸어본 적 있다고 말할 수 있는 여자가 몇이나 될까요. 하지만 전 당신의 심장 속을 걸어봤어요, 에머리세인. 그리고 당신이 만들어준 이 개도 참 마음에 들어요."

세인은 입꼬리를 살짝 위로 올릴 뿐 표정이 달라지지는 않았다. 미소를 지을 것 같던 그의 입술은 다시 입꼬리가 내려가 의심 가득한 직선으로 돌아갔다.

"그렇군."

그는 시어니의 맞은편에 무릎을 굽히고 앉아 길고 헐렁한 소매를 걷어붙였다. 시어니가 기대한 반응은 아니었지만 이제 시작이니까 괜찮았다.

그가 계속해서 말했다.

"가장 복잡한 난이도의 첫 번째 마법을 가르쳐줄게. 이건 사실 자네에게 가르치면 안 되는 마법이야."

시어니가 고개를 끄덕이자 그는 어두운 녹색 종이 한 장을 집어 들고 시어니의 눈을 마주보며 물었다.

"종이가 빠르게, 아주 빠르게 흔들리면 어떻게 될까?"

"제가 알아서는 안 되는 어떤 마법이 생겨나겠죠."

"맞아. 이제부터 설명해줄게."

15

⋯ ⋆ ⋆ ⋆ ⋆ ◈ ⋆ ⋆ ⋆ ⋆ ⋯

시어니는 가방 안에 담긴 체계적 혼란을 흐트러뜨리지 않기 위해 신중을 기하면서 마지막 종이 마법 장비를 가방에 챙겨 넣었다. 체계적 혼란이란 신중한 배치를 필요로 하는 다양한 필수적 물건들을 한곳에 담아두었음을 뜻했다. 시어니는 세인의 실내 장식 방식을 이제 조금은 이해할 수 있었다. 시어니와 세인은 가방 안의 종이를 전부는 아니지만 대부분 사용해 온갖 마법 장비를 만들었는데, 그렇게 복잡하게 접은 종이들을 도로 담아 어깨에 메고 보니 가방이 상당히 불룩해져 있었다.

시어니는 가슴에 둘러 감은 방패 사슬을 손가락으로 만져보며 고리 연결 부위가 안정적인지 확인했다. 사슬 전체를 두 번씩 확인한 다음, 휘파람을 불고 손가락을 딱 퉁겨 펜넬을 불렀다.

세인은 종이 개가 시어니 쪽으로 갈 수 있도록 옆으로 물러섰다. 그가 능숙하게 접어 만든 종이 개의 발은 건조하고 평평한 땅을 얇게 뒤덮은 흙먼지에 발가락 네 개가 있는 발자국을 차례로 찍었다. 그런데 발자국은 바닥에 찍히자마자 곧바로 사라졌다.

"네 몸을 다시 접어야겠어, 펜넬." 시어니가 말하자 펜넬은 끙끙거렸다. "네가 또 다칠까 봐 그래. 바깥은 축축하거든. 잠깐이면 돼."

다시 한번 광대한 평원을 둘러보던 세인이 물었다.

"정말 그럴까? 잠깐이면 될까?"

시어니는 그를 향해 부드럽게 미소를 짓고는 펜넬에게 명령했다.

"멈춰."

펜넬은 시어니의 품 안에서 움직임을 멈췄다. 시어니는 주근깨가 박힌 손으로 조심스레 펜넬을 접었다.

"마법사님의 의심에 찬 면이 그렇게 강하진 않네요. 상당히 많은 부분에 대해 확신을 갖고 계신 것 같아요."

세인은 대답하지 않았다.

접은 펜넬을 가방 안쪽 깊숙이 넣으며 시어니가 말했다.

"제 심장 속 의심의 방은 꽤 다른 모습일 거예요. 더 많은 절벽과 휘몰아치는 강, 의외의 방향으로 꺾어지는 수많은 길이 있겠죠. 사자가 몇 마리 있을지도 몰라요. 꽤 많은 것에 대해 의심을 품으며 살아왔거든요."

'당신을 포함해서요.'

"저런 틈새는 없겠지."

시어니는 어깨 너머로 평원을 가른 골짜기를 바라보았다. 속성으로 종이 마법 수업을 받는 동안 얼마나 많은 모래가 저곳으로 떨어졌는지 궁금했다.

"틈새는 많을 거예요. 골짜기는 없겠지만. 아직은요."

'모든 게 이 일을 얼마나 잘 해내느냐에 달려 있어요.'

시어니는 일어나 치맛자락을 털었지만 별로 깨끗해지지는 않았다. 가슴에 감은 방패 사슬의 상태를 한 번 더 확인하고 가방 끈의 바느질 상태도 점검했다. 언제든 필요할 때 빠르게 꺼내 쓸 수 있도록 가방 안에 넣어둔 다양한 마법 장비의 위치와 개수도 외워두었다.

"행운을 빌어."

"고맙습니다. 그런데 어떻게⋯⋯."

옆을 돌아본 시어니의 눈앞에는 골짜기 너머 동트기 전의 하늘 아래 텅 빈 공간이 펼쳐져 있을 뿐이었다. 종이 마법사는, 방금 전까지 옆에 있던 세인의 이미지는 사라졌다.

세인이 사라진 걸 인지하자마자 땅이 흔들리기 시작했다. 시어니는 뭐든 붙잡으려고 손을 뻗었지만 당연하게도 이 텅 빈 땅에는 아무것도 없었다.

땅은 점점 더 격렬하게, 마치 로데오 황소처럼 앞뒤로 흔들렸다. 골짜기에서 몇 걸음 물러선 시어니는 휘청하면서 한쪽 무릎을 바닥에 찧었고 단단한 바위에 손바닥이 쓸리면서 빨갛게 까지고 말았다. 바닥은 이미 희미하게 사라지기 시작한 상태였다.

환영이 서서히 무너지고 있었다. 하늘이 유리 파편처럼 부서져 내렸다. *쿠-웅-쿵!* 심장 소리가 너무 커서 그 진동이 폐로도 느껴졌다. 심장 박동은 점점 빨라졌고 마지막 남은 환영마저 흔들렸다.

세인의 심장 벽이 고동치며 파문을 일으켰다. 고동의 간격이 불규칙해지고 시어니는 호흡이 빨라졌다. 심장 박동 소리가 이상했다. 문제가 생긴 걸까. 만약 세인의 심장이 시어니를 여기서 내보내기 위해 스스로를 파괴하고 있다면…….

놀란 시어니의 두 손이 차가워졌다. 에머리 세인이 없는 세상이라니. 한 달 전만 해도 시어니의 세상에는 세인이 없었지만, 이제 그때로 돌아가는 건 생각만 해도 싫었다. 가슴이 무너졌다.

방 가장자리를 따라 흐르던 피의 강이 한데 모여 솟구쳤다. 요리를 하기 위해 물을 끓이며 냄비 안을 들여다볼 때처럼 후끈한 공기에 숨이 막혔다. 심장이 이리저리 비틀리면서 시어니의 몸이 옆으로 기울었다.

모로 쓰러진 시어니는 축축하게 젖은 거친 바위에 왼쪽 뺨을 찧었다. 축축하고 서늘한 공기가 시어니를 에워싸면서 옷과 피부에 들러붙었다. 소금 맛이 났다. 근처에서 쏴아, 철썩 하는 소리가 들려왔다. 파도가 바위에 부딪치는 소리였다.

시커먼 동굴 입구로 흐릿한 햇살이 흘러들고 있었다. 갈매기의 날카로운 울음소리에 시어니는 정신이 들었다.

드디어 심장 밖으로 나온 것이다.

"해냈어!"

시어니는 나지막하게 내뱉으며 힘겹게 일어나 선반 모양을 한 바위 쪽으로 돌아섰다. 그곳에는 마법의 피 웅덩이 안에 세인의 고동치는 심장이 담겨 있었다. 심장의 고동이 다소 약해지긴 했지만 서두르면 그를 구할 수 있을 듯했다.

제발 그리되길 바랐다.

시어니는 동굴 입구 쪽으로 시선을 돌렸다. 아침이었다. 이른 아침. 그동안 하루가 지났을까, 아니면 이틀이 지났을까? 피곤에 지쳐 온몸의 근육이 욱신거리고 머리가 지끈거리긴 했지만, 그것으로 시간이 얼마나 지났는지를 가늠할 수는 없었다.

침을 삼키려는데 목이 얼마나 바짝 말라 있었는지 그제야 알아챘다.

시어니는 제단을 향해 가는 사제처럼 세인의 심장으로 다가갔다. 저 심장을 런던으로 온전히 가져가려면 가장자리가 금색인 피 웅덩이도 함께 담아가야 할까? 저 심장은 리라가 세인의 가슴에서 꺼냈을 때도 계속 뛰고 있었다. 하지만 리라가 주문을 걸었는지 여부는 정확히 알 수 없었다.

시어니는 마법사들의 심장이 어떤 식으로 작동하는지를 비롯해 신체 마법에 관해서 거의 아는 바가 없었다.

저 심장을 안전하게 담아 옮길 장치가 필요했다. 어떻게 할지 고민하고 있는데 짭짤한 공기가 코를 찌르고 팔뚝의 금색 솜털이 곤두서기 시작했다. 시어니는 입술을 핥으며 뒤를 돌아보았다. 리라가 거기에 서 있었다. 완벽하게 정돈된 검은 머리카락, 출렁이는 푸른 파도를 뒤로 한 가녀린 어깨, 가늘게 뜬 아몬드 모양의 광채 없는 검은 눈동자, 한쪽 입꼬리를 올려 비웃는 붉은 입술.

시어니는 이를 악물고 세인의 심장에서 뒷걸음쳤다. 리라가 공격하다가 저 심장을 건드릴까 봐 어쩔 수 없이 물러서는 것이었다. 세인의 심장을 함부로 다루는 저 여자한테서 심장을 무사히 지켜야 한다.

리라는 심장 밖으로 나온 시어니를 보고 놀랐을 수도 있지만 겉으로 표를 내지는 않았다. 리라의 창백한 피부가 분노 때문인지 증오 때문인지 붉게 달아오르며 미모를 더했다. 시어니는 누구에게든 이렇게 지독한 혐오를 받아본 적이 없어서 리라가 집요하게 구는 이유를 알 수 없었다. 이렇게 극심한 혐오는 처음이었다.

시어니는 먼저 입을 열었다.

"물러나, 리라." 시어니는 키가 160센티미터지만 최대한 커 보이도록 몸을 꼿꼿이 세웠다. "이 나라에서 탈출하고 싶어? 그럼 기회가 있을 때 떠나."

리라는 마치 야생 고양이처럼 미소를 지었다.

"난 심장 두 개를 가지고 떠날 생각이거든. 그래스에게 보여주면 멋진 전리품이라고 하겠지. 그래스에게 네 심장을 줄 생각이야."

그러고는 피 묻은 손을 들어 올렸다. 그 피가 리라의 것인지 다른 누구의 것인지는 알 수 없었다. 리라가 손을 들어 올리자 손목이 잘린 좀비 손 세 쌍이 바닥에서 둥실 떠올랐다. 울퉁불퉁한 동굴 바닥에 가려져 있던 그 손들을 시어니는 이제야 보았다.

저런 손에 목이 졸려 점점이 시커먼 멍이 생겼던 것을 생각하니 목 안의 기관이 절로 움츠러들었다. 잠시지만 몸이 마비된 느낌이었다. 하지만 세인의 희미한 심장 박동 소리에 정신을 차리고 애써 몸을 움직였다.

리라의 공격이 시작되면서 차가운 핏방울이 동굴 안에 흩뿌려졌다. 시어니의 손은 얼른 가방으로 향했다. 불어터

진 듯 퉁퉁 부은 좀비 손들은 보이지 않는 날개를 달고 새처럼 떠올라 시어니에게 돌진해왔다.

날개.

'그래, *새*를 써야지.'

종이 새들을 급히 가방에서 끄집어낸 시어니는 명령을 내렸다.

"숨 쉬어! 저것들을 공격해!"

조금 전 시어니가 심장 밖으로 나오면서 쓰러지며 가방을 누른 바람에 그 안에 들어 있던 새 두 마리가 심하게 구겨지고 말았다. 망가진 새 두 마리는 힘없이 동굴 바닥에 떨어졌다. 큰일이다 싶어 시어니는 긴장했지만 사각형 몸통을 가진 두루미 일곱 마리는 시어니의 명령을 듣고 살아났다. 오렌지색과 노란색, 고동색, 회색, 그리고 세 마리의 흰색 두루미였다. 두루미들은 빠르게 날개를 치며 동굴 안을 가로질러 날아갔다. 긴 목을 곧게 앞으로 뻗으면서 리라가 부리는 손 부대를 향해 곧장 나아갔다. 두루미들은 목표물을 공격하기 직전 힘차게 전투 함성을 내지르는 듯했다.

두루미 한 마리가 손 하나와 맞붙는 식이었는데, 반쯤 썩은 어떤 손은 두루미 두 마리에게 공격을 받았다. 한 마리는 엄지를, 다른 한 마리는 약지를 공격했다. 시어니가 있는 곳에서 네 걸음도 채 떨어지지 않은 지점에서 손들은 두루미들을 에워쌌고 감옥에서처럼 바닥으로 함께 떨어졌다.

시어니는 마음이 급해졌다. 아드레날린이 목을 타고 치솟고 다리를 타고 흘러내리면서 조바심이 났다. 어서 이 동굴을 빠져나가야 했다. 전투가 벌어지는 곳에서 세인의 심장이 너무 가까이 있었다.

리라가 동굴 입구를 가로막고 다음 주문을 외우기 시작했지만 시어니는 이미 마법을 준비해둔 터였다.

새로운 마법을 속성으로 가르치며 세인이 했던 말이 기억에 생생했다.

'목표물에 집중해. 그림책 환영을 만들 때처럼 마음으로 느껴봐. 그렇게 하면 별들이 목표물에 명중하게 만들 수 있어.'

시어니는 가방에 손을 넣어 별표창 다섯 개를 꺼냈다. 종이로 단단히 접은 모서리 네 개짜리 표창으로, 세인이 참혹한 현장의 창고에서 지니고 있던 것과 같은 종류였다. 시어니와 세인이 워낙 탄탄하게 접어서 가방 안에서 시어니의 몸에 짓눌렸을 때도 망가지지 않았다. 시어니는 리라의 중

얼거리는 입술과 피 묻은 손을 겨냥하여 별표창을 던지고
는 곧장 동굴 입구로 달려갔다.

별표창들은 여름 폭풍을 만난 바람개비처럼 허공을 빠르
게 돌며 날아갔다. 시어니는 별표창들이 목표물에 명중했
는지 여부를 눈으로 확인하진 못했지만, 리라의 좌절한 비
명 소리가 들려온 것으로 결과를 짐작했다.

실처럼 가느다란 흰 구름 뒤에서 나타난 아침 햇살이 시
어니의 건조한 눈을 태울 듯 강렬하게 내리비쳤다. 저 아래
서 검은 바위 해변을 향해 밀려드는 파도가 햇빛을 받아 지
글지글 끓었다. 바다는 너무도 깊고, 몹시나 굶주려 있었다.

울퉁불퉁한 해변을 달려가는 시어니에게 파도가 싸늘한
포말을 뿌렸다. 호박색 해조 한 줄기가 시어니의 발을 휘감
았다가 그녀의 다급한 마음을 읽었는지 방해하지 않고 뒤
로 물러났다.

시어니는 얼마 못 가서 치익 소리를 내는 피의 끈에 둘러
싸였다. 시어니의 가슴을 휘감은 방패 사슬이 빳빳해졌다.
부글부글 끓는 피는 방패 사슬 때문에 시어니를 치지 못하
고 옆으로 휘어지면서 축축한 바위에 부딪쳐 거미줄 무늬
를 만들어놓았다. 그 마법의 잔여물 냄새가 시어니의 목구

멍에 닿으면서 혀끝에 비릿한 쇠 맛이 느껴졌다.

리라는 인상을 확 구기더니 바지에 단단히 매놓은 허리
띠에서 피가 담긴 작은 유리병 하나를 꺼냈다. 그동안 여러
번 써서 그런지 유리병의 수가 꽤 줄어 있었다. 리라는 입을
벌리고 비웃었지만 찡그린 표정에 가까웠다.

"꼴에 재주를 부리네. 그까짓 종이 띠로 나를 막을 수 있
을 것 같아?"

리라는 기다란 엄지손톱으로 유리병 뚜껑을 열어 그 안
에 담긴 피를 손바닥에 쏟으며 한 걸음 앞으로 다가왔다.
리라의 손바닥 위에 퍼져나간 붉은 피는 그녀의 발밑에 있
는 삐죽삐죽한 바위 사이에서 조그맣게 소용돌이치던 바닷
물로 뚝뚝 떨어졌다.

"그래도 이걸로 세 번이나 막았어." 시어니는 리라가 한
걸음 다가올 때마다 뒤로 한 걸음 물러서며 받아쳤다. "그
러니 또 막을 수 있겠지."

그 말에 리라는 미소를 지었다. 달콤한 미소였다. 시어니
는 세인이 수년 전 왜 이 여자에게 끌렸는지 알 것 같았다.
하지만 리라가 눈썹을 찌푸리고 이마에 주름을 잡으며 콧
구멍을 벌름거리자 이내 표정이 심술궂게 변했다. 리라는

괴상한 언어로 중얼거리며 마치 크리켓 공을 던지듯 피 묻은 손을 흔들어댔다.

시어니는 얼른 가방 안에 손을 넣어 리라의 공격에 대비했다.

하지만 이번에는 뒤에서 공격이 가해졌다. 붉은 피를 머금은 파도가 눈보라처럼 거세게 등을 후려치자 시어니는 울퉁불퉁한 바닥에 쓰러질 뻔했다. 마치 불에 데기라도 한 것처럼 배꼽부터 정수리까지 공포가 밀려들었다. 시어니는 바다로 끌려 들어가지 않기 위해 서둘러 파도를 피해 달음박질쳤다. 하지만 파도는 이미 시어니의 몸을 흠뻑 적시고 타격을 입혔다.

방패 사슬에서 힘이 빠져나가는 게 느껴졌다. 두 어깨 사이의 고리 두 개가 끊어지면서 시어니의 발목으로 툭 떨어진 방패 사슬은 이제 질척한 종이 더미에 불과했다.

파도와 함께 온몸의 피가 빠져나간 기분이었다. 시어니는 창백해진 손가락을 덜덜 떨며 가방 안을 뒤졌다. 마법 장비 중에 물에 젖어 망가지지 않은 것을 꺼내야 했다.

종이 물고기와 혼란 구(球)는 못 쓰게 되었다. 혼란 구는 상대의 주의를 다른 데로 돌릴 때 쓰는 장비였다. 세인은 시어니가 별표창을 접는 동안 정교한 혼란 구를 만들어주었다.

시어니의 손이 펜넬 옆에 있는 대칭형 마름모에 닿았다. 펜넬과 결박 사슬처럼 마름모도 찌부러진 다른 마법 장비들 덕택에 물에 젖지 않았다. 아직 사용하지 않은 몇 장 안 되는 종이들 덕분에 구김도 가지 않았다. 시어니의 손이 닿자 마름모들은 부드럽게 윙윙거렸다.

리라는 메뚜기를 노리며 다가가는 고양이처럼 시어니와의 거리를 좁혀나갔다. 시어니는 바닷물에 젖은 마법 장비를 떨어뜨리고 뒤로 휘청휘청 물러섰다. 최대한 저 신체 마법사와 그녀의 피 묻은 손을 피하고 싶었다. 심장이 어찌나 세차게 뛰는지 이러다 가슴에 구멍이 뚫릴 것만 같았다. 피부가 따끔거렸다. 시어니는 물기 하나 없는 목구멍으로 숨을 삼켰다.

제대로 된 무기도 없이 여기서 이러고 있느니 세인의 그림자들을 대면하는 편이 낫겠다는 생각이 들었다. 하지만 지금은 여기서 도망칠 수 없었다. 심장을 뜯긴 채 싸늘하게 식어버린 세인을 다시 볼 수는 없었다.

리라가 비웃으며 말했다.

"넌 그 남자처럼 약해빠졌어. 아무짝에도 쓸모가 없지. 종이 마법사는 다 그래. 에머리는 진정한 힘을 가져본 적이 없어. 너도 마찬가지야."

시어니는 그 자리에 멈췄다. 그녀는 생쥐도 아니고 메뚜기도 아니었다. 검은 바위틈에 뒤꿈치를 박고 섰다. 수중에 혼란 구는 없었지만 리라의 주의를 다른 곳으로 돌릴 다른 방법이 떠올랐다.

"당신을 숨겨준 날 밤에 마법사님은 이혼 신고서에 서명을 했어."

시어니는 이 말을 하며 얼굴에 긴장을 풀고 일부러 의기양양한 표정을 지었다. 다른 사람이 그런 표정을 지으면 질색했겠지만 지금은 어쩔 수 없었다. 분노가 머리끝까지 치솟지 않았다면 리라도 아마 지금 그런 표정이었을 것이다.

"당신은 상황을 잘 제어한 줄 알겠지만 아니었어."

리라는 왼쪽 눈썹을 살짝 치뜬 것 외에 표정 변화가 없었지만, 시어니는 그런 작은 움직임도 놓치지 않았다. 리라는 계속해서 다가왔다. 시어니는 식은땀이 등으로 흘러내렸지만 꿋꿋이 그 자리에서 버텼다.

"당신은 마법사님의 심장 안에 제대로 들어간 적이 없어.

지금 같은 모습으로는 아니야. 특히 감옥에서 나온 후로는 절대 아니었는데, 몰랐어?"

눈을 가늘게 뜬 리라는 시어니와의 사이에 여덟 내지 아홉 걸음을 남겨두고 멈춰 섰다. 그 모습은 마치 언제든 공격할 태세로 똬리를 뜬 독사 같았다. 시어니는 저 신체 마법사의 자만심에 상처를 냈다. 어쩌면 어둡고 공허한 리라의 심장 속 방 안에 깊은 상처를 냈을 수도 있다. 리라는 세인을 아직 좋아하는 듯했다.

아니, 그럴 리 없었다. 누가 *좋아하는* 남자의 심장을 뜯어낸단 말인가. 리라에게 세인의 심장은 기념품이며 트로피일 뿐이었다. 소유하고픈 물건에 불과했다. 그가 리라와 그 패거리들을 추적한 것에 대한 역겨운 복수였다. 한때 세인은 리라의 연인이고 남편이었지만 지금은 골칫거리일 뿐이었다. 리라의 적이며, 재앙과도 같은 존재였다.

리라가 증오하는 자였다.

리라는 허리띠에 차고 있던 긴 칼을 매처럼 빠르게 빼들었다. 과도하게 힘을 주다 보니 칼집을 옆으로 확 쳐내며 칼을 빼드는 모습이었다. 리라는 칼을 쥔 손을 바깥쪽으로 뻗어 마치 부러진 날개처럼 펼치고 시어니에게 달려들었다.

하지만 시어니는 칼이 시선을 돌리기 위한 용도임을 알아챘다. 리라는 칼이 아니라 붉은 피로 물든 손으로 시어니를 공격하려는 것이었다.

시어니는 휴즈 마법사의 말을 떠올렸다.

'신체 마법사들을 상대하는 게 쉽지 않은 일임을 이해해야 합니다, 패트리스. 그들은 대단히 위험해요. 그들은 당신에게 손만 대도 당신 몸을 이용해서 마법을 부릴 수가 있어요. 목숨을 빼앗을 수 있는 마법이죠.'

시어니는 얼른 옆으로 몸을 피했다. 바위 사이에 오른발이 끼여 몸이 앞으로 휘청했다. 리라의 손이 시어니의 머리가 있던 자리로 쭉 뻗어나갔다. 버둥대던 시어니는 바위 사이에 신발을 끼워둔 채로 발만 빼냈다. 바닷물에 젖고 흙이 묻은 스타킹 안쪽의 발바닥을 삐쭉삐쭉한 바위가 찔러댔다. 하지만 리라의 거센 공격 때문에 발바닥은 신경 쓸 틈이 없었다.

리라는 몸을 휙 돌리며 시어니에게 긴 칼을 던졌다. 시어니는 몸을 뒤로 젖혀 간신히 칼끝을 피했다. 바람개비처럼 빙글빙글 날아온 칼은 시어니의 가슴 앞쪽을 휘익 지나갔다. 이빨처럼 날카로운 돌 사이에 얕게 고인 물로 뛰어 들어간 시어니는 가방에서 종이비행기를 꺼냈다.

하지만 그 비행기는 손에서 축 늘어졌다. 물에 너무 많이 젖어서 망가지고 만 것이다.

리라가 다시 돌진해왔다. 시어니는 비명을 지르면서 약간 높은 지대를 향해 서둘러 올라갔다. 어떻게든 몸에 손을 대 마법을 걸려는 리라를 피해야 했다. 가방 안을 뒤적거린 시어니는 쓸 만한 마법 장비를 하나 찾아냈다.

"숨 쉬어!"

시어니가 명령을 내리자 종이 박쥐는 두 장으로 된 날개를 펼치며 살아났다. 그 후에는 추가 명령을 내릴 필요가 없었다. 펜넬과 마찬가지로 주변 상황을 파악한 박쥐는 리라의 코를 향해 곧장 날아갔다.

시어니는 V자 모양의 탄탄한 이중 고리들을 엮어 만든 결박 사슬을 손으로 잡았다. 그 사슬은 의심의 방에서 세인이 가르쳐준 두 번째 마법이었다. 시어니는 머리카락이 목에 휘감길 정도로 빠르게 돌아서며 사슬을 꺼내 들었다.

리라는 자신에게 날아온 박쥐를 움켜잡아 오른쪽 날개를 확 구겨놓고 있었다.

그 순간 시어니가 사슬에게 명령을 내렸다.

"결박해!"

깊은 바닷물을 헤엄쳐 다니는 상어처럼 결박 사슬은 시어니의 손을 떠나 쏜살같이 리라에게 날아갔다.

하지만 리라는 칼을 크게 휘둘러 결박 사슬을 거칠게 반으로 잘라놓았다. 결박 사슬은 물 밖으로 끌려 나온 물고기처럼 바위 위에 힘없이 떨어졌다.

리라는 숨을 몰아쉬며 말했다.

"아까도 말했지만 넌 정말 힘이 없구나."

리라는 허리춤에 차고 있던 마지막 유리병을 꺼내 자신의 발치에 던졌다. 붉은 연기가 회오리바람과 함께 피어나 리라를 감쌌다. 전에 리라가 세인의 심장을 훔쳐 달아날 때 썼던 마법이었다.

그때는 달아났지만 이번에는 시어니의 코앞에 다시 나타났다.

시어니는 목 안의 부드러운 살에 내쉬던 숨이 콱 낀 기분이었다. 마지막 마법 장비인 마름모를 꺼내려고 부랴부랴 가방 안으로 손을 집어넣었다.

리라는 시어니의 팔꿈치를 손으로 잡아 피부 접촉에 성공한 뒤, 시어니의 턱 바로 밑에 칼날을 들이댔다.

그러면서 활짝 웃었다.

시어니는 칼날을 무시하고 지친 팔로 온 힘을 다해 리라를 밀어내며 가방에서 마름모 장비, 즉 다이아몬드 모양으로 접은 종이를 꺼냈다.

'종이가 빠르게, 아주 빠르게 흔들리면 어떻게 될까?'

이를 갈며 시어니에게 달려든 리라는 바다 맞은편 쪽으로, 파도에 침식된 선반 모양 바위 쪽으로 시어니를 밀어붙였다. 그러고는 곧장 시어니의 목을 움켜쥐었다. 시어니의 옆구리에 칼끝을 댄 리라한테서 피 냄새와 오래되고 녹슨 주화 냄새가 풍겼다.

리라가 주문을 외우기 시작하자 시어니는 몸이 뜨끈해지는 것을 느꼈다. 괴상한 열기는 점점 심해졌다. 리라의 고대 주문이 시어니의 뼈에서 영혼을 분리하고 있는 듯했다.

이대로라면 마름모 장비를 쓰더라도 그 여파를 피할 수 없었다. 그래서 시어니는 세인이 가르쳐준 대로 만든 마법 장비를 손에 쥐고 있으면서도 섣불리 사용할 수가 없었다.

하지만 벗어나려면 사용해야만 했다. 여기서, 당장.

"터져라!"

시어니는 속삭이듯 명령하며 손에서 마름모를 놓았다.

마름모가 점점 빠르게 흔들리기 시작했다. 마름모는 서서히 여유롭게 땅으로 떨어지더니 말벌처럼 윙윙 소리를 냈다. 그 소리가 점점 크고 높아졌다.

마침내 마름모가 폭발하면서 불꽃과 불길이 솟아올랐다. 총열을 막아놓은 권총을 쏠 때처럼 강하게 터져 나왔다.

폭발의 충격으로 날아간 시어니는 절벽 한옆으로 내동댕이쳐졌다. 삐죽삐죽한 바위가 블라우스를 찢고 피부로 파고들었다. 팔꿈치와 엉덩이를 바닥에 대고 떨어진 순간, 입안에 매캐한 재 맛이 확 감돌았다.

몇 초 동안은 마치 떠오르는 아침 해를 마주볼 때처럼 사방이 눈부시게 하였다. 그러다 점차 주변의 색깔과 형태, 그림자가 눈에 들어왔다. 소리굽쇠를 친 것 같은 높은 소리가 귓속을 파고들어 멈추지 않았다.

시어니는 욱신거리는 팔과 결리는 엉덩이에 힘을 주며 일어섰다. 바위 해변이 저만치 물러갔다 다가오기를 되풀이하고 있었다. 맥박과 함께 관자놀이도 동시에 고동쳤다. 쿠-웅-쿵.

에머리.

바위 너머 파도가 해변에 철썩철썩 부딪치는 곳까지 날

아간 리라는 엎드린 채 씩씩대며 일어서려고 안간힘을 썼다. 흑단 같은 머리카락이 물에 젖어 뺨에 들러붙었다.

시어니는 솟아오른 바위를 붙잡고 힘겹게 일어섰다. 아침 풍경이 눈앞에서 빙빙 돌고 기울었다. 날카로운 B플랫의 소리가 머릿속에서 끝없이 울렸다.

어서 행동에 나서야 했다. 마름모의 폭발로 방해를 받긴 했지만, 리라는 이미 시어니의 피부에 접촉했으니 흉악한 주문을 다시 걸기만 하면 주술이 통할 가능성이 높았다.

바닥에는 시어니의 가방에서 쏟아진 종이들이 반쯤 물에 젖은 채 흩어져 있었다. 리라의 칼은 시어니와 리라가 있는 곳의 중간쯤에 모로 떨어져 있었고 칼자루는 이끼 낀 곳에 닿아 있었다. 갈매기 몇 마리가 폭발 지역을 벗어나 바다 위를 날아가며 울어댔다.

아직 바다가 눈앞에서 흔들거렸지만 시어니는 칼을 향해 달려갔다. 머리카락 사이로 그 모습을 본 리라도 일어나 칼을 먼저 잡으려 뛰기 시작했다.

두 사람은 동시에 칼을 향해 손을 뻗었다.

시어니의 손가락이 아슬아슬하게 먼저 칼을 잡았다.

의외로 무거운 칼이었다. 시어니는 아무렇게나 소리를

질러 기합을 넣으며 불완전한 초승달 모양으로 칼을 휘둘렀다. 약간 뒤로 당겨지는 느낌을 받았지만 도중에 멈춰야 할 정도는 아니었다. 날카로운 칼은 깔끔하게 상대를 베었다.

리라가 비명을 질렀다.

붉은 피가 해변에 비처럼 뿌려졌다. 칼날에 베인 리라의 뺨과 칼끝에 찔린 눈에서 붉은 피가 계속 흘러내렸다. 리라는 피를 멈추게 하려고 두 손을 얼굴로 가져가며 뒤로 비틀비틀 물러섰다.

피를 본 시어니는 속이 뒤집혀 칼을 떨어뜨리고 말았다. 리라는 악을 쓰면서 팔을 휘젓다가 시어니의 턱을 손등으로 후려쳤다.

시어니는 까진 손바닥으로 바닥을 짚으며 쓰러졌다. 리라는 바닥에 무릎을 꿇고 주저앉아 숨을 헐떡이며 욕을 내뱉었다. 리라의 손가락 사이로 피가 줄줄 흘렀다. 리라는 치유 주문을 외우려고 했지만 두 단어에 한 번씩 목이 막혀 제대로 말을 잇지 못했다. 리라의 피는 사방으로 뿌려져 높게 밀려드는 조수의 흐름과 작은 웅덩이를 붉게 물들였고, 이끼 낀 곳을 얼룩지게 했으며, 바위와 종이 위에도 진홍색

줄무늬를 그렸다.

종이. 구겨지고 물에 젖고 찢어진 종이가 리라의 피로 물들었다.

시어니는 가장자리가 손상됐지만 그나마 물에 덜 젖은 종이를 향해 멍하니 손을 뻗었다. 그 종이에 리라의 피가 서서히 스며들고 있었다.

시어니는 그 피를, 인간의 몸에서 나온 잉크를 검지로 찍었다. 머릿속이 멍하고 아무 느낌도 들지 않았다. 어떻게 그런 생각을 떠올렸는지 이성으로는 알 수 없었다. 그 생각은 마치 언제나 그 자리에 있었던 것처럼, 과거의 기억처럼 시어니의 머릿속에서 구체화되었다. 오직 그 생각만이 시어니를 사로잡았다.

시어니는 리라의 피를 묻힌 검지로 종이에 글씨를 쓴 뒤 떨리지만 당당한 목소리로 읽었다.

"리라는 얼어붙었다."

이 말을 하자 *실제*로 그렇게 되었다.

시어니는 다친 얼굴을 부여잡고 바닥에 웅크린 채 고스란히 얼어붙는 리라의 모습을 바라보았다. 덩굴손 같은 얼음이 리라의 다리를 타고 웅크린 등으로 기어 올라갔다. 리라의 신음과 헐떡임은 사라지고 호흡을 하느라 벌렸던 입술은 그 상태로 굳었다. 헝클어진 머리카락 몇 가닥은 마치 누군가 접착제를 발라 굳혀놓은 것처럼 중력의 작용에 반해 허공에 고정됐다.

시어니는 놀라 입을 딱 벌렸다. 그녀는 눈앞에 환영을 띄울 때처럼 종이에 적은 내용을 읽었을 뿐이었다. 《꾑의 대담한 탈출》을 읽을 때처럼. 하지만 이것은 동화가 아니었다. 이것은 리라의 이야기였다. 따라서 만들어진 결과물도 환영이 아니었다.

시어니는 자신의 피 묻은 손가락을 넋 놓고 바라보았다. 이 마법을 해냈으면서도 무슨 일인지 알 수도 없고 아무 생각도 할 수 없었다. 시어니는 다시 종이를 들여다보며 쓰고 읽었다.

"…… 그리고 다시는 움직이지 않았다."

리라의 조각상은 그렇게 변치 않는 모습으로 남았다.

시어니는 피 묻은 종이를 바위에 떨어뜨리고 일어섰다. 굶주린 바닷물이 조그맣게 소용돌이치면서 단어들을 적시고 빨아들여 바다로 끌고 들어갔다. 리라한테서 일곱 걸음 정도 물러서자 바다에 떠 있는 갈색 점이 시어니의 시야에 들어왔다. 굳이 눈을 가늘게 뜨지 않아도 형체를 알아보는데는 무리가 없었다.

보트였다. 그 보트에는 두 남자가 타고 있었는데 거리가 멀어 자세한 모습은 보이지 않았다. 한 명은 양손에 노를 잡고 보트 양옆으로 동시에 노를 젓고 있었다. 다른 한 명은 보트의 타륜 앞에 무릎을 굽히고 앉아 이쪽 해안을 쳐다보고 있었다.

이 섬에 도착했을 때 본 소름 끼치는 갈매기가 떠올라 시어니는 긴장됐다. 누군가 염탐을 하려고 보낸 갈매기라면 저 두 사람이 보낸 것일 수도 있지 않을까? 보트가 가까워지자 시어니는 다리에 힘을 주고 일어섰다.

뒤로 돌아선 시어니는 동굴로 향했다. 뛰고 싶은데 몸이 말을 듣지 않았다. 몸이 부서진 것은 아니지만 마치 부서진 듯 느껴졌다. 기운이 쭉 빠지고 멍했다.

휘청거리며 동굴로 들어간 시어니는 손으로 벽을 짚으며 선반 모양 바위로 다가갔다. 안쪽이 사발처럼 팬 바위에 담긴 세인의 심장은 여전히 힘차게 뛰고 있었다.

시어니는 가방 안을 살펴보았다. 가방 안에는 펜넬 말고는 아무것도 없었다. 시어니는 마음속으로 펜넬에게 말을

걸어 가급적 빨리 원래 모습으로 복구시켜주겠다고 약속
했다. 그러고는 몸의 주요한 부분이 망가지지 않도록 신중
을 기하면서 펜넬의 몸에서 종이 일부를 떼어내고 고마움
을 표했다. 지친 손으로 그 종이를 접어 활력 사슬용 고리
를 만들었다. 사슬의 길이는 성인 남자의 심장을 빙 두를 수
있을 정도로만 했다.

동굴을 나선 시어니는 보트가 해변에 도착하기 전에 바
위 언덕을 올라갔다.

그곳에 시어니가 타고 온 거대한 종이 글라이더가 있었
다. 시어니는 세인의 심장을 옆에 끼고 런던을 향해 날아
갔다.

16

바람이 욱신거리는 몸과 감각 없는 손을 스치고 지나갔
다. 시어니의 마음은 벌써 세인의 집에, 자신의 집에 가 있
었다. 떠나 있는 동안 세인의 목숨이 끊어졌으면 어쩌지?
너무 늦게 도착한 거면? 생기가 남아 있는 심장은 생기가
사라진 몸을 되살릴 수 있을까?

그의 심장이 시어니의 심장 옆에서 약하게 뛰고 있었다.
시어니가 마법의 피 웅덩이에서 들어 올린 후부터 세인의
심장은 남아 있던 힘을 상당 부분 잃은 상태였다.

그래도 아직 시간은 있었다. 분명 그럴 것이다. 이런 종류

의 이야기가 기분 나쁜 결말을 맞을 리는 없었다.

지금쯤 에이비오스키, 휴즈, 캐터 마법사는 시어니가 집에 없는 걸 알아챘을 것이다. 하지만 그들이 어떤 벌을 준다고 해도 상관없었다. 서툴게 접어 만든 종이 심장이 세인을 여태 살려두지 못했다고 해도 자신의 결정을 후회하지 않을 것이다. 그저 종이 심장이 잘 버텨주기만을 기도할 뿐이었다.

세 마법사는 적어도 세인의 집 지붕에 난 거대한 문을 그대로 열어두기는 했다. 시어니가 별도로 지시하지 않았지만 종이 글라이더는 주인의 집에 도착했음을 아는지 위로 훌쩍 날아올랐다가 우아하게 착륙했다.

글라이더 손잡이에서 손을 뗀 시어니는 뻣뻣해진 손가락을 엉덩이에 문지르고 관절을 움직여보았다. 머리가 몽롱했지만 꿈을 꾸는 느낌은 아니었다. 그저 머릿속이 텅 빈 기분이었다.

발밑에서 마룻장이 삐걱거렸다. 어깨에 멘 가방이 버려진 대형 괘종시계의 고장 난 추처럼 멋대로 흔들거렸다. 마치 자신의 몸이 종이로 만들어진 듯 느껴졌다. 시어니는 세인의 심장을 안고 계단의 벽을 붙잡아가며 2층으로 내려갔다. 심장에 감아둔 자그마한 활력 사슬이 피에 붉게 물들어 있었다. 섬의 해변에서 리라와 싸울 때 바위틈에 끼어 버린 오른쪽 신발은 그냥 두고 왔다. 꼭 필요하지 않은 이상 잠시도 지체하고 싶지 않아서였다. 양말 안의 발바닥이 욱신거렸지만 한쪽 신발이 없으니 계단을 내려갈 때 소리가 덜 났다.

시어니는 세인의 방 앞을 지나갔다. 문이 약간 열려 있었고 침대는 비어 있었다. 마법사들은 그를 이 방으로 옮기지 않았다. 아직 아래층에서 살아 있다는 뜻일 것이다. 세인은 시어니를 기다리고 있다. 시어니가 없을 때 그가 땅에 묻혔을 리 없었다. 그렇게 오랫동안 집을 떠나 있지 않았다.

그런 것 같은데, 맞나?

서재와 욕실, 자신의 침실 앞을 지나갔다. 그리고 다시 벽에 몸을 기대면서 1층을 향해 계단을 내려갔다.

여덟 칸쯤 남았는데 저 아래서 에이비오스키가 문을 열었다.

"시어니 트윌!"

에이비오스키가 소리쳤다. 자식을 걱정하는 어머니의 초조함, 교장과 같은 엄격함, 봄의 첫 비를 피부로 느끼는 농부의 안도감이 섞인 외침이었다. 두 눈이 만찬용 접시처럼 휘둥그레지는 걸 보니 시어니의 몰골이 무척이나 처참한 모양이었다.

에이비오스키는 창백해진 얼굴로 계단을 달려 올라왔다. 하지만 시어니가 "전 괜찮아요"라고 말하자 걸음을 멈췄다. 사실 심각한 부상은 없었다. 블라우스를 타고 흘러내리는 피는 시어니의 것이 아니었다.

시어니는 옷깃 아래 품고 있던 세인의 심장을 조심스럽게 꺼내 보였다. 에이비오스키가 놀라 손으로 입을 막았다.

"설마 그건!"

에이비오스키가 손가락 사이로 조그맣게 내뱉었다.

시어니는 그 옆을 지나 나머지 계단을 마저 내려갔다. 에이비오스키는 시어니의 앞을 가로막지 않았다. 시어니 입장에서는 가타부타 따질 힘도 없었다. 지금은 그랬다. 휴즈와 캐터는 보이지 않았다.

세인, 진짜 세인이 식당 바닥의 임시 침대에 누워 있는 모습을 보고 시어니는 심장이 빠르게 뛰었다. 시어니가 여길 떠날 때와 같은 모습이었다. 피부는 시체처럼 창백하고 입술은 거의 보랏빛이며, 두 눈은 퀭하게 들어가 있었다.

숨이 끊어지기 직전이었지만 아직 죽지는 않았다. 시어니가 만들어 넣은 종이 심장은 아직 그의 가슴 속에서 뛰고 있었다.

계단문을 닫고 온 에이비오스키가 시어니의 마음을 읽은 듯 물었다.

"효과가 있을까?"

"모르겠어요."

시어니는 나지막하게 대답했다.

에이비오스키처럼 노련한 마법사가 그런 질문을 하자 시어니는 더럭 겁이 났다. 효과가 없으면 어떻게 하지?

시어니는 세인의 왼쪽 옆구리 쪽으로 돌아가 그 옆에 무릎을 굽히고 앉았다. 한 손에는 그의 심장을 들고 다른 손으로는 그의 셔츠를 풀어 젖혔다. 그의 피부는 차가웠지만 아주 식지는 않았다.

"아직 안에 마법이 남아 있어요."

마법 없이 몸 밖에서 자체적으로 뛸 수 있는 심장은 없음을 시어니는 알고 있었다. 리라의 마법은 강력하니, 그녀가 남겨놓은 마법으로 충분하길 바랄 뿐이었다.

시어니는 그의 가슴 위에 심장을 올려놓았다. 리라가 걸어놓은 마법의 황금색 기운이 그의 피부를 반짝이게 했다. 마침내 가슴이 열렸다. 만약 시어니가 그의 심장 안에서 돌아다니다 오지 않았다면 뚫린 가슴을 본 것만으로도 기함했을 것이다. 시어니는 힘없이 질척하고 미약하게 뛰고 있는 종이 심장을 들여다보며 물었다.

"제가 얼마나 오래 떠나 있었죠?"

"하룻밤."

에이비오스키는 들릴 듯 말 듯한 목소리로 대답했다.

시어니는 고개를 끄덕였다. 아직 온기가 남아 있는 세인의 가슴 속으로 손을 넣어 종이 심장을 꺼낸 뒤 그의 심장을 도로 집어넣었다.

세인은 등을 활처럼 확 구부리면서 거세게 숨을 들이마셨다. 가슴에 뚫린 구멍이 곧장 아무는 바람에 시어니는 간신히 늦지 않게 손을 빼냈다. 그의 가슴에 감돌던 황금색 빛은 사라졌다.

시어니는 숨을 죽이며 그를 바라보았다. 세인은 다시 바로 누워 잠들었다.

그의 가슴에 귀를 대보니 심장 박동 소리가 들렸다. 쿠-웅-쿵. 나른하지만 안정적인 소리였다.

시어니는 미소를 지었다. 더는 어떤 것도 할 힘이 남아 있지 않았다.

"괜찮아지실 것 같지만 의사를 불러주세요."

시어니는 밝고 가볍게 말했다. 어쩐지 어린애처럼 말한 것도 같았다. 시어니는 세인의 머리카락을 이마 위로 쓸어 올렸다. 침대 발치에 에이비오스키가 있었지만 시어니는 아랑곳하지 않고 허리를 굽혀 그의 뺨에 입을 맞추었다.

"트윌 양……"

시어니가 허리를 펴고 일어서자 에이비오스키는 입을 다물었다. 하려고 했던 말이 무엇이었는지 몰라도 하지 않았다. 시어니의 몰골이 너무 엉망이어서 그랬을까, 아니면 시어니가 잘 해냈다고 생각해서였을까. 하룻밤 사이에 백 년은 늙어버린 듯 후들거리는 시어니의 다리를 보았기 때문일 수도 있었다.

시어니는 에이비오스키의 시선을 뒤로하고 에머리 세인한테서 물러나 계단을 올라갔다. 그리고 자신의 침대에 쓰러졌다.

잠에서 깬 시어니는 뼈가 납덩이처럼 무겁게 느껴졌다.

이마 한가운데에 가벼운 두통도 있었다. 근육이 있는 대로 결리고 특히 다리와 팔뚝이 쑤셨는데, 내일이면 더 아플 듯했다. 파울니스섬 해변에서 선반 모양 바위에 부딪혔을 때 까진 등이 화끈화끈했는데 상처 부위가 심장 박동에 맞춰 간질거렸다. 조그마한 위장이 어서 먹을 것을 들이라며 재촉했지만 입 안이 바짝 마르고 침이 거의 나오질 않아 음식을 삼키기가 어려울 듯했다.

누군가 시어니에게 물 한 컵을 건넸다.

침대 옆에 무릎을 굽히고 앉아 있는 남자는 처음 보는 사람이었다. 그 남자 뒤에는 에이비오스키가 있었다. 에이비오스키는 시어니가 베개에 등을 받치고 일어나 앉을 수 있게 도와주었다. 시어니는 네 모금 반 만에 컵에 담긴 물을 다 마시고도 갈증이 완전히 가시지 않았다.

낯선 남자의 목에 두른 원뿔형 청진기가 시어니의 눈에 띄었다. 머리가 많이 빠지고 둥근 테 안경을 쓴 남자는 나이가 오십 대 정도로 보였다. 잠들기 전에 에이비오스키에게 의사를 불러달라고 했던 기억이 났다. 하지만 시어니는 자신의 몸을 치료해달라고 의사를 요청한 게 아니었다.

창문으로 들어오는 아침 햇살을 보니 한참 동안 잔 모양이었다.

"탈수증입니다." 의사는 시어니의 손목에 손가락을 대고 누른 뒤 하얗게 눌린 부분에 다시 혈색이 돌기까지의 시간을 쟀다. "찰과상이 꽤 있고요. 목욕을 하면 치료에 도움이 됩니다. 잘 회복할 수 있을 겁니다, 트윌 양."

"에머리…… 세인, 세인 마법사님은……." 목을 가다듬으며 더듬더듬 묻던 시어니는 에이비오스키가 뚫어져라 쳐다보자 뺨이 화끈 달아올랐다. "괜찮아지셨나요?"

에이비오스키가 대답했다.

"세인 마법사는 며칠 푹 쉬고 나면 괜찮아질 거야. 여기 계신 뉴볼드 박사님이 확인해주셨어."

시어니는 안도의 한숨을 길게 내쉬며 다시 베개 깊숙이 머리를 묻었다. 뉴볼드는 허리를 굽히고 격의 없이 시어니의 가슴에 청진기를 가져다댔는데, 의사들은 원래 그렇게 스스럼이 없는 편이었다. 뉴볼드는 고개를 한 번 끄덕이며 말했다.

"24시간 동안 수분과 부드러운 음식을 섭취하세요. 씹어야 하는 음식은 위경련이 올 수 있으니 먹으면 안 됩니다."

뉴볼드는 바닥에 놓아둔 짧은 손잡이가 달린 가방 안을

뒤적거렸다. 몇 번이나 기운 흔적이 역력한 가방이었다. 시어니는 솔기를 기운 검은 실이 약간씩 다른 세 가지 종류임을 알아챘다. 뉴볼드는 가방에서 초록색 젤이 담긴 작은 병을 꺼냈다. 태기스 프래프의 양호 선생님이 양호실 침대 사이의 약장 세 번째 서랍에 늘 넣어두었던 알로에 크림과 비슷했다.

"이걸 바르면 찰과상이 좀 더 빨리 나을 겁니다. 하루에 두 번씩, 아니면 따끔거릴 때마다 바르도록 하세요."

"에머리 세인 마법사님은요?"

시어니가 뉴볼드에게 물었다.

"그분은 찰과상이 없습니다. 마법으로 인한 상처는 특이하고 까다롭죠. 깨어난 후에 이상하게 행동하면 연락하세요." 그는 경고의 뜻으로 손가락 하나를 세우며 덧붙였다. "환자가 알아서 깨도록 내버려둬야 합니다. 누가 간섭하지 않아도 사람의 몸은 자신에게 무엇이 필요한지를 알고 있어요."

"그분이 이상하게 행동하는지 제가 어떻게 알 수 있죠? 원래 좀 이상하신데."

시어니의 말에 에이비오스키는 혀를 쯧쯧 찼다. 시어니

는 어느새 미소를 짓고 있었다. 에이비오스키가 혀를 더 차자 시어니는 얼굴에서 웃음기를 거두고 스승에게 보이지 않도록 웃음을 속으로 꾹 눌렀다.

에이비오스키가 의사에게 물었다.

"마법사의 상태를 확인하러 저녁에 한 번 더 오실 거죠?"

뉴볼드는 고개를 저었다.

"아뇨, 그럴 필요 없겠습니다. 안정적인 상태인 것 같으니 이제 본인 침대에 눕히셔도 됩니다. 저는 꼭 필요한 경우가 아니면 환자들을 바닥에 눕혀두는 걸 좋아하지 않아서요."

"제가 돌봐드리면 돼요." 시어니가 일어나 앉으며 말했다. 등이 욱신거렸다. "전 괜찮아요. 이상이 있는지 지켜보기만 하면 되잖아요?" 시어니는 의사한테서 에이비오스키에게 시선을 옮기며 덧붙였다. "저는 그분의 견습생이고 지금 제 상태가 괜찮아서 그래요. 게다가 에이비오스키 마법사님은 바쁘시잖아요."

에이비오스키는 입술을 오므리며 표정이 굳어졌다. 그녀가 늘 그런 표정이라 시어니는 방금 자신이 한 말 때문에 그 표정을 지었는지는 알 수 없었다.

에이비오스키가 의사에게 말했다.

"열이 많이 올랐다가 빠른 속도로 떨어지긴 했어요. 불안하기는 한데, 괜찮을 거라고 하시니 말씀에 따르도록 하죠, 뉴볼드 박사님."

"좋습니다." 뉴볼드는 가방을 닫고 끙 소리를 내며 일어섰다. 그의 무릎에서 우둑 소리가 났다. "이상이 생기면 전신을 보내세요."

에이비오스키는 뒷짐을 지며 시어니에게 말했다.

"무슨 일 생기면 나한테도 전신 보내."

에이비오스키는 시어니의 전신을 받고 달려와주었고 지금도 그때 입고 왔던 옷 그대로였다. 시어니는 에이비오스키가 서둘러 와준 것과 다른 마법사들이 세인을 죽은 걸로 치고 떠나버린 후에도 그의 곁에 계속 남아준 것이 무척 고마웠다.

시어니는 미소를 지었다.

"물론이죠. 변화가 생기면 바로 연락드릴게요, 마법사님. 약속할게요."

에이비오스키는 엄격한 인상이 허용하는 최대한으로 미소를 지어 보였다.

"그 말을 들으니 마음이 놓이네. 이번 일 때문에 자네의 마법 견습에 차질이 생겨 유감스럽게 생각해." 그녀는 시어니의 표정을 살피는 눈으로 덧붙였다. "솔직히 말하면 나는 마법사와 견습생의 성별이 다른 경우를 좋게 보진 않아. 지금 다른 종이 마법사도 전부 남자라서 어쩔 수 없긴 하지만, 자네를 다른 마법사에게 배정해줄 수는 있어."

시어니는 '싫어요!'라는 단호한 말이 튀어나오려는 걸 가까스로 참았다. 대신 침착하고 정중하게 대답했다.

"세인 마법사님은 지금까지 좋은 스승이었고 인내심 있게 저를 가르쳐주셨어요. 상황이 허락하는 한 그분 밑에서 계속 배우고 싶습니다."

침착한 얼굴에 다소 회의적인 표정이 스치기는 했지만 에이비오스키는 고개를 끄덕였다. 그녀는 옆에 서 있는 의사에게 돌아서며 말했다.

"뉴볼드 박사님, 시간 내주셔서 감사합니다. 비용은 마법사 위원회를 통해 지불할게요. 이만 가보셔도 됩니다."

의사는 고개를 끄덕이며 방을 나갔고 시어니는 말없이 입술을 잘근잘근 씹었다. 예상과 달리 에이비오스키는 의사와 함께 나가지 않았다. 무슨 할 말이 더 남았을까?

뉴볼드가 나가자 에이비오스키는 시어니의 좁은 침대 가장자리에 꼿꼿이 앉아 말했다.

"무슨 일이 있었는지 정확하게 얘기해."

시어니는 웅크리며 중얼거렸다.

"제가 지금 배가 고파서요, 마법사님……."

"그렇게 긴 얘기야? 자네는 지시를 어기고 신체 마법사를 쫓아 이 집을 나갔어!" 에이비오스키는 어이없다는 표정으로 말을 이었다. "그런데 살아 돌아왔을 뿐 아니라 영국에서 제일 재능 있는 종이 마법사의 심장도 되찾아 왔잖아. 난 자세히 알아야겠어, 트월 양."

"마법사님은 저한테 이 집에 가만히 있으라고 '지시'하신 적이 없어요. 식당에서 나가라고만 하셨죠. 저는 그 말을 따랐고요."

에이비오스키는 안경 아래로 콧날을 문질렀다.

"이건 꼭 방과 후에 남으라고 했는데 엉뚱한 핑계를 대고 멋대로 가버린 경우처럼 들리는구나, 시어니."

"그게……, 사적인 얘기이기도 해서 그래요."

"사적이라고?" 에이비오스키는 시어니의 단어 선택에 놀란 기색이 역력했다. "뭐가 사적인데? 얼마나 사적이라서 말을 못 해?" 그녀는 얼굴이 창백해졌다. "자네 혹시 그자들과 거래를⋯⋯."

"아뇨, 그건 아니에요."

시어니는 자신의 손을, 손톱 밑에 낀 피를 흘끗 내려다보았다. 피가 흐르는 얼굴을 두 손으로 부여잡고 얼어붙은 리라의 모습이 머릿속을 스쳤다.

'피의 마법이었어. 그럼 이제 나도 신체 마법사가 된 것인가?'

지금까지 그런 생각은 감히 해보지 못했다. 시어니가 어떤 방법으로 리라를 이겼는지 에이비오스키를 비롯한 마법사 위원회에서 알면 어떻게 될까?

시어니는 에이비오스키의 눈을 피해 옆으로 시선을 돌렸다.

"저는 다락방에 있던 세인 마법사님의 종이 글라이더를 타고 갔어요. 종이를 접어서 만든 새를 이용해서 리라를 추적했고요. 리라가 글라이더를 보더니 겁을 먹고 도망을 치더라고요. 저는 그 여자가 야영을 하고 있던 해변으로 내려갔어요. 바다까지 쫓아갔는데 아무래도 탈출한 것 같아요. 바다에 보트가 떠 있는 걸 제⋯⋯ 제가 봤거든요. 그 여자를 데려가려고 온 보트였을 거예요."

에이비오스키는 한쪽 눈썹을 치떴다.

"그 여자가 심장을 두고 도망쳤다고?"

시어니는 고개를 끄덕였다.

"여기까지 와서 훔쳐간 심장인데 그걸 야영지에 놓고 도
망을 쳤다니, 그런 멍청한 짓이 어디 있어. 네 좌표를 확인
해서 조사관들을 그리로 보내야겠구나."

시어니는 놀라서 숨이 막혔다. 에이비오스키가 알아채지
못했기를 바랐다.

"저는 이만 쉴게요."

시어니는 간신히 차분하게 말했다. 조사관들이 그 섬의
해변에서 무엇을 발견하게 될지는 알 수 없었다. 보트에 타
고 있던 자들이 리라를 데려갔을까, 아니면 그냥 거기 뒀
을까?

"뭐라도 먹어야겠어요. 지도를 보면 야영지의 위치를 짐
작할 수 있을 거예요. 위치를 확인하면 오늘 밤에 전신으
로 알려드릴게요."

약간이지만 시간을 벌었다.

에이비오스키는 미심쩍어하면서도 더 캐묻지는 않았다.

시어니는 말을 듣지 않고 멋대로 행동하긴 했지만 에이비오스키가 가르친 최고의 학생 중 하나였다. 에이비오스키는 입술을 오므리며 일어나 말했다.

"오늘 밤까지 보내. 마법사 위원회에 불려가 괴롭힘을 당하고 싶지 않으면. 휴즈 마법사는 성격이 급하고 꼬치꼬치 따지고 드는 성격이야." 그녀는 안경을 고쳐 쓰며 덧붙였다. "혹시 모르니 차를 여기 두고 갈게." 그러고는 방을 나갔다.

시어니는 햇볕에 데워진 따뜻한 유리창에 기대어 서서 밖을 내다보았다. 에이비오스키가 이 집의 외관을 가린 종이 마법 결계를 지나 밖으로 나가는 것을 확인한 뒤, 침대에서 일어나 조용히 세인의 방으로 향했다.

문을 여는데 요란하게 삐거덕 소리가 났다. 세인은 담요 두 장을 덮고 침대에 가만히 누워 있었다. 창문에는 커튼이 드리워져 있었다.

시어니는 햇볕을 좀 쐬게 해주려고 커튼을 반쯤 열었다. 세인은 몸 상태가 좋아졌는지 얼굴에 혈색이 도는 모습이었다.

시어니는 안정적으로 호흡하며 위아래로 움직이는 그의

가슴을 바라보았다.

"어떻게 해야 좋을지 모르겠어요. 그 장소를 에이비오스키 마법사님에게 말씀드려야겠죠. 위원회에 불려 가고 싶지는 않으니까요. 하지만 그 바위 해변에 리라를 놓아두고 온 게 마음에 걸려요. 이야기를 써서 읽는 게 실제로 그 정도 효과를 발휘할 줄은 몰랐어요. 피 때문에 연결이 된 모양인데……." 시어니는 멍하니 왼팔을 문지르며 덧붙였다. "하지만 저는 리라와는 달라요. 저를 그 여자랑 똑같다고 생각하진 말아주세요."

침대 옆으로 다가간 시어니는 온기가 도는 그의 손을 잠시 잡고 있다가 욕실로 씻으러 갔다. 되도록이면 남의 피를 다시는 안 보고 살고 싶었다.

침실로 돌아가 눕기 전에 세인의 여러 책꽂이에 꽂힌 책들 중 오래된 지도책 한 권을 뽑아 펼치고 에이비오스키에게 대략적인 좌표를 전신으로 보냈다.

그 후 시어니는 한참을 뒤척인 후에야 간신히 잠이 들었다.

17

····· ★ ★ 🍓 ★ ★ ·····

　다음 날 시어니는 일찌감치 일어나 거실 벽난로에 불을 피우고 석탄 옆에 고데기를 놓아두었다.

　에이비오스키 마법사가 부서진 물건을 대충 치우고 식탁을 바로 세워놓긴 했지만, 시어니는 찬장을 뒤져 청소용품을 꺼내들고 제대로 청소를 하기 시작했다. 바닥을 쓸고 닦고 선반까지 싹 닦았다. 싱크대에 담긴 접시들을 설거지해 물기를 닦은 후 원래 있던 선반에 조심스럽게 얹어놓았다. 점심과 저녁에 무엇을 먹을지 아이디어를 떠올리기 위해 냉장고를 열고 안을 살펴보았다. 아침으로는 우유와 살구를 먹기로 했다.

시어니는 이 집에서 제일 좋은 거울이 있는 위층 욕실로 올라가 고데기로 신중하게 머리카락을 말고 머리띠를 했다. 거울 속의 모습을 잠시 살펴보다가 머리띠를 빼고, 옆머리를 넘겨 단순한 디자인의 올리브색 머리핀을 꽂았다. 엄마는 빨간 머리에는 올리브색이 가장 잘 어울린다고 늘 말하곤 했다. 엄밀히 말해 시어니의 머리카락은 빨간색이라기보다는 오렌지색에 훨씬 가까웠지만 말이다.

화장품 가방에서 콜 펜슬을 꺼내 눈가에 섬세하게 라인을 그렸다. 손끝에 콜을 묻혀 금색 속눈썹을 잡아 진하게 만들었다. 립스틱을 엄지에 살짝 묻혀 양 볼에 바르고, 갖고 있는 옷 중에 두 번째로 좋은 옷으로 갈아입었다. 엉덩이 바로 위를 끈으로 묶게 돼 있는 감청색 치마, 깃에 주름 장식이 있는 복숭아색 블라우스였다. 블라우스 끝자락은 치마 안으로 집어넣었다. 제일 좋은 옷 — 짧은 소매가 달려 있고 날씬해 보이는 회녹색 원피스 — 을 입을까 하다가 그건 좀 지나친 것 같아 그만두었다.

외모를 만족스럽게 꾸며 자신감이 더해진 시어니는 세인의 방으로 가 그의 상태를 확인했다. 그는 여전히 꼼짝하지 않았지만 호흡은 조금 더 편안해진 듯했다.

침대에 걸터앉은 시어니는 그의 검은색 머리카락을 쓸어 넘기고 새끼손가락으로 이마를 훑었다. 체온은 정상이었다. 가져온 수프를 조금씩 떠서 그의 입에 조심스레 흘려넣었다. 그 외에는 할 일이 별로 없었다.

아래층으로 내려간 시어니는 씹는 음식을 먹지 말라는 의사의 경고에도 불구하고 오이 샌드위치와 토마토 샐러드를 만들었다. 2인분을 만들었지만 세인의 상태가 그대로라 혼자 먹었다. 나머지는 나중에 먹으려고 냉장고에 넣어두었다. 그 후 몇 번 위경련이 왔지만 저녁에도 꿋꿋이 소시지 그레이비와 비스킷, 아스파라거스 요리를 만들었다. 이번에도 2인분을 만들고 저녁 8시까지 기다렸다. 하지만 세인이 깨어나지 않아 남은 음식을 식게 놓아두었다. 위층으로 올라가 세인의 입에 수프를 조금 더 넣어주고 얼굴과 목을 젖은 수건으로 닦아주었다. 내려와서는 의자에 앉지도 않고 식탁 앞에 서서 후딱 저녁을 먹어치운 뒤 침실로 가서 《핍의 대담한 탈출》을 가지고 나왔다. 서재에서 의자를 끌고 와 세인의 방에 가져다놓고 그 의자에 앉아 감정과 카리스마를 한껏 담아 책의 내용을 읽었다. 작은 회색 쥐가 고양이들이 잔뜩 돌아다니는 쓰레기 더미를 지나 좋아하는 장난감을 찾으러 가는 모험 이야기였다. 책의 내용이 이미지가 되어 세인의 몸 위에 유령처럼 흐릿하게 펼쳐졌다. 하지만 그는 여전히 깨어나지 않았다.

시어니는 세수를 하고 옷을 벗어 옷걸이에 건 다음 밤늦게야 잠자리에 들었다.

다음 날 일출과 함께 눈을 뜬 시어니는 목욕을 하고 벽난로 속 석탄 옆에 고데기를 놓아둔 뒤 현관 홀을 쓸고 거실의 먼지를 털었다. 창턱을 청소하기 위해 존토의 뼈 무더기를 치우기까지 했다. 욕실로 들어가 어제보다 큰 컬이 생기도록 머리를 말았고 왼쪽 귀 뒤쪽으로 머리카락을 모아 어깨로 깔끔하게 내려오도록 끈으로 묶었다. 콜 펜슬과 립스틱으로 화장을 마친 후 어제 입었던 복숭아색 블라우스와 감청색 치마를 다시 입었다. 아침 식사는 건너뛰고 빨래를 시작했다.

세인의 심장 속을 여행할 때 입었던 흰 블라우스는 완전히 못쓰게 됐지만 치마는 몇 군데 기우면 아직 입을 만했다. 시어니는 치마를 빨아서 밖으로 가지고 나가 맑고 화창한 하늘 아래 널어둔 뒤 점심을 만들기 시작했다. 오이 샌드위치를 만들어 이번에도 혼자 먹었다. 저녁 식사 때는 로즈마리 치킨을 만들 계획이었다.

냉장고에서 닭고기를 꺼내고 싱크대 밑 찬장에서 쪼글쪼글해진 양파 하나를 끄집어냈다. 식당 문 맞은편 끈에 매달아놓은 말린 로즈마리도 가져왔다. 닭고기의 가슴살 부위를 칼로 자르는 순간 고기에서 핏물이 떨어지자 시어니는 손이 굳었다.

리라는 얼어붙었다······. 그리고 다시는 움직이지 않았다.

칼을 내려놓고 손을 물끄러미 보았다. 어느새 손에 피가 묻어 있었다.

'종이, 그건 종이 마법일 뿐이었어.'

하지만 종이 마법 환영은 사람에게 직접적인 영향을 미치지는 못하지 않나?

시어니는 입술을 깨물었다. 에이비오스키 마법사한테서는 아직 소식이 없었다. 옛 스승은 시어니를 수상하다고 생각했을까? 시어니가 보낸 전신을 받았을까?

시어니는 식당 쪽으로 눈을 돌렸다. 그곳에는 세인이 잠들어 있는 2층으로 이어지는 계단이 있었다. 그에게는 뭐라고 말해야 할까?

"말도 안 되는 생각이야."

시어니는 중얼거리며 다시 칼을 잡고 닭을 십자형으로 잘랐다. 닭고기에 양념을 하고 빵가루를 묻힌 뒤 오븐에 집 어넣었다. 가정 요리의 향기를 맡으며 칼을 씻고 치우다 보니 마음이 진정됐다.

위층으로 올라가 세인의 상태를 확인했다. 낮잠을 자고 있는 것 같은 모습인데 깨지를 않았다.

저녁을 먹은 뒤, 시어니는 가방을 열고 펜넬을 꺼내 서재로 가져갔다. 서재 책상 앞에 앉아 혼자서라도 펜넬을 다시 조립할 수 있지 않을까 싶어 다중 접기를 시도해보았다. 하지만 아직 초보인 시어니에게 펜넬의 몸 연결 부위와 독특한 접기 주름은 너무 복잡했다. 세인이 펜넬을 만들 때 옆에서 지켜봤어도 똑같이 따라 만들기는 어려웠을 것이다. 시어니에게는 아직 너무 어려운 고급 기술이었다.

수리를 포기한 시어니는 심란한 기분에 빠지지 않으려고 서재에 꽂힌 책들을 살펴보기 시작했다. 그러다 《헛간의 거미》라는 제목이 붙은 소설책을 발견했다. 몇 페이지마다 간단한 삽화가 그려져 있었다. 시어니는 세인에게 그 책을 읽어주었다. 익숙하지 않은 이야기라서 그를 위해 환영을 만들어내지는 못했다. 연습을 많이 해야 가능할 터였다.

그날 저녁 《헛간의 거미》를 다시 책꽂이에 꽂고 있는데 전신기가 딸깍딸깍 소리를 내기 시작했다. 시어니는 전신기가 글자를 전부 찍어낼 때까지 손가락을 배배 꼬며 초조하게 기다렸다. 전신기가 종이를 내놓자 왼손 엄지 첫 번째 마디를 이로 자근자근 씹으며 에이비오스키가 보낸 전신을 읽었다.

좌표를 확인했음. 리라의 흔적은 없음. 위원회는 계속 조사 중. 별일 없길 바람.

어째서인지 다른 이들이 리라를 발견하지 못했다는 소식을 접하고도 초조함이 가시지 않았다. 오히려 더 두려워졌다.

침대에 누워서도 파울니스섬 해변이 계속 생각나 몇 시간이나 잠을 이루지 못했다. 리라와 싸웠던 장면이 머릿속에 계속 떠올랐다. 자신의 목에 손가락 두 개를 대고 맥박을 재보았다. 쿠-웅-쿵 하는 심장 소리의 '쿵' 부분이 너무 약해 감지되질 않았다.

다음 날 아침 느지막이 일어난 시어니는 다시 아침의 일상을 살았다. 머리를 고데기로 말고 화장을 하고 옷을 입고 집안일을 했다.

아침이라기보다는 아침 겸 점심으로 베이컨과 달걀, 토스트를 구웠다. 2인분으로. 이번에도 혼자 식사를 마치고 남은 식재료를 확인해보았다. 조만간 식료품 가게에 가야 될 듯했다. 하지만 혼자 가고 싶지는 않았다.

밖으로 나갔다. 구름 사이로 따뜻한 여름의 햇살이 집을 비추고 있었다. 뒤뜰의 처마 밑에는 종이로 만든 모조가 아니라 진짜 식물이 자라는 진짜 정원이 있었다. 민트와 파슬리, 무처럼 보이는 식물 사이에서 어린 잡초 몇 포기가 올라오긴 했지만 잘 가꿔진 정원이었다. 시어니는 잡초를 뿌리째 하나씩 뽑아서 나중에 뿌리 덮개로 쓰기 위해 한옆에 쌓아두었다. 검지를 흙에 찔러 넣어 확인해보니 물을 주어야 할 시기였다.

물 항아리를 가지러 주방으로 들어갔는데 식당 쪽에서 희미하지만 익숙한 소리가 들렸다. 공기가 섞인 파열음. 종이 개가 짖는 소리였다.

내면이 부서져 퍼즐 조각으로 쪼개졌다가 다시 서서히

합쳐지는 기분이었다. 심장이 어찌나 세게 뛰는지 목구멍 아래에 콱 박힌 듯했다.

잠시 후 펜넬이 활기차게 짖으며 주방으로 달려 들어왔다. 종이로 된 발이 매끈한 나무 바닥에 미끄러지면서 털썩 넘어졌지만 얼른 다시 일어나 시어니의 발을 향해 뛰어왔다. 반가움에 입을 활짝 벌린 시어니는 무릎을 굽히고 펜넬을 안아 올렸다. 펜넬은 종이 혀로 시어니의 소매를 핥으며 꼬리를 힘껏 흔들었다. 어찌나 세게 휘젓는지 그러다 꼬리가 엉덩이에서 분리되어 떨어질 것만 같았다.

"돌아왔구나!" 시어니는 펜넬의 귀 뒤와 턱 밑을 긁어주며 소리쳤다. "오래 걸렸네, 그렇지?"

하지만 시어니는 펜넬이 저 혼자 마법의 힘으로 살아난 게 아님을 알고 있었다. 심장이 요란하게 뛰었다. 쿠-웅-쿵 소리의 나지막한 '쿵'이 이번에는 귀에 제대로 들렸다.

두 번 더 숨을 쉬었을까. 계단문이 열리고 세인이 걸어 들어왔다. 늘 입던 남색 외투에 깨끗한 셔츠와 바지 ─ 시어니가 어제 세탁해둔 회색 바지 ─ 차림이었다.

얼굴이 분홍빛으로 달아오른 시어니는 천천히 일어섰다. 세인은 아직 몸이 약간 불편한지 살짝 구부정한 자세로 걸었지만 대체로 건강을 회복한 모습이었다.

그의 눈이, 아름다운 초록색 눈이 시어니를 마주 보며 웃었다.

"내가 엄청난 무언가를 놓친 것 같은 기분이 드는군." 목소리가 약간 거칠게 나오자 그는 헛기침을 하며 덧붙였다. "배도 많이 고프네."

"아!" 시어니는 펜넬을 내려놓고 얼른 빵 상자로 향했다. "뭐 좀 만들어드릴게요. 앉으세요. 오이 좋아하세요? 물론 좋아하시겠죠. 이건 마법사님의 오이니까요."

그는 한쪽 눈썹을 살짝 올렸지만 눈은 여전히 웃고 있었다. 입꼬리도 살짝 올라갔다.

"이제 몸이 회복됐으니까 내 샌드위치는 내가 만들게, 시어니."

시어니는 고개를 저으면서 도마를 꺼내고 냉장고에 남아 있던 마지막 오이도 꺼냈다. 세인은 식당과 주방 사이에 잠시 서 있다가 포기하고 의자에 가 앉았다.

"기분은 어떠세요?"

시어니가 물었다. 심장 뛰는 소리가 귀에 천둥처럼 들렸다. 오이 껍질을 벗기고 자르는데 손까지 부들부들 떨렸다.

이러다 손가락을 벨 것 같아서 진정하려고 애를 썼다.

"누군가 내 가슴 속을 밟고 다니면서 보지 말아야 할 것들을 다 본 기분이지, 뭐."

시어니는 칼질을 하다 말고 우뚝 멈췄다. 그의 눈을 보니 재미있어하면서도 다 안다는 표정이었다.

시어니는 목과 귀까지 달아올랐다.

"그럼 무, 무슨 일이 있었는지 아시겠네요?"

세인은 손가락으로 머리카락을 배배 꼬았다.

"내 심장 속이잖아, 시어니. 당연히 그 안에서 무슨 일이 있었는지 알고 있지. 대부분은."

'대부분?'

시어니는 붉어진 얼굴을 보이지 않으려고 찬장 문을 열어놓은 뒤 오이를 자르는 데 집중하려 안간힘을 썼다.

'대부분이라는 건 얼마만큼일까?'

심장의 네 번째 방에서 그와 나눈 짧은 대화가 떠올랐다. 피부가 어찌나 뜨겁게 달아오르는지 이러다 옷에 불이라도 붙을까 봐 걱정될 정도였다.

열어놓았던 찬장 문이 닫히자 시어니는 깜짝 놀랐다. 어느새 옆으로 다가온 세인이 시어니의 손에서 칼을 받아 조리대에 내려놓으며 말했다.

"그런데 그 전과 후에 무슨 일이 있었는지는 모르겠어."

세인의 시선이 시어니의 목으로 내려왔다. 그는 손을 뻗어 시어니의 턱 아래를 받치고 위로 살짝 올렸다. 시어니는 그가 목에 옅게 남은 멍 자국을 보고 있음을 알아챘다. 리라가 부리는 좀비 손이 목을 조를 때 생긴 멍이었다.

시어니는 뒤로 물러나 머리카락을 어깨로 내려 그 자국을 가렸다.

"제가 마법사님의 글라이더를 훔쳐 타고 나갔다 왔어요."

"그랬어?"

시어니는 고개를 끄덕였다.

"그 전에 종이 새들을 내보내 리라의 위치를 정찰하고 추적하게 했고요. 그 여자는, 리라는 보트를 타고 탈출하려고 했던 것 같아요."

"하지만 탈출하지는 않았지."

질문을 한 게 아니었다. 세인은 다소 의아해하면서도 이미 답을 아는 눈빛이었다.

시어니의 입에서 말이 쏟아져 나왔다.

"저는 그곳 해변에 있는 동굴에서 그 여자를 만났어요.

그 여자가 마법사님한테, 마법사님의 심장에다가 마법을 건 바람에 제가 심장 안에 갇히게 됐어요. 제가 일부러 마법사님의 가슴 속을 '밟고 돌아다닌' 건 아니에요. 어쩔 수 없었어요."

시어니는 말이 지나치게 빠르게 나오고 있었다. 마음속을 꿰뚫어 보는 듯한 그의 눈을 피할 수도 없었다.

"심장의 끝까지 가면 밖으로 나갈 수 있을 거라고 생각했어요. 그리고 리라도 심장 안에 같이 있었어요. 계속은 아니었지만요. 전 빠르게 이동하려고 했어요. 마법사님이 죽는 게 싫었거든요. 그리고 결국 심장 밖으로 나오게 됐죠."

시어니의 말에 그는 고개를 끄덕였다. 그 부분은 기억하는 듯했다. 얼굴로 피가 몰리면서 시어니는 발이 차가워진 느낌이었다.

"밖으로 나왔더니 그 여자도 거기 있었어요. 제가 지니고 있던 마법 장비는 온통 물에 젖었는데, 리라는 저를 붙잡고 제 심장도 꺼내버리겠다고 했어요. 그래서……."

뒤로 슬금슬금 물러선 시어니의 등허리가 싱크대 가장자리에 닿았다.

"전 리라랑 달라요. 그럴 의도가 아니었는데 어쩌다 보니까 그렇게 된 거예요."

세인은 이마를 찌푸렸다.

"무슨 의도를 말하는 거야, 시어니? 무슨 일이 일어났었는데?"

"우리 둘이 동시에 칼을 잡으려고 달려갔어요." 시어니는 앞뒤 상황까지 굳이 얘기하지 않아도 그가 알아들을 것처럼 무작정 설명했다. "제가 칼을 잡아서 리라를 베었어요." 시어니는 본인 얼굴에 손을 얹어 칼로 그은 부위를 알려주었다. "리라가 피를 줄줄 흘렸어요. 종이들이, 마법사님이 가르쳐준 폭발 마법 덕분에 바위에 온통 종이들이 떨어졌어요. 저는 종이에 이야기를 적었어요. 리라는 영원히 얼어붙었다, 이렇게요……."

덩어리가 목 안을 틀어막은 듯 점점 목소리가 기어 들어갔다. 그 덩어리를 삼켜 내리려 했지만 그럴수록 목만 아팠다. 시어니는 나지막하게 말을 이었다.

"그 방법이 통했어요. 그들이 데리러 오지 않았다면 리라는 아마 지금도 계속 그 자리에 있었을 거예요. 제가 피로 글씨를 쓴 게 효과가 있었으니까요."

시어니는 눈가에 맺힌 눈물을 삼키려고 빠르게 눈을 깜

박이다가 흥분해서 소리쳤다.

"저는 리라와 달라요. 전 신체 마법사가 아니에요!"

세인이 어깨에 손을 얹자 시어니는 고개를 들어 그의 눈을 마주 보았다. 지금 자신이 얼마나 멍청하고, 얼마나 바보 같은 소릴 지껄이는 것으로 보일까 싶었다.

"그래, 자네는 달라." 그는 시어니 자신보다도 더 확신이 담긴 목소리였다. "자네는 종이와 결합을 했잖아. 그러니까 신체 마법사는 될 수 없어. 그건 불가능해."

시어니는 초록색으로 빛나는 그의 두 눈을 번갈아 바라보았다.

"하지만 리라는……."

"리라는 나와 처음 만났을 때 마법사가 아니었어." 세인은 손을 뒤로 치우며 설명했다. "그때는 간호 조무사였지. 직업 때문에 피를 봐도 꺼려하지 않았던 거야. 그러니까 걱정하지 않아도 돼."

시어니는 멍한 기분으로 천천히 고개를 끄덕였다.

"그럼 제가…… 금지된 마법을 행한 건 아니죠?"

"자네가 뭘 했는지는 나도 몰라." 그는 머리카락을 뒤로 쓸어 넘기며 시어니의 등 뒤에 있는 창문을 잠시 내다보았다. "하지만 불법적인 건 아니야. 법원으로 가야 할 일은 없단 뜻이야. 그런 걸 걱정하는 거면 그럴 필요 없어. 자네는 내 목숨을 구했어, 시어니. 만약 내가 죽어서 지금 사후 세계에 와 있는 거라면, 상상했던 것과는 많이 다른 곳 같네."

시어니는 안도감과 미소를 감추려고 고개를 숙여 자신의 발을 내려다보았다.

"여기가 사후 세계이고 마법사님이 죽었다면 전 무척 속이 상했을 거예요, 에머…… 아니, 세인 마법사님. 그렇다면 제가 바다까지 날아갔다가 아무 소득 없이 돌아왔다는 뜻일 테니까요."

펜넬이 컹컹 짖으며 시어니의 신발 주변에서 코를 킁킁거렸다. 미소를 짓던 세인은 어색할 정도로 한참 있다가 한마디 했다.

"흐음."

그는 썰어놓은 오이를 빵에 툭툭 얹고 찬장에서 접시를 꺼내 샌드위치를 담아 식탁으로 돌아오며 말했다.

"드디어 우리가 식사를 하게 됐군, 그렇지?"

"그게 식사예요?" 시어니는 그의 휑한 샌드위치를 흘끗 쳐다보았다. 그는 마요네즈도 뿌리지 않고 샌드위치를 한

입 베어 물었다. "저는 적어도 그런 오이 샌드위치보다는 나은 요리를 식사라고 생각하는데요. 기억하실지 모르지만 저는 한때 요리사가 되려고 했던 사람이에요."

"그래?"

그는 또 한입 먹었다.

시어니는 자기 몫의 샌드위치를 만들기 위해 빵 두 조각을 자르기 시작했다. 첫 번째 빵을 반쯤 자르다 말고 그에게 물었다.

"잠시만 제 기분에 맞춰주시겠어요?"

"자네가 내 집 현관문으로 걸어 들어온 이후로 나는 쭉 기분을 맞춰주고 있었어."

시어니는 미소를 지었다.

"잠깐이면 돼요."

빵과 오이를 놓아두고 서둘러 서재로 들어간 시어니는 책상 뒤 선반에서 하늘색의 정사각형 종이 한 장을 꺼냈다. 그 종이를 책상 위에 놓고 기억을 더듬어 중간 지점 접기와 완전히 접기 방법을 신중하게 적용해 동서남북을 만들기 시작했다. 예전에 동서남북은 시어니에게 앞으로 '모험'을 하게 될 것이라고 예언한 바 있었다. 리라가 누구인지도 모르던 때였는데 말이다. 시어니는 펜으로 동서남북의 각 면에 상징을 그려 넣기 시작했다. 상징을 다섯 개까지 그리다가 멈추고 식당으로 가져와 세인에게 보여주었다.

"나머지에는 어떤 상징이 들어가요?"

세인은 재미있어하는 눈빛이었다. 그는 자주 이런 눈빛을 띠었다. 펜과 동서남북을 받아 든 그는 샌드위치를 씹으며 나머지 상징 세 개를 직접 그려 넣었다. 시어니는 그 상징을 전부 기억에 담은 후 동서남북 안쪽에 손가락을 넣고 세인에게 내밀며 물었다.

"어머니의 처녀 때 성은 뭐죠?"

세인은 팔꿈치를 식탁에 올린 채 손바닥에 턱을 괴고 되물었다.

"기억 안 나?"

"기억나죠. 하지만 절차대로 해야 탈이 안 나니까요. 대답하세요."

"블라다라. 이름에 r은 하나야."

그의 두 눈이 반짝거렸다.

시어니는 블라다라의 철자 수대로 동서남북을 일곱 번 열었다 닫았다 한 다음 다시 물었다.

"마법사님의 생년월일은요?"

"1871년 7월 14일."

시어니는 동서남북을 다시 앞뒤로 움직였다.

"숫자를 하나 고르세요."

세인은 잠시 말없이 시어니의 얼굴을 바라보았다. 눈빛만으로는 그의 생각을 읽을 수 없었다. 시어니가 얼굴을 붉히며 고개를 돌리려는데 그가 대답했다.

"1."

시어니는 동서남북을 한 번 움직여 열었다. 그 안에는 세인이 직접 그려 넣은 상징 중 하나가 있었다. 사각형을 셋으로 나누어놓은 그림이었다. 동서남북을 펼치고 0.5초쯤 텅 빈 종이를 들여다보던 시어니의 머릿속에 어떤 이미지가 훅 떠올랐다. 예전에 처음 그의 미래를 읽었을 때보다 훨씬 강렬한 느낌이었다.

이미지는 익숙했다. 저무는 태양 빛 속에 선 자두나무, 야생화와 바랭이가 흐드러지게 피어 있는 언덕, 흙과 클로버와 꿀 향기를 싣고 온 부드러운 바람.

세인은 자두나무 아래 깔아놓은 조각보 퀼트에 앉아 있었다. 머리카락은 지금보다 짧았고 남색 외투는 옆에 깔끔하게 개어져 있었다. 저무는 해를 말없이 바라보는 그의 밝은 눈동자에는 만족감이 충만했다.

그의 옆에 한 여자가 모로 누워, 그의 손등에 도드라진 핏줄을 손가락으로 쓰다듬고 있었다. 그 여자의 손가락에는 주근깨 세 개가 박혀 있었다. 여자는 오렌지색 머리카락을 어깨 위로 깔끔하게 땋아 내렸다. 자두나무 반대편에는 검고 윤기 나는 머리카락을 가진 남자아이 두 명이 밧줄을 꼭 잡고 웃으며 그네를 타고 있었다. 번갈아 서로를 밀어 주기도 하면서.

시어니는 동서남북을 닫고 나서 저녁노을의 색깔을 눈에서 떨쳐냈다. 목 안의 덩어리는 사라졌고 심장은 알맞은 빠르기로 뛰고 있었다.

"어때?"

세인이 물었다.

"본인의 미래를 미리 들으면 불행해진대요."

"본인의 미래를 미리 직접 *읽어내면* 불행해지는 거겠지."

"최대한 안전한 게 좋잖아요."

시어니는 배시시 나오는 웃음을 참으려 했지만 뜻대로 되지 않았다. 식탁 앞 의자에 앉으며 그에게 물었다.

"궁금한 점이 있어요. 프릿이란 아이와의 일을 보니 종이접기를 무척이나 싫어했던데, 어쩌다가 종이와 결합을 했어요?"

"자네와 같은 이유였어." 그는 등받이에 기대어 앉으며 말을 이었다. "나도 내가 선택한 게 아니야. 결과적으로 잘 되긴 했지만. 그러니까 시어니, 자네가 생각하는 것보다 우린 공통점이 많아."

"그러네요." 시어니는 환하게 웃음 지었다. "진짜 그런 것 같아요."

★ 감사의 말 ★

이 책이 출간되기까지 많은 분들이 애써주셨습니다. 무엇보다 제가 만든 온갖 아이디어의 무수한 문학적 결점을 견디며 초안을 읽어준 남편 조단에게 고맙습니다.

저와 제 이야기의 가치를 믿어주고 글쓰기에 힘을 보태준 제시카, 로라, 헤일리, 린지, 위트, 앤드류 등 알파 및 베타 독자들, 특히 줄리아나에게 고맙다는 말을 전하고 싶습니다.

가족들에게도 많이 고맙고, 제가 자기 친구들과 수다를 떨 수 있도록 기회를 마련해준 여동생 알렉스에게도 정말 고마운 마음입니다.

수차례 미완성 원고를 읽고 줄거리 문제를 해결하는 데 도움을 준 로렌에게도 이 자리를 빌려 감사합니다.

작가를 꿈꾸는 이라면 누구나 탐낼 만한 최고의 글쓰기 교사 브랜든 샌더슨 선생님, 제가 제법 괜찮은 문장을 쓸 수 있도록 가르쳐준 오랜 글쓰기 모임 분들께도 감사드립니다. 여기서 일일이 이름을 말하지 않아도 그분들은 제 마음을 아실 겁니다.

출간 기회를 준 말렌과 데이비드, 이 책을 만들고 꿈을 실현시켜준 47North 팀에게도 감사드립니다.

마지막으로, 하늘에 계신 신께 감사드립니다. 이 시리즈에 오롯이 담아낸 저의 작은 재능은 모두 그분에게서 비롯되었습니다.

시어니 트월과 마법 시리즈 ❶

시어니 트월과 종이 심장

초판 1쇄 인쇄 2020년 4월 13일
초판 1쇄 발행 2020년 4월 20일

지은이 찰리 N. 홈버그
옮긴이 공보경
펴낸이 이범상
펴낸곳 ㈜비전비엔피 · 이덴슬리벨

기획편집 이경원 차재호 김승희 박주은 황서연 김태은
디자인 김은주 이상재 한우리
마케팅 한상철 이성호 최은석 전상미
전자책 김성화 김희정 이병준
관리 이다정

주소 우) 04034 서울시 마포구 잔다리로7길 12 (서교동)
전화 02)338-2411 **팩스** 02)338-2413
홈페이지 www.visionbp.co.kr
이메일 visioncorea@naver.com
원고투고 editor@visionbp.co.kr
인스타그램 www.instagram.com/visioncorea
포스트 post.naver.com/visioncorea

등록번호 제2009-000096호

ISBN 979-11-88053-80-3 04840

• 값은 뒤표지에 있습니다.
• 파본이나 잘못된 책은 구입처에서 교환해 드립니다.

이 도서의 국립중앙도서관 출판예정도서목록(CIP)은 서지정보유통지원시스템 홈페이지(http://seoji.nl.go.kr)와
국가자료종합목록 구축시스템(http://kolis-net.nl.go.kr)에서 이용하실 수 있습니다.(CIP제어번호:CIP2020008228)